ビューティフルライフ

北川悦吏子

JN263420

装画／桜沢エリカ

～「夏の約束」より～

ノベライズ／百瀬しのぶ

1

その年、僕は恋をした。

その恋は竜巻のように僕を襲い、僕を巻き込み、どこまでも僕を連れて行った。

どうしたって、あらがいようのない恋だった。


東京、青山。

冬らしい澄んだ空気と青い空。

赤い車は246をびゅんびゅんと飛ばしていく。町田《まちだ》杏子《きょうこ》は鼻唄《はなうた》まじりで快調にハンドルを切っていた。そこに携帯の着信音が鳴る。

「はい、もしもし……。うん。え、雨？」

ちょうど信号で停止したところだったので出てみると、かけてきたのは女ともだらだった。今日の夕方、国立競技場でサッカーの試合を観るから、このあたりの天気が気になるらしい。

「降ってないよ、降ってない」

杏子は窓から手を出してたしかめてみた。その手はバイクで隣を走ってきた沖島柊二《おきしましゆうじ》にぶつかりそうになり、柊二は慌ててブレーキをかけた。

「ちょっと、おばさん！」

「おばさんって、誰よ？」

窓の外から声をかけられた杏子は携帯を切って、柊二をにらみつける。

「あ、いや……車線、はみ出てる」サングラスに派手なパーマをかけた杏子のあまりの剣幕に、柊二が一瞬たじろぐ。

「すみません」停止線をはみ出てるっていってもたかが一メートルくらいじゃない。細かい男だと思ったけれど、杏子はとりあえず素直にバックした。

「あとさあ、いきなりヌッと手、出してくるの、やめてくれないかな？　ああいうの、危ないんだから」柊二は自分もバックして、杏子の車に並んで停めると言った。

「いつ？」

「さっき出したでしょ？　こうやって、あー降ってない降ってないとか言いながら」

柊二は杏子の言ったことをわざと真似た口調で言った。

「ああ、雨降ってるかってともだちが言うから。今日、サッカーの試合があって……」

「知らねえよ、そんなの。ワタシはアナタがヌッと手を差し出したおかげで、あやうくこでこうこけそうに……」

青になった。杏子は柊二を無視して走り出す。左に曲がってまっすぐ行って……図書館までの道をすいすいと飛ばしたが、柊二もついてくる。振り切ろうとしても、抜いたり抜かれたり。まだ何か言いたいことがあるのだろうか。

図書館に到着して、杏子が駐車場に車を停めると、柊二のバイクも隣に停まった。

「ちょっと、何で同じとこ来るのよ？」

「ここに用事があるの」

「とても本読むタイプには見えないけどね」

「あなたもね」

私はここで働いてるの、と杏子が言い返す前に柊二はすたすたと歩いて行ってしまった。

「ちょっと待ってよ！」杏子は数回クラクションを鳴らした。

柊二は振り向くが面倒くさそうに戻ってきた。

「これ、もうちょっとあっち停めてくんない？　邪魔で降りられないの」

「……降りられるでしょ。これだけスペースあれば」

「いいからどけてよ」

杏子にそう言われ、柊二はバイクを移動した。

「どうも」杏子はドアを開けて後部座席から折り畳み式の車椅子を出し、手早く広げて運転席から移動する。

「セカンドマイカー」

驚いている柊二の顔ににっと笑って、杏子はさっさと車椅子を漕《こ》ぎだした。そして図書館の入口の脇にあるスロープを上がり、図書館の中に消えていった。

杏子は図書館司書として、ここ、区立宮の森図書館に勤めている。さっそくカウンター業務につき、同僚の田村佐千絵《たむらさちえ》――サチと仕事を始めた。サチは杏子の親友だ。

「あの、すいません」

図書館に入ってきた柊二はわざとらしく杏子を無視して、サチに話しかけてきた。

「水酸化ナトリウムの本、ありますか？」

「水酸化ナトリウム？」サチは首をかしげる。

「そのようなものは当図書館では扱っておりません」杏子は突然割り込んだ。

「この人に聞いてるんですけど」

「水酸化ナトリウムですね。すこしお待ちください」サチが調べに行くと、一言いわずにおれない気の強い杏子は、

「……なんか危ない人だなあって気ィしたけど、爆弾でも作ってんですか？　国会議事堂でも爆破すんですか？」と柊二に向かって言った。

「もう爆発してるじゃない？　すごいよ、その頭」

柊二がストレートに返した。そこへ、サチが図書館の見取図を持って戻ってきた。サチが化学書コーナーの説明をしてあげると、柊二は本を捜しに書架の方に消えた。

サチがちょうどお年寄りにパソコンの使い方を説明しているところに、柊二が本を一冊手にして戻ってくる、カウンターには杏子しかいない。柊二は仕方なく杏子の目の前に本

をバンと置いた。

「何でしょう？」

「借りる、これ」柊二は本の上に貸し出しカードをパラッと投げた。

「申し訳ありませんが、これは貸出禁止となっております。図書館内での閲覧のみです」

カードと本のバーコードを読み取っていた杏子は得意そうに柊二を見上げた。

「じゃ、コピー機ある？」

「あちらに並んでください」あちら、と言われた方を振り向くと、長蛇の列だ。

「あ、ごめんなさいね。今、裏の青山学院大学の学年末試験と重なってるから……。いいですよ。持ってっちゃってください」

そこへ戻ってきたサチが本の裏表紙に入っていた図書カードを見てこっそり言った。柊二がなかなかいい男なので甘いのだ。杏子は「ちょっと、サチ……！」とたしなめる。

「だって、この本最後に貸し出されたの一九八四年だよ。十六年ぶりに三日ぐらい貸したって誰も困んない……」それを聞いて柊二はサチに向かってさわやかな笑顔を作った。

「規則は規則でしょ？　とにかくあなたもあっちに並んで」

杏子はあくまで規則を主張して意地悪を言うので、柊二はすぐに笑顔をひっこめる。

「時間ないから……いいです、また来ます」

あくまでもサチにそう言って、柊二は図書館を後にした。

仕事の時間が近づいていた柊二は、バイクで表参道を駆け抜けた。店の近くまで来ると、タクミが街を歩く女の子に声をかけて写真を撮っているのに出くわした。タクミ——岡部《おかべ》巧《たくみ》は後輩の美容師見習い。柊二は美容室『ホットリップ』の美容師なのだ。

「はい、オッケー。じゃ、とりあえず電話すっから。よろしくね」

タクミはよく街に出てカットモデルを探している。

「あ、柊二さん、ほら見てください。これこれ、この子、よくないっすか？」

タクミはでき上がったポラロイド写真を柊二に見せた。悪くはないけど、こういう子は青山を歩けば何百人もいる。柊二はすかさずNGを出した。


「はい、おつり、三百万円」

杏子の兄、町田正夫《まさお》はビールを買った客におつりを渡していた。

「正夫ちゃん、また見合い、ダメだったんだってね。気ィ落とすんじゃないよ」

「いや、俺もあんま、あっち気に入んなくてね……」

「あら、いいのよぉ。じゃあ、元気だしてね」

「母ちゃーん、よけいなこと言うなよ」正夫が店から茶の間に上がってくる。

「出かけてるよ。お父さんと、町内会」杏子はこたつでお煎餅《せんべい》を食べながら答えた。

杏子の実家は町田酒店。両親と兄が交替で店に出ている。

「あ、そっか。メシは？」

「お勝手におでん。昨日の残り。それよりお兄ちゃんさあ。おつり、三百万円とか言ってると一生お嫁さん来ないよ」

いまどき、三十代前半の男性が独身でもまったく珍しくはないが、下町の酒屋の跡取りとなるとそうもいかない。町田家では、正夫の結婚問題は深刻なのだ。

「何で？」正夫は杏子に本気で聞き返す。外見は悪くないが、このセンスではどうしたってもてるはずがない。

「お、いいねえ、松嶋菜々子《まつしまななこ》。こういうの、嫁に来てくれないかな……」

お勝手からおでんの鍋《なべ》を持って戻ってきた正夫は、テレビを見ながら言う。

「来ないよ」杏子は即座に断言した。

「わかってるよ。松嶋菜々子は無理だべ。そうじゃなくて、こういう雰囲気の……」

「それも来ないよ」言った途端、正夫がおでこをはたいた。杏子もやり返す。

「おまえこそ、彼氏できないぞ」

「いらないもん」

「かわいくねぇっ！」正夫に言われ、杏子は残りのお煎餅をばりっとかじった。

「暇なのに寝ちゃいけないって拷問だね……」

翌日の昼下がり、図書館はガラガラだった。杏子は書架の周りを車椅子でぐるぐるしている。一方、サチは図書館に勤めている特権とばかりに、自分の読みたい本を書架から取り出して読んでいた。

「ねえ……ずっと思ってたんだけど、言っていい？」サチが顔を上げた。

「……うん」

「その髪形、変だよ」

「わかってるよ」

「ならいいけど」

「お兄ちゃんがさ、いつも近くの床屋行くってときに連れてってもらってさ、いつものカットだけにしときゃよかったんだけど、そこの新人の男の子が『パーマ覚えました、かけてみたい、二千円でいいです』って言うからさ……」

「二千円のパーマか」

「二千円の床屋のパーマだよ」

「いまどき、珍しいだろうね、そういう子。で、顔も剃《そ》ってもらうの？」

「剃らないよ、私は」

杏子がちょっとムッとして答えたとき、スタスタと規則正しい足音が近づいてきた。

「こんにちは！」

美山《みやま》だった。ボランティアグループの代表で、イベントがあるといっては杏子を誘いに来る。杏子よりすこし年上で二十代後半ぐらいだろうか、美山耕三《こうぞう》は生真面目そうな好青年だけど、そこがどうも息苦しくて杏子は苦手だった。

「あ、髪形変えましたね。素敵です」美山は厭味《いやみ》でなく、本気で言っている。

「いや……素敵じゃないと思いますけど」

「お似合いです。あの、杏子さん、決心つきましたか？　来週の日曜の『みんなで踊ろう』パーティ。僕らと一緒になって踊るダンスパーティです。勇気出してください！」

「あ、でも私、踊りはちょっと」

「大丈夫、僕らにまかせてください。この間は前橋、その前は水戸。いろんなところでやりました。そのたびに、杏子さんのような方、みなさんに喜んでいただけました」

「あの……杏子さんのような方ってどういうことでしょう？　私は私であって、私でしかなくて、私のような人ってどこにもいないと思うんですけど」

　つっかかるのはやめよう、と思いつつも杏子はついつい強い口調になってしまう。

「だいたい、なんで車椅子で踊んなきゃいけないんですか？　車椅子で踊って楽しいと思います？　目、回るだけでしょ」

　杏子は車椅子を素早く動かし、カウンターの中に戻った。

「あなた方ボランティアの人って、恵まれない人たちに手差し伸べるのが気持ちいいんでしょ？　いいことしてるって。そういうの善意の押し売りっていうんです」

「あ、だったら……映画はいかがでしょうか？」

「だから……映画くらいひとりで行けますっ！」

「……そうですよね。すみませんでした。失礼します」美山はトボトボと帰っていった。

ちょっと言いすぎちゃっただろうか……。杏子は、思わずカウンターの上に置いてあった本で顔を覆った。胸がちくりと痛む。

「杏子……」やりとりを聞いていたサチがたしなめるように言う。

「いいのよ、ああいう人はあのくらい言わないと」

「でも、今のはちょっとないんじゃないの？」

目の前にいきなり水酸化ナトリウム関係の本がぽんと置かれた。顔を上げようとすると、本の上にカードが投げ出される。『沖島柊二』だ。

「何よ、あんたいつからいたの？」

「ん？　勇気出してください、のところかな」

柊二は背筋をぴんと正して美山の真似をする。

「あの人、善意の押し売りじゃないんじゃない？　ナンパでしょ。あんたのこと好きなんじゃないの？　だからこう……デートに誘ってる」

「んなわけないじゃない」

「だって持ってたよ、チケット二枚。見えなかった？」

「私も見えた」カウンターの隣の席から、サチが責めるような目で言った。

「バカなこと言わないでよ！　自慢じゃないけど、私、車椅子の男にはナンパされたことあるけど健常者にはないの」

「甘いな……」

「ねえ、あなたさ、この間も変な時間に来てたけど、何やってる人なわけ？　いい年してそんなかっこうして、平日の昼間に図書館来て。あ、わかった。リストラだ。プーだ。最近そのテ多いのよね、図書館って」

　オレンジ色の派手なジャケットにジーンズ。デイパック背負って、手にはバイクのヘルメットという姿の柊二に、杏子は勝ち誇ったように言う。大きな声に、近くの椅子に腰かけて本を読んでいたいかにもそれらしい中年男性がふり返った。

「……じゃなかったら、やることなくて昼間っからナンパしてたりして」

「あのさ……さっき変なこと言ってなかった？　私は私であって私でしかない、とか……。じゃあ、なんでボランティアの人だからってみんな十把《じっぱ》一絡《ひとから》げにするの？　かわいそう、あの人。善意の押し売りとか言われちゃってるんだよ。普通言わないでしょ？　やっぱどっかそういうとこひがんでるからそういうこと言うんでしょ？」

　形勢不利だった柊二は突然反撃に出た。

「私のどこがひがんでるって言うのよ？」

「かわいくねぇ。だからそのかわいくなさがさ……」

「ちょっとあんた、さっきから何やってんのよ」

　柊二はろくにタイトルもたしかめずに、本を抜き出していた。ジャンルはめちゃくちゃで、とりとめのない選び方だ。

「借りる本、選んでるだけじゃん。あ、これ全部貸出禁止だわ。何なの、ここ？」

柊二は杏子の膝《ひざ》の上に本をどさっと置き、さっさと行ってしまう。

「ちょっとお、ねえこれどうすんのよお！　おいっ、障害者に何すんのよっ！」

「どこが障害者なの？　春の砂ネズミみてえ。図書館、静かにね」

柊二は一瞬、振り返ってそう言うと、そのまま立ち去った。

「春の砂ネズミ？」柊二の背中を見送りながら、杏子は首をかしげた。

「砂ネズミ。ネズミ科。体長一五センチほど……お、けっこう大きいな。夜になるとチョコマカと動きだす落ち着きのない生物。ふーん」

杏子は家に帰ってきて百科事典を調べていた。しかしなんで春の砂ネズミなんだろう？

「……ったく、あのおばちゃん、見合い写真持って来ちゃって、しつこいんだよな。あ、何見てんの？　そんなモンよくあったな」正夫が店から上がってくる。

「ねえ、これきれい？」杏子は正夫に尋ねた。

「きれいっておまえ、ネズミだろ？」

「じゃ、かわいい？」

「ま、好き好きじゃない？　なんで？」

「別に……ねえお兄ちゃんさあ、今日、図書館に変な人来たんだよね」

「ボランティアの美山か？」正夫はニヤニヤ笑う。

「あいつも変だけど、もっと変なやつ。なんかさ、普通、車椅子乗ってると白い目……とまではいかないけど、えって感じの目で見られたり、妙にやさしくされたりするじゃん」

「うん」

「そういうの、その人全然ないんだよね。対等っていうか」

「車椅子とか障害者に慣れてるんじゃないの？」

「そういう感じでもないんだなあ……なんか、心ン中に何もバリアないって感じ。心のバリアフリー」

「ふうん……そいつ、男だろ？」

テレビを見ながら適当に話を聞いていた正夫はまたニヤニヤして杏子を見る。

「どして？」

「はは、やっぱ男だ。焦ってやんの、こいつ。わかりやすいねえ、おまえ」

「やめてよ」正夫にひやかされて、杏子はこたつの上のみかんを思い切り投げつけた。


「……来なかったね」

閉館のチャイムが鳴って、館内にはもう誰もいなくなった。ガランとしたカウンターでサチが言う。日中、杏子がパソコンで沖島柊二の貸出状況を検索して調べていたのを、目撃したのだ。それによると、柊二の本の返却日は今日だった。

「うん……えっ、誰が？」

杏子はつい素直に返事をしてしまった。これではまるで待ってるみたいだ、と慌てて訂正する。でも、たしかに待ってた。沖島柊二が本を返しにくるのを。一日中ずっと。

「私、もう行くね。あとお願い。ラスト五分で駆け込むかもよ」

サチがそう言って先に仕事をあがってからも、杏子は待っていた。閉館時間が過ぎてしまっても、しばらくの間は残っていた。でも柊二はやって来ない。あきらめて外に出ると、遠くからバイクのヘッドライトが近づいてくる。思わずときめいたけれど、そのバイクは柊二ではなく、爆音とともに走り去って行った。


「あっ……」次の朝、サチが夜間返却ボックスから本を取り出しているのを後ろから見ていた杏子は、柊二の借りていた本を見つけてしまった。

「え？　あ、これ？　でも違う人かも」

「ううん、これだった。『水酸化ナトリウムの特性について』」

「……夜間返却ボックスで返して来るとは、敵もなかなか……」

サチがため息をつく。一拍遅れて、杏子も大きなため息をついた。


「いいのかな、本当に切っちゃって。事務所に怒られない？」

「いいの、ドラマ終わったばっかだしィ」

「あ、あれ見てたよ。よかったよねー！」

『ホットリップ』の中では看板美容師のサトルのところに今日も女優が来ている。テレビの取材が入っていて、ふたりが仲睦《なかむつま》じげに会話をする声が店内に響きわたる。ロン毛で金髪、小柄でスマートなルックスの川村悟《かわむらさとる》――サトルは話題のカリスマ美容師ってやつで柊二の同期だ。

「いいですね、仲いい感じ。仲良さそーにいきましょう」

「ええっ、もう。照れるよねえ？」

カメラマンに言われて、サトルは大げさなリアクションをして女優と頬を寄せ合い、ポーズをとっている。自分がサトルのように要領よく立ち回れないのがわかっている柊二は、とくに気に留めてはいないが、撮影の照明のライトが眩《まぶ》しくて思わず目を細めた。

「あっ、あのここもう少し切りたいんですけど……」

「このくらいの方がバフンスいいですよ」

カットを終え、鏡で仕上がりをチェックしていた客がサイドの髪をもっと切りたいと言ったが、自分のカットに自信がある柊二は、とりあわなかった。

「じゃあ、シャンプーお願い」とタクミを呼ぶ。

「サトルさん、またテレビですって。最近出すぎですよね？　あ、柊二さん。手が空いたら店長が来てくれって」

タクミに言われ、歩きだしたところ、取材のカメラのコードに足がひっかかった。アシスタントらしき男に「ちょっとお」と注意されながら、柊二は控室に向かった。

「『水酸化ナトリウム、アルカリを抜いたパーマ液の開発』、これ読ませてもらったよ。髪を傷めないパーマ液、もいいんだけどさ。たいへんだな同期にスターがいると」

店長は柊二の提出した企画書をぽんとテーブルの上に置いた。ついでにその上に無造作に飲んでいたコーヒーの紙コップを置く。次にコーヒーを飲もうと、紙コップを持ち上げたときには、企画書の表紙には茶色く丸い染みがしっかりとできていた。

「……サトル、ですか？」柊二はそんなことより表紙の染みの方が気になる。

「あいつ、バカだよ。頭悪いよ。こんな企画書、たぶん全然わかんないよ。でもあの愛《あい》嬌《きょう》でナンバーワンだよ。おまえは注文しづらいって、客からまた苦情がきたぞ」

それはしょっちゅう注意されている。でも柊二は自分のやり方を曲げられない。

「ま、いいや。『ラ・マン』から一ページで取材がきた。『ホットリップ』を代表する冬のカットスタイルだ。いつもだったらサトルがやる。でも今回はおまえもやるんだ」

店長はそう言って、柊二に女性誌を渡した。

「ふたりにやってもらっていい方を載せる。それは俺の判断じゃなく、編集部判断ってことになってる。いい話だと思うぞ」

腕ならサトルに負けない自信がある。柊二は引き受けることにした。

「いい話じゃないすか！」

控室を出ると、どうやら立ち聞きをしていたらしいタクミがにこにこ笑っていた。

「あっ、あの子なんかどうすか？」

さっそく柊二とタクミは店が終わってから、ラフォーレ原宿の前でモデルを探すことにした。おしゃれでかわいい子は多いけれど、みんな平凡で同じように見える。柊二はタクミの意見を却下してガードレールに腰かけ、煙草をふかしはじめた。

「あれ、柊二じゃん？　タクミくんも」声の方を見ると、真弓《まゆみ》がいた。真弓は同僚で、すこし前までは柊二の恋人だった。

「あ、みなさんお揃いで、店長も」店長とサトルの姿を見て、タクミは途端に緊張する。

「モデル探し？　このあたりはいいのいないよ。荒らされちゃった後」

「じゃ、サトルさん、今度のモデル、もう決まったんですか？」

「この間、雑誌の仕事で仲良くなったモデルの……、名前なんて言ったっけ……ヨウコ」

「え、もうバリバリモノホンのモデルじゃないすか？　ずるいなあ」

「いや、ともだち感覚でやってくれるっていうからさ」

「……おい、こんなとこでゴタゴタやってんじゃないの。久しぶりにみんなで飲みに行こうってんだ。おまえらも行くか？」

店長は柊二とタクミにも声をかけた。

「俺ら、モデル探しがありますから」

行く気がない柊二はきっぱりと断った。タクミはちょっと残念そうだ。店長とサトルは歩きだしたけど、真弓は柊二の耳元に口をよせる。

「ね、終わってからちょっと飲まない？　何だったらうちでもいいけど……」

「悪い」柊二がつれなく断ると、真弓は小さくうなずいて店長たちを追いかけて行った。

タクミが慌てて柊二に注意をする。

「……柊二さん、俺、女関係には何も言いませんけど、たまには店長につきあって飲みに行くっていうのもなんちゅうか処世術としてやっといた方が……」

「おまえ、サラリーマンみたいなこと言うね」

「いや、基本は同じっすよ。だから同期なのにサトルさんと間あけられ……」

「あいつの天真爛漫《らんまん》さは天性なんだっちゅうの」

「そうかなあ？　俺は計算あるような……。しかし、ヨウコか。やるなあ……インパクトなんすよね。なんつったってワンショット勝負なわけだから」

「わかってるじゃん。わかってんなら探せ！」

自分でそう言った途端、柊二は突然ひらめいた。

「あいつだ……いいの、いたよ！」

次の日、柊二はさっそく図書館に行った。館内をぐるりと見回して爆発頭を捜すと、杏子はカウンターでぼーっと絵本を読んでいるところだった。

「よっ」

「ああっ……」声をかけると、杏子はものすごくびっくりした顔をする。

「何、幽霊でも見たような顔して」

「何か用？」

「ねえ、その髪何とかしない？　なかなかすごいよ、その頭」

「……好きでやってるんだから、ほっといてよ」

「俺、切ってやろっか？」

柊二は辺りをきょろきょろと見回して、カウンターの中に入り、杏子に近づいた。

「カットモデル、やってくんないかと思って。いや、俺さ……」

「美容師さん、なんですか？」

いきなりサチが戻ってきて言ったので、柊二はビクッとしてカウンターから出た。

「ああ、まあ一応……」

「何だ、そうだったんだ。どうりでおしゃれだなあ、って。どこのお店なんですか？」

「えっ、場所？　青山……」柊二はもったいぶった言い方をする。

「青山……ああ、だからこの図書館」

「青山の、なんて店？」杏子はなんだかんだ言って興味があり、思わず尋ねた。

「『ホットリップ』」

「『ホットリップ』？　知ってる！　よく雑誌に載ってる！　私じゃだめかな？」

「え、ああ、いやちょっと長さが足りないかな……」サチはショートカットだ。

「……そっか。あ、ねえ芸能人とか来るんだよね？」

「まあ、俺は切らないけどね」

「ねえ杏子、この間『アンアン』見てここ行ってみたいって言ってたじゃん。でもバリアフリーじゃないから行けないって……」

「余計なこと言わないで！」杏子がきつい口調で言ったので、サチは口をつぐんだ。

「何？　バリアフリーって……？」柊二はサチに近づいて小声で聞いた。

「あの……ほら、車椅子だと段差とかあると行けないじゃない？　そういうのないところのことよ。スロープになってて、お店ン中もスペースがあって」

「ああ……」

店の構造はどうなってたっけ……、と柊二はしばらく考えたが、そんなことはなんとでもなる。いや、してみせる。

「じゃあ俺があんたのバリアフリーになるからさ」

かっこつけたわけでもなんでもなく本当に自然に出た、柊二の心からの言葉だった。

憧《あこが》れの『ホットリップ』。杏子はカットモデルになる決心をして、約束の日に店に向かった。店の外で待っていてくれた柊二に車椅子を押してもらい、店内に入る。

「あの……これ、どけますよね？」

「うん、どけて」

アシスタントのタクミにてきぱき指示をする柊二はいつになくかっこいい。鏡の前の椅子をどけさせて、車椅子をその位置に入れてくれる。

「高さ、大丈夫だよね？」

　柊二がそこにある自分専用の椅子に座り、杏子と目線が近くなる。鏡越しに目が合って、杏子は一瞬胸が高鳴った。いつもは見上げてばかりだったけれど、視線が同じ高さになっただけで、とても近くなった気がする。

　それにしても、店内にカメラやノートを持った人たちがたくさんいるのは何故だろう？人気の店なのに、客も杏子のほかにはひとりしかいない。

「あの……あの人たちは？」

「ああ出版社の人。雑誌の取材なんだ。カットがよかったら、雑誌に載せてくれる……」

「え？　私、そんなの聞いてないわ」

「……言ったら来ないかと思って」

「来ないよ！　帰る」杏子は車椅子をくるりと後ろに向けようとした。

「ああ、ごめん。待って！」柊二が車椅子の後ろをつかむ。

「何だって撮るってわけじゃないんだ。よかったら。あくまで俺のカットがよかったら。……あいつと、競合なんだ。いい方を載せるってこと」

　柊二は、モデルをカットしているサトルをさした。

「あの人、見たことある。テレビで。有名な人でしょ？」

「同期なんだ。ぜんぜん俺の方が下だけどね。だから今回が挽回《ばんかい》のチャンスなんだ」

　柊二は真剣な、そしてちょっと寂しげな顔をした。

「ねえ、じゃあこうしよう。切りおわって気に入らなかったらやめよう。でも、これだったら撮ってもいいな、ってきみが思ったら写真撮る。どう?」

「……わかった」

杏子は思わずうなずいていた。柊二が安心した表情を浮かべる。

「よし、じゃあまずパーマ落とそっか。タクミ、シャンプーお願い。気をつけて」

「OK。で、どうしよっか? 希望あるでしょ。こういう感じとか……」

「ん……? まかせる。あなた信じてまかせる」

ふたりは鏡越しにほほえんだ。こんなふうに素直に笑い合うのは、出会ってからはじめてのことだったかもしれない。杏子の胸は少しドキドキする。

「よし……」

柊二は杏子の髪に鋏《はさみ》を入れていく。真剣な目、華麗な手さばき。柊二は後ろから、横から、顔を近づけて髪に触れる。美容師だからあたりまえなのだけれど、杏子の頬は紅潮してゆく。

頭を動かさないように、目だけを動かして周りをキョロキョロ見回してみる。サトルの方は、カットが終わったようで、モデルさんがカメラマンにポーズをとっている。

私なんかだめだろうな、と杏子は心の中で思う。でもいい、こうして柊二に髪を切ってもらえるだけで……。杏子は幸せな気分で目を閉じた。

「できたよ」

柊二は鏡越しに杏子に言い、うつむいていた彼女の顔をくいっと前に向けてやる。シャギーの入ったストレート。さっきまでとはまったく別人の杏子がいた。

「……思ったこと、言っていい？」

「何？　こわいな」

「……きれい。私じゃないみたい」杏子が目を大きく見開いて鏡に見入りながらそう言ったので、柊二は思わず吹き出した。でもたしかに、鏡の中の杏子は見違えるほどきれいだ。

「お疲れさまです。ちょっと、話聞かせてもらっていいですか？」

編集者が近づいてきた。そしてカメラマンが柊二に外で写真を撮らないかと言う。

「写真、できたら外で撮りたいんだって。どうする？　まだ了解もらってないでしょ」

柊二は杏子に伝えた。

「……ホントに私なんかでいいのかな？」

「ん？　もちろん。あ……じゃあメイクしていい？」

柊二は杏子の頭の横にぴったりと顔をつけて「淡い色が似合うと思うんだよね」などと言って、鏡をのぞきこんでいる。杏子はドキドキしながらうなずいた。

「こっち向いてー！　もうすこしにっこりしましょうか？　リラックス、リラックス」

外に出て、外苑《がいえん》の銀杏《いちょう》並木のところで写真を撮ることになった。カメラマンにそう言われても、杏子は緊張してしまって笑うことができない。それを見かねた柊二が杏子に近づいて、耳元でささやく。

「全然大丈夫だよ。ちゃんときれいになってるから」

そしてブラシでささっと、髪を直し「寒くない？」などと杏子を気づかう。

「……なんか、ヘアメイクさんみたいだね」すこし緊張がとけて、杏子は言った。

「そっちこそモデルさんみたい！」柊二がひやかすので、杏子はおかしくなって笑う。

「あ、いいねいいね」その顔をカメラマンがパシャパシャと撮った。だんだんと胸の奥で自信が湧いてきて、杏子は車椅子の上でピンと背筋を伸ばしてポーズを取った。

「お疲れさまでした！」

代々木公園のそばの歩道橋の上。ここで何カットか撮って、ようやく撮影は終了し、スタッフたちは帰って行った。残ったのは柊二と杏子、ふたりだけだ。

「うわ、すっげえきれい」柊二は夕陽が沈んでいくのを眺めていた。

「ここ、景色いいねえ……ん？」

杏子が横を見ると、柊二が腰をかがめて、顔を近づけてきていた。

「いや、どんな風に見えてるのかなあ、って思って。違うんだろうな。車椅子だとさ、いつも目の高さ一〇〇センチくらいでしょ。見える世界、違うんだろうな」

「……変な人」杏子は思わず吹き出した。

「俺？　そう？」

「そんなこと言った人、はじめて。たいていこう言うのよ。たいへんでしょ、がんばってね。何でも言って。やれることは何でもしてあげる……。見える世界かぁ、考えたこともなかったな」

柊二は立ち上がり、煙草に火を点《つ》ける。ふたりはしばらくそれぞれの高さから、沈む夕陽を眺めていた。

「きゃあっ、早いよ！」

数時間後、ふたりは夕飯を食べに行くことになり、夜の町を車椅子でかっ飛ばしていた。ゆるい下り坂になっている歩道で、柊二が車椅子の後ろに乗って地面を蹴《け》って漕《こ》いでみると、これがなかなか早くて楽しくて、杏子も声をあげてはしゃいでいた——が、その後は全然楽しくなかった。何軒回っても、車椅子での入店を断られてしまうのだ。

「ったく、なんでだよ！」と、文句を言っている柊二に、「仕方ないよ。階段だったり、中が狭かったり……」と、杏子はさとすように言う。

「そうだ！」柊二はデイパックを前に回して背中をあけ、車椅子の前にかがんだ。

「ん？」

「おんぶ。そうしたら中入れる」

「……いいよ、いいって」

「大丈夫だよ、こう見えても俺、力あるし」

「いいって……いいって言ってるでしょ！」杏子は力を入れて押しやると、柊二はころんでしまった。

「……ごめん」杏子を傷つけてしまったのだろうか……。柊二は地面に尻餅《しりもち》をついたまま素直に謝った。一瞬目と目が合い……ふたりは同時に目を伏せた。

「乾杯！」

結局、ふたりは柊二の行きつけの屋台のラーメン屋さんに来ていた。ラーメン屋のおやじが缶ビールをサービスしてくれたので、杏子は元気にビールを喉《のど》に流し込む。

「飲んでもいいんだ？」

「え？　平気よ。何でも平気なの。車椅子なだけ」

柊二は黙っている。まだ元気がない。やっぱり、ちゃんと話さないといけないかと、杏子は口を開いた。

「さっき……、さっき、あなたにおんぶしてもらうのがいやだったんじゃないの。ほら、足。動かせないでしょ。動かさないと足って棒みたいになっちゃうんだ。ガリガリ。それが、あなたにわかっちゃうの恥ずかしかったんだ……」

杏子はなるべく深刻にならないように、笑いながら一気に言った。

「上半身、こんなにきれいにしてもらったのにね」

「……聞いていいかな」ようやく柊二が口を開いた。

「それ、事故？」

「ううん、病気。十七のときまでは歩けたんだ。けっこうイケてたんだよ」

「今も……イケてるじゃん」

「言うと思った。ね、このメンマおいしい。私、メンマ好きなんだ」

照れくさくなったので、杏子は話題を変える。

「はい」柊二は自分のラーメンからメンマを入れてくれた。柊二のさりげない仕種《しぐさ》に、杏子はまたドキッとしてしまう。

「そのかわり、たまごちょうだい」柊二は杏子のどんぶりに、箸《はし》を伸ばしてきた。

「あ、また行っちゃったよ……！」柊二は舌打ちをする。

「乗車拒否、三台に二台は乗車拒否すんの。面倒だからね。車椅子乗っけるの」

柊二はさっきからずっと、杏子のためにタクシーを停めようとしている。なかなか停まってくれないけれど、杏子はこんなの慣れっこだ。それに、ふたりでいられるならもうすこしタクシーが停まらなくてもいいと思って、話しだした。

「せっかくだから、次の来るまで話しよっかな。ちょっと酔ってるんだ」

「だから差し引いて聞け、っていうこと？」

「そういうわけじゃないけど。あ、こっち見なくていいよ」

杏子は振り返った柊二を制す。柊二はまた車道側を向いて、タクシーを探した。

「今日、楽しかった。あんまり新しい人に混じって何かするってことないから、すごく楽しかった」

「あ、でもね。サトルのカットも撮ってたからさ。どっちが載るかまだわかんないよ」

「載らなくてもいいの。私、楽しかった。あんな風にカメラの前で自信持って笑ったの、足悪くなってからはじめて」

「……そう」柊二は背中を向けながら言った。

「うん」酔ってるから、ということにして杏子は素直にうなずいてみる。

「俺も、楽しかった。なんか、仕事忘れて、夢中になってた」

柊二がそんな風に言ってくれるので、杏子はせつなくなってしまった。次の言葉を探しているとき、ちょうどタクシーが来て、左にウィンカーを出し、停まる合図をする。

「あ、来た来た」柊二は得意気に振り返る。もうすこし話していたかったんだけど……杏子は扉のところまで車椅子を漕いで行き、体を座席に移す。柊二は下手に手を出したりせずに、見守っていてくれた。そして車椅子を素早くたたみ、トランクに入れてくれる。

「あ、そうだ。忘れてた。今日、ありがとう。きれいにしてくれてありがとう」

タクシーの扉が閉まり発進しそうになったので、杏子は慌てて窓を開け、胸の奥に詰まっていた気持ちを伝えた。柊二はうつむいて、何か言葉を探している。

「……俺さ。俺、才能あるかな。なんていうかその……美容師としての才能」

「あるよ、絶対あるよ」

杏子はしっかりと彼の目を見て、そう断言した。

「そうだ、雑誌に載ったら……、今日の、雑誌に載ったらお祝いしない？」

「お祝い？」

「うん！　あ、しないか、そんなの……」

柊二はもう自分と会う気なんかないのかもしれない、と思い直し黙り込む。

「いや。いいね、しよう、お祝い」

「ホント？」

「あの、そろそろ行ってもいいですか？」運転手さんが話し込んでいるふたりに言う。

「あ、じゃあ雑誌の出た日に、今日のあのラーメン屋で……たぶん仕事終わってからだから、八時。遅い？」

「ううん、オッケ。約束ね」

「行きますよー」

運転手さんに促され、杏子は窓を閉め、柊二に手を振った。

約束か、果たせるといいけど──。

柊二が複雑な思いで杏子の乗ったタクシーを見送ってから数週間が経ち、とうとう雑誌の発売日がきた。出勤前にコンビニでその雑誌『ラ・マン』を買い、待ちきれずに途中の道でバイクを停めて、ページをめくる。

杏子だ――。一ページを使って大きく扱われている杏子の写真があった。外で笑っているカット。隣のページには髪形のアップの写真が数点と『ヘアメイク、沖島柊二』の文字。サトルのカットは小さいものが二点ほど載っているだけで、柊二の方が断然扱いが大きい。次の瞬間、柊二の目に飛び込んできたのは笑っている杏子の写真の下に入っている「車椅子の私もカリスマ美容師に」という大きなキャッチコピーだった。「ハンディキャップも美しくなれる」などとも書かれている。

何だよ、これ……柊二はため息をついて、雑誌を閉じた。

「柊二さん、柊二さん、これこれ！　すっごくデッカク載ってるじゃないすか」

店に着き、柊二がシャンプー台で自分の髪を洗っているとタクミがやってきた。

「いいって、そんなの」

「またまたかっこいい！　だってこれサトルさんより大きい扱いじゃないすか」

「聞こえてますよお」いつのまにかフロアに出て来ていたサトルがふてくされて言う。

「あ、いたんだ」タクミはあくまでも無邪気だ。

「自分でもわかってんじゃねえの。自分の扱いが何で大きいか。車椅子だからでしょ？　最初っから計算してたんじゃねえの。そういう子、連れてくればインパクトあるし、自分のが大きく取り上げられるって」

「失礼なこと言わないでください」タクミが柊二のかわりに反論する。

「本当にカットに自信ありゃ、フツーの子切ってんでしょう？」

「わっかんない人だなあ。柊二さんがそんなこと思うわけないっしょ？」

「やめろよ！」柊二は一喝して、タクミを止めた。


「車椅子じゃないと記事になんないから杏子なんだ。だからサチじゃダメだったんだね」

『ラ・マン』を見た同僚の女性が、カウンターの中でサチに言っているのが杏子に聞こえた。サチは複雑な表情を浮かべて黙っている。

「そうだよね」本棚の片付けを終えた杏子は、そう言いながらカウンターに入ってきた。

「あいつが声かけてきたのってそういうことだったんだよね」

話していたふたりは黙ってしまった。

今日、この日をずっと楽しみにしていた杏子は、出勤前にコンビニに寄って雑誌を買い、車に戻るのも待ちきれずに、コンビニを出たところですぐに開いてみた。そして、ページを使ってほほえんでいる自分の写真を見つけて喜んだのも束《つか》の間、「車椅子の私も……」の文字を見つけてしまった。杏子はその雑誌を、すぐにコンビニのごみ箱に捨てた。

「あの子、いやあいつは？」

「あ、今日は移動図書館……施設とか回って、子どもたちに本、読んであげるの。そこからそのまま帰るって」

「あ、そう……」

柊二はその日の最後の客のカットが終わってからバイクを飛ばして図書館に来て、表で杏子を待っていた。平日の図書館の閉館時間は八時なので、どうにか間に合ったけれど、図書館の扉から最後に出てきたのはサチだった。

「あの、ねえ……？」

「え？」

「杏子のこと、利用したの？」柊二に尋ねるサチのその目は、いつになく厳しかった。


「杏子、電話。沖島さんっていう男の人」

夕食の支度をしていると、店番をしていた母親が杏子にコードレスを持ってきてくれた。柊二だ。一瞬胸がドキッとしたけれど、話したいことなど何もなかった。

「もしもし……柊二、ですけど」

「はい、何でしょう？」思わずとげのある声で杏子は電話に出た。

「雑誌さ、見た？　いや、見たことは知ってんだけど……」

「……サチ？」

「ああ、この番号もあの子に聞いたから。ごめん、俺、ああいう風に扱われるとは思ってなかったから……」

「本当にそうかな」

「どういう意味？」

「どっかで思ってたんじゃない？　私だったらきっと雑誌に載るだろうって。普通じゃない、車椅子だ、インパクトあるって、思ってたんじゃない？　だから私に……たくさん女の子いるだろうに、私にわざわざ頼みに来たんじゃないの？」

　受話器の向こうに、長い沈黙が流れる。

「ねえ……何とか言ってよ」

「……そうかもしれない」

　言い訳の言葉を想像していた杏子は、柊二のストレートな答えにすこしとまどった。

「街にモデル探しに出てもさ。どんな子見てもピンと来なくて、そんなときあんた思いついて、ああこれだって思って……。それ、車椅子関係ないかっていうと自信ない。たしかにインパクトがあるって思ったし……」

「ほら、そういうことだよ。私のこと利用したんだよ。切って……いいかな？」

「ちょっと待てよ。でも、あの雑誌見たらこっちまでやりきれなくなったっつうか……」

「調子いい」

「会って話せないかな。いや、話したいんだ。あそこで待ってるから。こないだふたりでラーメン食べたとこで」

　ふたりで、というセリフにすこし胸が痛んだ。

「……もう、お祝いなんかするわけないじゃん」

でももう会いたくない。

「お祝いなんかするわけないでしょ！」杏子は涙声で、電話を切った。

「何、ふられたの？」

携帯のリダイヤルボタンを押そうとしたとき、ラーメン屋のおやじに肩を叩《たた》かれた。

「こっちも降りそうだね。店じまいかな、これ持ってきな」

おやじはオレンジ色のビニール傘をくれた。その途端、ポツリ、と頬に雨の雫《しずく》が落ちてきた。

電話を切った後、夕食の支度も放り出し、杏子は自分の部屋に戻っていた。ベッドに入って、細い膝《ひざ》を抱えて座っていた杏子は、雨が窓ガラスを叩く音でハッと我に返る。

「雨……」

まさか……？

雨はあっという間に本降りになってきた。杏子を傷つけてしまった柊二は傘をさす気にもなれず、雨に打たれたまま大通りから下の通りに通じている階段を降りようとしていた。と、そのとき通りの向こうに停車する赤い車が見えた気がした。柊二は慌てて階段を駆け戻る。扉を開けて出てきたのは車椅子。そして、体をずらすようにして座席から杏子が降りてきた。傘をさしていない杏子はあっという間に濡《ぬ》れてゆく。

「おいっ！」柊二は慌てて大声で杏子を呼んだ。

「よっ！」しばらくキョロキョロしていた杏子が、柊二を見つけて大声で答えた。そして、にこっと笑う。柊二が待っていたのは、その笑顔だった。

「さっき電話で言うの忘れたと思って。『水酸化ナトリウムの性質』入ったよ」

杏子の声が雨音まじりに聞こえてくる。

「え、じゃあ……借りに行っていいの？」

柊二は急いで通りの向こうに走って行き「傘、させよ」と、杏子に傘をさしかけた。

「うん……！」

杏子は柊二の顔を見てもう一度目を細めてほほえむと、柊二から傘を受け取った。そして柊二の背に合わせて傘を高くかかげる。ふたりはしばらく、不器用な相合傘でたたずんでいた。


ねえ、柊二。この世は綺麗《きれい》だったよ。

高さ一〇〇センチから見る、世界は綺麗だったよ。

あなたと会って、ラスト何カ月かで、私の人生は星屑《ほしくず》をまいたように輝いたんだ……。

2

「違った……」

あの雨の日から、柊二と会っていない。図書館の自動ドアが開くたびに、杏子はついついそっちばかりを気にしてしまう。

「何？　約束でもしてんの、あのカリスマ美容師と？」サチがそんな杏子をからかう。

「そんなんじゃないよ」杏子はサチに答えた。

「じゃあどんなんだ。雨ン中で待ち合わせしといて」

雨の日に待ち合わせたという事実を話してはいたけれど、杏子は自分の気持ちまでは素直に話していなかった。でも、サチにはすっかりお見通しのようだ。

「だって、来ないじゃん。『水酸化ナトリウムの性質』借りにくるって言ったくせに。飽きたのかなあ、水酸化ナトリウム」

「杏子に飽きたんじゃない？」

「……ねえ、思いついても言っていいことと悪いことがあるのよ」

「あっ、柊二さん！」

「えっ？」杏子は胸をときめかせて出入口の方を見た。入ってきたのは似ても似つかない別の男の人だ。杏子は隣のカウンターに座っているサチをにらみつけた。

「あっ、美山！」

「えっ？」またドキッとして出入口を見る。今度は誰も入ってはこなかった。

「あんた、バカじゃない？」

面白がっているサチをひっぱたこうとしたとき「あの、すみません……」と、和服姿の上品な中年女性がカウンターに現れた。

「沖島柊二って男の子、ここに来ますか？」

「え？」杏子とサチは思わず顔を見合わせた。


「スタイリストに昇格は以上の二名。次、トップスタイリストに昇格したのが……」

開店前の『ホットリップ』の朝礼。今日は定例会議で、従業員たちは緊張して店長の言葉に耳を傾けている。

「遅くなりました！」

そこへタクミが飛び込んできた。

「定例会議は始業時間の三時間前って言ってあるだろ？」

「すいません、きのう眠れなくて……」

「ええ、トップスタイリストに昇格は……」店長は発表を続ける。

「あっ、スタイリストの発表、もう終わったんですか？　俺……は？」

「御愁傷様」タクミの前にいたサトルが振り返ってささやく。

「そこ、いいか？」

「すいませーん」サトルはお得意のご愛嬌《あいきょう》で、店長に謝っている。柊二はトップスタイリストの発表を早く聞きたくて、いつになく緊張していた。雑誌に載ってから、行きつけの店なんかで「よかったよ」「評判いいじゃない」とよく声をかけられていた。

「トップスタイリストは小沢《おざわ》真弓、以上だ」

みんなにパチパチと拍手され、真弓が頭を下げた。

「それでは今日も一日、よろしくお願いします！」

みんなはいっせいに持ち場へ散っていく。柊二は自分のカット台のところで、店に来る前に買ってきたハンバーガーを紙袋から出してかぶりついた。真弓は朝礼のときにいた場所にずっと立ったままで、柊二をじっと見ている。

「おめでとう」とりあえずそう言って、柊二は紙袋から飲み物を取り出した。

「……ありがとう」真弓はそう言って、自分の持ち場に戻った。

「店長、柊二さんは……？　トップスタイリスト昇格なしですか？　この間、雑誌にもサトルさんのより大きく載ったし」

控室に戻ろうとしている店長をタクミが呼び止めた。手には『ラ・マン』を持っている。

「こんなもん、どうやって評価すんだよ？」店長は雑誌の表紙をポンとたたいた。

「そうだよ、別にイイ話、雑誌に載っけてもらったってねえ、店長？」

「サトルさんに言ってんじゃないですよ」タクミは口をはさんできたサトルに言った。

「なんだよ、自分の心配しろよ」

サトルが言い返し、険悪になりそうな雰囲気が伝わってきたので、柊二はタクミを呼んだ。

「タクミ、こっち来てスタンバイしろ。スタンバイ」

「……柊二」タクミのかわりに近づいてきたのは店長だった。

「はい？」

「今月末にトップスタイリストの試験をする。それまでに『ホットリップ』の顔になるような新しいデザイン、考えるんだ」

「……はい」


「……しょうがないな。カレーにすっかな」

昼休み、図書館の食堂で杏子は食券を買おうと自動販売機にお金を入れた。けれど、この日は販売機の前にタマネギの段ボール箱が置いてあって、車椅子の杏子が手を伸ばしてもいちばん上のラーメンのボタンに届かない。そこに柊二が入ってきた。

ずっと待ってた柊二がいきなり現れたので、杏子はどう反応したらいいのかわからない。

柊二は杏子の顔を見ないまま、自販機に向かって言った。

「どれ？　レバニラ定食大盛り？」

「んなもん食べないわよ。ラーメン」

「ん……」柊二はラーメンのボタンを二回押す。

「二杯も食べないよ！」

「俺が食うの。あとで金払うから」

「……あそ」杏子は自分のお財布を開いて柊二の方に差し出した。柊二は一瞬あきれて、そこにチャリンとラーメンの代金を入れる。

「いいよ。押さなくて。あ、ラーメンひとつ」

車椅子を押してくれようとした柊二を制して、杏子は食堂のおじさんに声をかけた。

「ふつう、ふたつっていうだろ」

と、柊二が自分の食券も横から出す。言い争っているうちに、ラーメンができあがった。杏子はトレーを受け取り、膝《ひざ》に載せる。

「持とうか？」

「大丈夫。これね、右で漕《こ》ぐと左に行って、左で漕ぐと右に曲がる。これ自然の摂理。だから順番に……」

「危ないから、持つって」

「いいの。ひとりでできるの」

杏子があまりにもかたくななので、柊二は先に歩きだした。杏子はようやくテーブルにたどりついたけれど、椅子をどかして車椅子を入れることができない。いつもはサチや同僚が一緒にきてやってくれる。

「近藤《こんどう》さん！　椅子ひいてもらえますか？」杏子は通りかかった中年男性を呼んだ。

「ああ、はいはい、杏子ちゃん。心配ご無用！」

近藤は柊二の席からひとつ間をあけたところの椅子をひいてくれた。

「すいませーん」杏子は満面笑顔で媚《こ》びるような声を出した。柊二を意識してのことだ。

「ああ、おっそいなあ、サチ……」

杏子は柊二の目の前にある割り箸を、わざわざ手を伸ばして取った。柊二がチラッと見たけれど、それを無視して食べはじめる。あ、胡椒《こしょう》をかけてなかった……と、手を伸ばしたとき、柊二がさっと取ってしまった。そして、柊二は自分のラーメンに胡椒をかけ、わざと杏子の届かないところに胡椒の入れ物を置く。

「……何のまね？」

「いやあ、あ、胡椒使う？　取ってあげようか？」

「……いいわよ。すみません！　胡椒貸していただけますか？」杏子は隣のテーブルから胡椒を借りた。何度目かの険悪なムードになったとき、ようやくサチが入ってきた。

「ごめん、杏子。返す人続いちゃって。あ、ふたりしてラーメン？　このこのォ」

「いいから早く食券買ってくれば？　あんたの好きなレバニラ定食なくなるよ」

「え？」サチは目を丸くしている。

「超いやな感じじゃない？　さっきからずっとそう」柊二はサチに言いつける。

「あ、それはあなた……柊二さんがぜんぜん来ないからでしょ？」

サチはふたりの席の間に座り、柊二に言った。

「何、言ってんのよ、やめてよ。こんなやつ」杏子はあわてて否定した。

「待ってたじゃない。ウイーンッて誰か来るたんびに目がフッと……」

「ウイーンッて何？」柊二がサチに尋ねる。

「ウイーンッて、自動ドアよ。目がフッて、柊二さんかな？　違うかな？　今度は柊二さんかも」

「違うって、私は……」杏子は口をはさんだ。

「私は？」

「私は……美山くんを待ってたのよ」

「あ、それかなり無理あるわ」

「つまんない」

サチと柊二に続けて却下されて、杏子はむっとラーメンをすすった。


「何、描いてんの？」

食事が終わると、柊二がスケッチブックを取り出したので、杏子は気になって、ひとつ空けた席からのぞきこむ。サチは三人分の食後のコーヒーを取りに行くと席を立ったのだ。

「ん？　今度のヘアデザイン」

「ふうん……、じょうずだね」

きれいな女性の顔に、いい感じのヘアスタイル……思わず素直に感心する。

「この辺を……ふわっと」柊二はぶつぶつ言いながら鉛筆を動かしている。

「空気感、エアリーな感じね。……あ、いやよくテレビとか雑誌で言ってるからさ、ってうるさいね、私」はしゃいで言ってから急に恥ずかしくなって杏子は肩をすくめた。

「……ひょっとしたらさ。今度トップスタイリスト、なれるかもしれないんだ」

「へえ」

「そしたらほんとにお祝いできるねー、とか言わないの？」

「そんなことずっと今まで言われてきたの？　かわいこちゃんたちに」

「けんか売ってんの？」

「けんか買ってんの」杏子が憎まれ口ばかりなので、柊二はムッとしてデザインに集中した。何度か描いたり消したりしていて消しゴムのカスがたまったので、手でパッパッと払うと、うっかり消しゴムを飛ばしてしまう。それが杏子の後ろに転がってきた。

「あ……」杏子は取ろうとするが、手は届かない。

「あ、いいいい。俺取るから」

柊二は席を立って拾い上げた。こんな近くのものも、杏子は取ってあげられない。

「でも、素敵っぽいね、その髪形」

落ち込みそうになった気分を立て直し、杏子はもういちど、柊二のデザインをほめた。これだけは意地を張らずに、ちゃんと素直に伝えておこうと思ったのだ。

「え、そう？」

「うん……。あ、ねえ思い出した。この間女の人来たよ、着物着た。沖島柊二さん、時々ここに来ますかって」

「あそ」柊二のつれない返事をした時に昼休みの終わりを告げるチャイムが鳴った。気をきかせたのかサチはとうとうコーヒーを持ってこなかった。


閉店後のフロアで、柊二は人形を使ってヘアスタイルを作っていた。真弓も残っていて、柊二の背中に向かってパーマのときに使うカラーゴムを飛ばしている。

「何やってんの、さっきから」

「ん？　命中しないかと思って」

「どこに？」

「どこだろ、心かな」

「よく言うよ、今さら」柊二は振り返ることもなく、黙々と作業を続けた。

「図書館、通ってんだって？　タクミくんに聞いたよ。あの車椅子の子、いるんだって？」

真弓は柊二の横の席に移動してきた。

「……関係ねえよ。自分ち、散らかってっからさ。デザイン考える場所とか、こういうことする場所がないから行ってるだけ」

「いいなあ、車椅子で柊二の気がひけるんだったら私も足の一本や二本……」

「そういうこと言うのやめろ、おまえ」柊二はつい本気になって声を荒らげた。

「ねえ、柊二さあ。もうちょっと店長に甘えた方がいいよ。リトルみたいにさ。何でも相談してみるとかさ」真弓は気にも留めずに話題を変える。

「何だ、それ？」

「だって店長も人の子でしょ。やっぱり頼られると嬉しいでしょ？」

「だから話を寝物語にしたわけ？」

柊二は何の気なしに言った。最近、店長が控室にいると真弓は手があいてればいつも入り浸っている。気にしているわけじゃないけれど、あまりに露骨だからピンときていた。

「……私たちがデキてるってこと？」

「別に隠すことないんじゃないの？　恋愛は自由だし」

「やきもち、妬《や》かないの？」

「なんで俺が妬くっつうのよ……それより、デザインはどうですか？」

柊二はスケッチブックを真弓に見せた。一瞬、恋人同士だったときの親密さが漂う。

「うん……これがいいかな？」

「だよな。やっぱこれか」

「ね、この絵みんな同じ顔。さつきさんに似てるよね」

「……ってゆうかさ、控室はマズいんじゃない？　俺には関係ないけどね」

さつきの名前を出されて、柊二は一瞬言葉を失い、話題を変えた。

「どうせ恋愛なんて思ってないんでしょ。打算だって思ってんでしょ。だから私がトップスタイリストになれたと思ってんでしょ？」

「自分でそう思うんだったらそうじゃないの？」

「柊二までそんな突き放した言い方しないでよ。私、疲れるんだ。こんな都会の真ん中で、しかも業界トップの美容室で……がんばってもがんばっても人、追い上げてくるし、ほんとは自信ないし……こわいよ」

真弓は片づけをしている柊二の背中に抱きついてきた。真弓の気持ちもわからなくもなくて……柊二はしばらく彼女のしたいようにさせておいた。


「これどうぞ」正夫がビールとスナック菓子を持って、杏子の部屋に入ってきた。

「お邪魔してます。あ、ビール？　いいんですか？」サチは目を輝かせる。

「いいのいいの、売るほどあるから。なーんてね、アッハッハッハ」

仕事の帰りに、サチが杏子の家に遊びに来ていた。正夫はビールを渡した後も、杏子のベッドに座り込み、つまらない冗談を言っている。

「そういう冗談言ってるから、お嫁さん来ないのよ。……お兄ちゃん何？　行けば？」

「いいじゃんかよ。お兄ちゃんもたまには、ねえ？」正夫はサチに同意を求める。

「あ、どうぞどうぞ。ほら、杏子、ビールも三つあるし」

「はいお兄ちゃんのビールはこっち」

杏子は缶ビールをひとつ、廊下に出した。

「人に聞かれちゃ困る内緒の話もあるの。こちとら年頃なんだから」

「あいよ。すいませんでした……」

正夫は口をとがらせ、部屋から出ていった。


「いいよなあ、杏子ン家《ち》はいつ来ても……」

杏子とサチは夜の商店街を歩いていた。杏子はサチを駅まで送るつもりだ。

「騒がしいよね。みんなで出てくることないのに」

サチが来たので帰るときは店の外まで家族全員で見送りに出てきた。おまけに杏子の母は蒸《ふ》かしたおいもを、おみやげだと言ってサチに持たせている。

「へへ。あったかいや。これ。ほんと、いっつもよくしてもらっちゃって」

サチはおいもの袋を杏子の膝《ひざ》の上に載せ、自分は後ろに回って車椅子を押した。

「わざわざ来てくれるのが嬉《うれ》しいんだよ。サチはさあ、私が社会人になってからのともだちじゃない？　うちの両親、心配してたからさ」

「……杏子、体の具合どうなの？」

「うん、相変わらずだよ。月に一回病院行って、検査して、食後三回薬飲んで。あとは元気。病気ってこと忘れちゃう」

「そっか。……あ、ね、ちょっとここで食べちゃおっか?」

公園の前にさしかかって、サチは足を止めた。

「それ賛成」

ふたりはベンチに座って——座ったのはサチだけだったけれども——、ほくほくのおいもを食べはじめた。

「いいね、その髪形、似合ってるよ」

「何だよ、急に」サチが突然そんなことを言いだしたので、杏子はむせてしまった。

「お似合いだと思うんだけどな、あいつ。あの水酸化ナトリウムおたく」

「……ね、サチ、私、恋はしないの。決めたの。恋はしないって」

「そんなの、決めることかな? あいつのこと、好きじゃないの?」

サチは真剣な目で杏子にたたみかける。

「うーん、正直、わかんないな。そういう気持ちになってもさ、自分で蓋《ふた》しちゃう癖、ついちゃってんだ。好き……なわけないよなって」

杏子は極力、深刻にならないように笑いながら言った。

「何で蓋するの?」

「サチさあ……たとえば車椅子の男の人がサチの前に現れたら、恋人になる?」

「……それは、そのときになってみないとわかんないな」

「いろいろ考えるでしょう?」

「うん……考えるかな」

「私はね、考えさせたくないの。相手に。そんで自分も考えたくない。傷つくのやだしね。だからぁ、もうあいつが図書館来ても、ひやかすようなこと言わないでね。私があいつに気があるみたいなこと言うの、やめてね」

「……傷つくかな？」

「え？」

「わかんないじゃん、それは。傷つくかどうかわかんないじゃん！」

「何ムキになってんのよ」

「だから私は……、杏子がそうやってなんにもする前から心に蓋しちゃうのやなんだよ」

サチは目に涙をためている。

「そんなこと言ってたら、一生、恋できないじゃん。一生、好きな人できないじゃん」

「サチ……」

「杏子はきれいだし、かわいいし、ちょっと変わってるけどおもしろいし、私、杏子のこと自慢だし。それなのにいつもこういうことになるとさ。卑屈になっちゃう杏子がいやなんだよ！」

杏子はポケットからハンカチを取り出して、泣きだしてしまったサチに渡した。

たぶん、サチが口に出して言ったようなことを、ウチの家族たちはみんな思っている。お父さんも、お母さんも、お兄ちゃんも、みんな思ってる。ただ、言わないだけで。サチの言うこともわかるけど、やっぱり私は二本の足が動かなくなってから、翼の折れた鳥のように飛び立つ自信をなくし、怯《おび》えて、小さくなって、震えているのかもしれない。


「こんにちは。もうすぐお昼休みですよね？」

「美山さん……」カウンターで端末を打っていた杏子が顔を上げると美山が立っていた。

「お昼ごはん、買ってきました」美山はパン屋の袋をかざした。


「あのね、これ。また開発したんです。こうでしょ？」

図書館の外のベンチで杏子がパンを食べはじめると、美山は車の中で使う缶ホルダーに長い棒をつけたようなものを取り出して、杏子の車椅子にとりつけた。

「よし、ついた。これで缶コーヒーなんか、ここに置いて飲めます。次はこれの変形で、またいろいろ考えるつもりです」

美山は満足げにほほえんだ。

「あの……この間はごめんなさい。善意の押し売りなんてひどいこと言っちゃって」

杏子はパンをかじりながら、気にかかっていたことを詫《わ》びた。

「いえ。よこしまなんです。ボランティアなんてかっこいいこと言って。ほんとは杏子さんにもう一度近づくきっかけ作りたくて……善意の押し売りでさえないんです」

突然立ち上がると気をつけの姿勢をして美山は言った。

「杏子さん。俺、杏子さんが好きです。つきあってくれませんか？」

杏子は突然のことに驚いて言葉が出なかった。美山はやさしい。でも……。美山は直立不動でじっと答えを待っている。杏子は思い切って口を開いた。

「ごめんなさい……。美山さん、私なんかじゃなくてふつうにかわいい女の子がいるよ。ふつうにデートもできて、ふつうに……」

「そういうこと……、そういうことは言わないでください」

美山は杏子の前にしゃがんだ。杏子は視線を下に向けて美山を見る。

「俺を傷つけないためにわざわざそういうこと言ってんのか、それとも本気で思って言ってんのかしれないけど……本気で言ってんなら、そういう考え方やめた方がいいと思います」

沈黙を恐れるかのように、チャイムが鳴った。美山が静かに言った。

「お昼……終わりました。どうぞ行ってください」

「え？」

「行ってください」

「あ、はい……」

杏子は美山に背を向けて車椅子を漕《こ》ぎだした。何度か振り返ろうと思ったけれど、そうしない方がいいかと思って、懸命に漕いだ。こういうときにかぎって、なかなかうまく漕ぐことができない。なんとか数メートル行ったところで「杏子さん！」と呼び止められた。

杏子は小さな声で返事をして振り返る。

「俺、これからも本借りに来てもいいですか？　『巌窟王《がんくつおう》』、まだ三巻までしか読んでなくて、続き、気になるんです！」

「あ……はい」

「よかったあ……」美山は直立不動のまま笑顔を浮かべている。それがあまりにも心からの笑顔だったので、杏子も安心して笑顔を返した。


「おう、モテモテ！」

昼休みが終わってしばらくすると、今度はカウンターに柊二が来た。

「杏子さん！　俺、本借りに来てもいいですか？　『巌窟王』まだ三巻までしか……ねえ『巌窟王』って何？」

デザインの参考にするために、女性誌をパラパラとめくっていた柊二は、カウンターに『コスモポリタン』を持って行き、美山の真似をした。立ち聞きするつもりはなかったけれども、柊二が図書館に着いてバイクを降りると、美山が杏子を呼び止めているところだったのだ。

「ねえ」杏子は雑誌とカードのバーコードを読み取りながら言う。

「ん？」

「あなた、そういうとこ直した方がいいよ。人の誠意、笑うようなとこ」

「そう?……すいません。サンキュ！」

柊二は素直に反省してひとこと謝ると、本を受けとって出口に向かった。

「あ……」

もう行っちゃうの？　という気持ちで、杏子は思わず声を上げた。柊二はわざとやってるのではなくて、本当にあっさりしているところがある。杏子はまだそのあたりの柊二の気持ちを読むことができない。

「柊二！」

柊二が出ていこうとした瞬間、和服の女性が呼び止めた。いつかカウンターに来た中年女性だ。

「柊二、ちょっといい？」

柊二は一瞬驚きの表情を浮かべたが、女性を連れて食堂へと向かった。

「なんだろね？　わけありかなあ……？」サチが杏子に耳打ちをした。

「何よ、それ。年上の恋人とかそういうこと？」

「わかんないよ。あいつ節操なさそうだし」

「モテモテかな？」

「いや、まちがいなくモテモテでしょ？」

あっさり言われ、杏子の胸はちくりと痛んだ。

「すいません、これそこに忘れてあったんですけど」

学生風の男の子が、カウンターに透明のビニールケースを持ってきた。『ホットリップ』のステッカーが貼ってあって、中にはヘアデザインを描いた紙が入っている。

「あ、あいつのだ……」杏子はそれを受け取った。

「届けてあげなよ」

サチにそう言われ、杏子はとまどいながらも食堂へ届けることにした。


「……紅茶でいい？」

柊二は自動販売機で紅茶を買って、母親の目の前に置いた。

「マンション行ってもいなくて。お店行ったら今日お休みだって、それでたぶんここだろうって言うから……」

「マンション汚ねえし、狭いからさ。だからここ来てデザイン考えたりしてるんだ……って手紙にも書かなかったっけ？」

柊二の母、織江《おりえ》は無言で目を伏せた。気まずい雰囲気に耐えられなくなり、柊二はポケットから煙草を取り出す。

「これ、見たわよ」織江は突然『ラ・マン』を取り出した。

「あ。連絡しようかと思ったんだけど、そんなたいした記事でもないから」

柊二はうれしくなって、煙草をくわえながらすこし笑った。

「こういうの、気をつけてね」

次の瞬間、織江は小声でぴしゃりと言った。

「誰が見てるかわかんないんだから。今回はお父さんに見つかってないからいいようなものの……ご近所の方がね、わざわざ持って来てくだすったのよ」

「ふうん……まだ隠してんだ。俺が美容師やってること」

「だってあなた、沖島病院の長男が大学も出ないで美容師やってるなんて……言えるもんですか。これから、気をつけてね」

織江はそれだけ言うと、すっと立ち上がった。紅茶にもまるで口をつけていない。もう湯気の出ていない紅茶のカップが、柊二を拒否しているかのようだった。

「おふくろ！　久しぶりで会って、そんなことしか言えねえのかよ！」

織江は柊二の声に一瞬足を止めたけれども、振り向きもせずに行ってしまった。

柊二も仕方なくデイパックとヘルメットを取り、出口に向かった。そのとき杏子がそこにいるのが目に入ったが、柊二は無言で杏子の横を通り抜けて行った。

「おいしーい！」

「でしょ？」

その夜、杏子は以前柊二が杏子を連れてきてくれたラーメン屋にサチと来ていた。ラーメン屋といっても屋台だけど、ここの屋台はいくつかテーブル席なんかも出している。ちょっとしたオープンエアの雰囲気だ。ふたりは仕事の後にちょっと飲んで、小腹がすいたのでラーメン、ということになり、杏子がサチを連れてきたのだ。

「あいよ、おまけ」おやじがふたりの丼にチャーシューを入れに来てくれた。

「へへん、美人は得だね！」サチはすこし酔いが回っている。

「誰のことだよー？」杏子がふざけてサチをにらんだとき「チースッ！」と聞き慣れた声がした。振り返るとそこに立っているのはやはり柊二だった。

「おじさん、ここいい？」

杏子たちがいるのに気がついた柊二は、わざとふたりから離れた席に座る。

「なーんだそういうこと？　ここでふたりでデートかなんかして……」サチが言う。

「そうそう、一度連れてきたね。でもこの人、そういうの毎度だから」

おじさんは悪びれずに余計なことを言ってくれた。杏子の胸はズキッと痛む。

「……あ、柊二ちゃんごめんね」

「いいからいいから。ラーメンとビール。あ、味噌《みそ》ね」

柊二の反応に、杏子はさらに傷つく。隣を見るとサチが猛ダッシュでラーメンをかきこんでいるのが目に入った。

「ごちそうさま。へへ、後は若いおふたりでってこれがやりたかったのよねえ。でも、ラーメンは食べたかったから、急いで食べちゃった。そいじゃ」

「え、ちょっと……」杏子を残し、サチはさっさと立ち上がった。

「あ、お姉さん、御勘定」走って行こうとするサチをおじさんが呼び止めた。

「杏子、ごちそうさま。私、給料日前で金欠！　じゃ、たのみました」

と、サチは柊二の顔をのぞきこむと帰って行ってしまった。

「ちょっとお……まいっか、食べるか」

杏子はひとりごとを言って、ラーメンの続きにとりかかり、食べおわると、柊二を残してラーメン屋を去った。

ひとりで車椅子を漕《こ》ぎだしたのはいいけれど、寒さが身に沁《し》みた。車輪を漕ぐ手が冷たくて、思わず、両手にハーッと息をかける。気をゆるめると、泣けてきそうだった。

「あ……」

そのとき、ふいに車椅子が動いた。振り返ると、柊二が押してくれている。

「いいのに……」

「どして？」

「ひとりで平気だから」

「ひとりで平気でも、押してもらった方が楽でしょ？」

たしかにそうだ。サチや美山には平気で押してもらえるのに、杏子はなぜかいつも柊二には意地を張ってしまう。

「駅の近くの駐車場でいいんでしょ？」

「路上駐車」

「またやってんの？　そういうこと」

そんなことを言われても、杏子は背中がじんとあったかくなるのを感じた。

「あ、あああぁ！」

「え、何？　どしたの？」

「ごめん、あのショウウインドウ、ちょっと」

「あ、あれ？」柊二は杏子の言う店まで車椅子をバックした。

「あれきれいだと思わない？」

ショウウインドウには真っ赤なハイヒールが照らしだされている。細いストラップがついていて、きゃしゃなかわいいデザインだ。

「うん、いいんじゃない？」

「ここ通るたんびに見てるんだ」

「買えばいいじゃん」

「……車椅子で靴屋入る勇気、ないよ。ありがと、行こう」

「……ちょっとさあ、ちょっと、休んでいこうか？」

　柊二は近くの公園に入っていき、ベンチで煙草を吸い出した。

「昼間、見苦しいとこ、見られちゃったね。あれ、うちのおふくろ」

「ん、ああ……」

「三年ぶりぐらいかな、ばあちゃんの法事以来。なんか、美容師やってること、よく思ってないらしいからさ……あ、そうか。聞いてたよね」

「うち、お医者さんなの？」

「ん？　ああ、でも俺バカだから。だって医大三年連続ダメでさ」

「でも医大って難しいんでしょ？」

「難しいけどさ。弟は一発でオッケー。俺は四年目にはもうやめようって思って、美容学校行った。なんつうか……人の病気治す頭やセンスはないみたいだけど、人、きれいにするセンスはあんじゃないかと思って」

　杏子はにっこりとうなずいた。

「まあでも、ウチ的にはそうじゃなかったみたいだけどね」

　煙草を吸いおわった柊二は、近くにあった遊具にぴょんと乗って、杏子にたずねた。

「あんたは？　あんたは何か夢とかあるの？」

「……意地悪、言ってんの？」

「はあ？　何で？」新しい煙草に火を点《つ》けた柊二は、わけがわからないという顔をする。

「車椅子のくせに、夢なんかあるわけないだろうって」

「いや、別にそういうつもりで言ってないって。ぜんぜん」

「そっか、ごめん。たまにね。こうやって卑屈になって墓穴掘っちゃうんだ。昼間さ、聞いてたでしょ。美山くんとのやりとり」

「ああ……、でも全部は聞いてないから」

「あれ、本心なんだ。普通の子とつきあえばいいんだよ」

「なんで?」柊二は遊具から降りてきて、杏子の目の前に座り、顔をのぞきこんだ。

「私、これでもつきあったことあるの、普通の男の子と。デートして、いろんなとこ行って。でもね、たいてい疲れんの。階段でつまずいて、車の乗り降りでつまずいて、レストランでつまずいて、相手に悪いなって思って……向こうもだろうけどこっちも面倒くさくなっちゃう」

「うん」

「あれ、わかる?」

「ちょっとね」

「あ、もしかして私といるの面倒くさい?」

「いや、そういう意味じゃないけどさあ」

「あれ。ああ、また。ね、こうやって普通にしゃべってても、普通の人同士だったら言える冗談、妙にヤバかったりしてさ……」

杏子の明るい調子に助けられて、柊二はちょっと笑った。杏子も笑い返す。

「……行く？」

「うん」

　柊二は立ち上がり、杏子の車椅子を押して公園を後にした。

「ごめんな」

「うん？」

「俺、最初に会ったころさ。言ったでしょ。車椅子から見える風景ってどんなんだろうって。あれさ、かなり無神経だった」

「なんでー？」

「だってさ。ラーメン運ぶのもひと苦労なのにさ。そういうこと、俺ぜんぜんわかってなかったから」

「ねえ、私、あれすごく嬉《うれ》しかったんだよ。だって車椅子の方が素敵なこともこの世にはあるのかもしれないって思えたから。そいで、ほんとにあるのかもしれないし」

「そう？」

「うん、これから探すよ」

「いいね」

「あっ、夢、思いついた」

「夢？」

「うん、さっき聞いたじゃない？　夢」

「ああ……」

「好きな人と並んで歩くこと。ほらいつもね、こうして押してもらうじゃない？　後ろで。そうじゃなくて、好きな人がいて、横に並んで歩くの」

そこまで言って、杏子は突然照れくさくなってしまった。柊二を相手に、今日はずいぶんと素直に心の中を話してしまったみたいだ。

「なんて、好きな人なんていないんだけどね」

そう言って、杏子は突然自分で車椅子を漕ぎだす。

後ろで置いてけぼりをくらっていた柊二は、突然杏子の車椅子の後ろに飛び乗った。

「……ね、この間のやつやる？　つかまってろ、ほら」

「うわっうわー！　さむ、さむ、さむーい！」

青山の街の歩道を、車椅子がすーっと走り出し、杏子は歓声をあげる。


流れる夜景は夜のジェットコースターみたいで、僕ははしゃいでいた。彼女は僕の心のいちばん奥深く、透明なところに語りかけてきて、でも、彼女がいなくなるのと一緒に僕は、自分のそういった心も見失ってしまう。

「おかえり」柊二がマンションに帰ると、エントランスのところで真弓が待っていた。

「どして？」ヘルメットを外しながら、柊二はきいた。

「携帯、どうせ切ってるかなーと思って……店長、今日ね。編集者とモデルとポスター撮りの打ち合わせなんだ。おまえにそれ切らせてやるから、約束ポツになったの許せって」

「ようするに、ドタキャンされて、こっちに来たわけ？」

「……そのつもりだったからね」真弓は近づいてきて、色っぽい仕種《しぐさ》で柊二のサングラスをはずす。ミニスカートからすらりと伸びた足がなまめかしい。

「どういうつもりだよ……ね、俺たちもうとっくに別れたんじゃなかったっけ？」

「たまにはいいじゃない。固いこと言わない」

恋人同士だった気安さが、気持ちをゆるませた。柊二と真弓は並んでマンションの中へ入って行った。


そして、濁ってゆく僕……。


翌朝、杏子が図書館に行くとサチがカウンターの上にポンとビニールケースを投げた。

「これ、渡すの忘れてたでしょ。急いでんじゃない？　届けてやれば？」

「え、私が？」

「昨日、ラーメン食べたんでしょ？　ふたりで。そして今日、昨日の今日！　こういうのはたたみかけるように行かないと。ダダダッと。近いんだから行ってくるの！」

サチは無理やり杏子にビニールケースを持たせ、図書館から送り出した。


「あ……定休日？」

車椅子で『ホットリップ』の前まで来ると「CLOSED」の札が下がっていた。でもカウンターにサトルがいる。杏子がのぞいていると、サトルも気がついて外に出てきてくれた。

「君、この間の？」

「あの、柊二さんは……？」

「ごめん、今日定休日なんだ。俺はね、知り合い切ってて……VIP。女優さん。今度大河ドラマ出るっていうからさ……って聞いてないか。で、柊二に何か用？」

「あの、これ、図書館に忘れてったの。渡してもらえますか？」

「はい、お安い御用」サトルはビニールケースを見て、愛想よく受け取り、店内に戻った。

透明のビニールケースからのぞく、柊二の手描きのデザインが気になってたまらなかったサトルは、すこし迷ったが思い切ってビニールケースを開けてみた。中から出てきた数枚のデザイン画はどれも斬新《ざんしん》で素晴らしくて、サトルの胸を打つ。

「ごめん、ちょっと待ってて」と女優に声をかけ、サトルは慌てて控室に駆け込むと、カバンからコンパクトカメラを出し、次々とデザイン画を撮りはじめた。

「あ、ねえ、ちょっと！」

杏子が表参道の駅の付近まで来たとき、サトルが後ろから走ってきた。

「やっぱこれ、急いでると思うから直接渡してやって。あいつン家《ち》、近くだから……って無理か」

「あ、私、車だけど」杏子はすぐ脇のパーキングに停めてある車を指す。

「あー、だったら今地図描くよ」

「……っつうことで家に持ってくから」杏子は車の中で、サチに電話をかけた。

「あいよー。ねえ、あんたあいつの携帯、聞けば？　いいかげん」

「別に、かけるときないもん」

「まだそんなこと言ってるよ。……そうだ！　あいつずっとヘアスタイルのデザイン考えてんでしょ？　差し入れってことで、何かお昼ごはん、買ってってやんなよ！　午後、ちよっとくらい戻るの遅れてもいいからさ。ふたりで食べといでよ」

「だからあ、そうやってひとりで盛り上がらないでよ、切るよ」

杏子は電話を切った。

「差し入れかあ、やっぱこういうときはかわいくケーキとかかな……ってガラじゃないか」

「ベランダのとこがガラスになってて……。オッケー。ここだ」

杏子はサトルが描いてくれた地図をたよりに、柊二のマンションにやって来た。

「階段か……。ま、いっか」

エントランスまでは階段だ。でもとりあえず降りよう。杏子はいつもの手順で車椅子を出し、運転席から移動する。ミラーでちょっと髪の毛をなおし、後部扉を開けて差し入れに買った牛丼のビニール袋を出し……。そこまでしたところで、誰かが話しながら降りてくる気配がし、はっと上を見た。

「どうする？　キャンティでも行く？」

「やってねえよ、こんな時間……」

柊二と真弓だった。上着を着ていない真弓に「着れば、これ」と、柊二が自分の上着を貸してやったりしながらふたりで降りてくる。

階段の途中ぐらいまで来たところで、ふたりは赤い車のそばにいる、車椅子の杏子に気がついた。一瞬、柊二と杏子は見つめ合い、杏子は慌てて視線を逸《そ》らせて運転席に戻ろうとするが、素早く動くことができない。

「あ……」

焦る杏子の手元からビニール袋が落ちて、地面に牛丼の中身が飛び散った。牛肉とごはんが汚らしく広がる。午後の陽射しがふりそそぐ青山の、洒落《しゃれ》たマンション前にはあまりにもそぐわない風景だけど、杏子には拾うこともできない。

慌てて階段を駆け降りてきた柊二の視線を感じていても、杏子はみっともなくて顔を上げることもできないでいた――。

3

「牛丼？」

柊二は杏子のそばに行き、地面にひざまずくと、散らばった牛丼を拾い集めた。

「違うの、これ忘れたでしょ？　図書館に。これ届けにきたの。それはいいの。返して」

杏子は車からビニールケースを出して、柊二に渡した。一刻も早く車を発進させてここから逃げ出したい気分でいっぱいだったけれど、まだ車椅子をしまっていなかったし、ドアも閉めていない。杏子は運転席に腰かけて、柊二のすることを見ているしかなかった。

「でも、持ってきてくれたんだろ？」

「うん、まあ……」

「食おうよ、牛丼。な？」

「無理だよ」

「下の、生きてるよ」

柊二はビニール袋をのぞき、飛び散らなかった方の牛丼を見る。

「ちょっと、柊二！　キャンティは？」

階段の途中でふたりを見下ろしていた真弓が媚《こ》びるような声で柊二を呼んだ。

「なんかこれ持ってきてくれたみたいだから」柊二は牛丼を真弓の方にかかげる。

「あ、いいよいいよ。ほんとに。おじゃましてごめんね」

杏子は素早くビニール袋を取り上げた。車椅子をしまい、シートベルトをしめ、ドアを閉め、けっして厭味《いやみ》にならないように気をつけて、「じゃあね」と言った。

「……これ、サンキュ」

柊二がポツリと言ったのに杏子はようやく笑顔を返すと、車を発進させた。気まずい顔をしている柊二と、階段に立ったままの真弓の前を通り抜けて、スピードを上げる。


私が車が好きなのは、車に乗っているかぎり、私は普通でいられるから。

あんなきれいな足にも、びびったりしないいんだ……。


「こんにちは」午後いちばんの客は美山だった。

「……こんにちは」

「どうも」美山は借りていた『巌窟王』を返却する。

「いいえ」杏子はカウンターの奥に本を置きにいく。美山はその背中に一礼して帰っていった。杏子は美山が帰っていった気配を察して、カウンターに戻る。

「何か話してやんなよ」隣のカウンターにいたサチが杏子に言う。

「何を?」

「何かよ。かわいそうじゃん。せっかく来たのに。たとえば『巌窟王』が読みおわったら『小公女』がありますよとか……」

「世界少年少女文学全集、読破?」杏子が脱力して言い返した。

「あのっ! これ、アメリカ西海岸二週間の旅」

急に美山が走って戻ってきてカウンターの上に旅行のチラシを置く。

「あ、いやあの、ふたりでとかそういうことじゃなくて、今、僕たちボランティアでツアーを企画していまして。考えてみてください。失礼します」

美山はまた礼儀正しくおじぎをして、帰っていった。

「しっかし、勇気あるよね。ふられてもまだ来るあの根性」サチが呆《あき》れて言う。

「私にゃ無理だな。ふられたらふられっぱなし」杏子はカウンターに頬杖《ほおづえ》をついた。

「えっ? ふられたの?」

「声、弾んだよ、今」

「あ、いや、そうじゃないけど。私聞いてないよ。そんな進展があったなんて」

「進展? 後退でしょ、撤退でしょ、リタイアでしょ。あーあ、行くかなあ、西海岸」

杏子は大きくため息をついた。

「こんな感じでいこうと思うんだ」

開店前、柊二は控室で、タクミに自分のデザイン画を見せていた。

「これから春じゃん。シャギーがくることは間違いないと思うんだよな。で、ブラントで、トップにレイヤードを多めに入れて、ここはスライドでそぎ過ぎないように……」

「なるほど。じゃ、俺、フロントはグリーンメインで、アクセントつけるためにすこし紫をまぜて巻いて、ここ、オレンジっすね」タクミはパーマのロッドの色を確認する。

「白だろ？　毛先なんだから」柊二は食べていたお菓子の袋でタクミの頭をはたいた。

「あ、そっか。毛先へいくほど軽くなって……あれ、これ何？　横文字」

タクミは紙のすみにある小さな筆記体の文字を指さした。

「あ、それはいい。やめろって」柊二は取り上げようとしたが、背の高いタクミは立ち上がると、紙を高くかかげて柊二に渡さないようにする。

「エアリー、シャギー……。へえ、エアリーシャギーっていうのか」

「おまえ、どっちみち意味わかんないだろうが！」

タクミの背中におぶさるようにして、柊二はようやく紙を取り上げた。

「柊二、ヤバいよ」そこへ真弓が入ってきた。いつになく深刻な顔をしている。

「何？」

「サトルが今、雑誌の取材でカット作ってるんだけど……」

「……こうするだけでできあがるんです。スタイリングが楽。緩やかで、やわらかいテイストの中に、ランダムで、ちょっとインパクトがあるんです」

柊二たち三人がフロアに出ていくと、サトルが編集者にヘアスタイルの説明をしていた。サトルが手がけたカットモデルのヘアスタイルは、まさに今、柊二がタクミに見せていたデザインだ。偶然にしては似すぎている。

「何か、ネーミングは？」編集者が尋ねる。

「わかんないんですけど、たとえば、そうだなあ……エアリーシャギーとか」

「いいっすね。『ホットリップ』春のスタイルはこれということで。じゃあ写真撮りまーす」

編集者の合図でカメラマンがモデルの写真を撮りはじめる。

「ちょっと……あれ、柊二さんのデザインじゃないですか？」

タクミはサトルの手をひっぱり、編集者たちに聞こえないように言った。

「何が？」

「ほらだって、ここに描いてあるじゃないですか？　この髪形も、ネーミングも」

タクミはサトルの顔の前に紙をちらつかせた。

「おい、何やってる？……やめとけ」

事情を察したのか、店長が仲裁に入る。サトルはさっさと取材陣のところへ戻った。

「店の中だぞ」

店長に言われ、タクミは悔しそうに舌打ちをすると、控室に戻っていった。

真弓はジャケットも着ないで美容室を飛び出していった。

柊二だけがその場から動くこともできず、じっと取材風景を見つめていた。

「あなた」真弓は低い声で、図書館のフロアで本を片づけていた杏子を呼びつけた。

杏子と、そしてたまたま近くにいたサチもびっくりして真弓の顔を見る。

「あなた、柊二のデザイン誰かに見せなかった？　ウチの店の誰かに見せなかった？」

真弓はつかつかと車椅子のそばにきて、腕を組んで仁王立ちになり、杏子を見下ろした。

「見せる……あ、最初にお店に行ったら、サトルさんって人がいて……」

「サトルに渡したの？」

「ええ、一旦《いったん》、渡しました……」

「あんた、何考えてんの？　デザインって私たちの命なのよ。それを商売仇《がたき》にわざわざ見せる？」

「ちょっと、商売仇って同じお店の人でしょう？」サチが割って入ったが、「あんたは黙ってて」と真弓にぴしゃりと押さえ込まれる。

「何か……あったんですか？」

「柊二のデザインがリトルに盗まれたのよ。あんたのせいよ」

真弓は腕組みをしたまま、杏子をきつくにらみつけた。

「じゃ、行ってくるね」

「ごめんね、つきあわせて」

「ううん、203号室だよね?」

「うん」

図書館の閉館後、杏子はサチにつきあってもらい、柊二のマンションにあやまりに来ていた。杏子はエントランスまでの階段を上がれないので、サチが代わりに柊二の部屋に呼びに行く。

杏子は運転席でサチを待ちながら、階段をじっと見ていた。飛び散る牛丼、きれいな足……頭の中に、あの日の光景がフラッシュバックされてしまう。杏子が頭を小さくふってその記憶を追い出そうとしたとき、サチが戻ってきて首をふった。どうやら柊二は戻っていないらしい。


柊二は閉店後もフロアに残り、何冊も雑誌を広げて新しいデザインを考えていた。

「あの……」サチが入っていっても、柊二は気がつかない。カット台の前に置いた練習用の人形に鋏《はさみ》を入れようとしたとき、ようやく鏡に映るサチの姿に気がついた。

「うわっ、びっくりした……!」

「ごめんなさい。声、かけたんだけど」

「うそ、ほんと?　ぜんぜん気づかなかった。何?」

「あ、うん……杏子！」

サチが杏子を呼んだので、柊二はカット台から離れ、杏子の近くまで行き、「どしたの？」と尋ねた。

「……ごめん。デザイン、盗まれちゃったんでしょ？」

「ああ……。いや、でもぜんぜん気にしなくていいよ。盗まれるったって、別に名画描いてる絵描きなわけじゃないんだし、ヘアデザインぐらいどうにかなるからさ」

あまりにあっさりとした口調が、よけいに柊二のショックの大きさを物語っている。

「あ、入る？　雑誌で足の踏み場もないけど……」

「勉強？」杏子は車椅子で中に入り、雑誌を片づけている柊二に声をかける。

「いや、髪形の研究でもしようかなって思ったんだけど、店があるからさ。街に出て人の髪形見るとか、本屋行くとかの時間ないからさ。あ、どうぞ」

柊二はソファに座るように言い、自分はカット台に戻り人形の髪をとかしだす。

「……行こっか、邪魔かもよ」サチはそっと杏子に耳打ちをした。

「そっか。とりあえず……あ、とりあえずってことはないな。とにかく、あやまろうと思って」

「だから、気にしないでいいって。マジで。それより、今日はないの？　牛丼」

柊二は何気ない気持ちで言った。でも杏子は黙ってうつむいてしまう。そんな様子をみて、柊二は墓穴を掘ってしまったことに気がついた。

「……ひとりで来るの、よくないと思って」ようやく杏子は口を開いた。

「え？」

「だから、サチといっしょに。何か妙な誤解とかされたら悪いと思って」

「誰に？」

「彼女とかに」

「ああ、真弓のこと？　彼女じゃないよ。ここのスタッフだもん。単なるともだち」

「……ともだち、家に泊めるんだ」

言ってはいけない、と思ったときには、もう言葉は口から出てしまっていた。

今度は柊二が黙りこむ。あの晩真弓を泊めてしまったことは、自分の中でもどうやっても言い訳のできない行動で……とても杏子の目を見返すことはできなかった。

「あんた何しに来たのよ。あやまりに来たんでしょ？」サチが杏子の顔をのぞきこむ。

「……どうも、お邪魔しました」

あやまりに来たというのにどうしてこうなってしまったんだろう……。杏子も自分がいやになり、車椅子を漕《こ》ぎだした。

「あんたさあ、ああいうこと言うの、いちばん嫌われるよ」

サチは杏子の背中に声をかけた。車椅子の杏子は、サチが歩くのよりも早く、表参道をずんずん進んでいく。

「あいつがどんな生活してようとさ。それはあいつの自由じゃん」

サチに言われ、杏子は車椅子を止めた。今にも泣きだしそうな、その後ろ姿があまりにも哀しくて、サチは後ろから「ほら」とハンカチを差し出した。

「泣いてないでしょ」杏子は意地を張る。

「これから泣くじゃん」

「泣かないよ」その声はもう涙まじりだ。

「おいこら、はい」

「まだ、泣いてないけどね」

杏子は鼻をすすりながらハンカチを受け取った。

「うわー、負けず嫌い！」

サチはすっかり暗くなった夜空を仰いだ。


溢《あふ》れ出る涙は、抑えていた気持ちがばあーっと一度に出てくるみたいで焦った。そして、潮がひいていくように、やがて気持ちが沈んでいくのを待つ……。

次の朝、真弓が一番乗りで店にやって来ると、フロアは雑誌やら。デザインの紙やらが散乱していた。ふとソファを見ると、柊二が服のまま眠ってしまっている。真弓はしゃがみこんで、柊二の顔をじっと見つめた。思わず髪をなでた瞬間、柊二がバッと起き上がる。

「寝ちゃった、俺……」

「徹夜？」

「いつ寝たかぜんぜん憶《おぼ》えてねー」

「コーヒー淹《い》れよっか？」

「ああ俺、外行って目、さましてくる」

柊二はジャケットをひっかけ、さり気なく真弓をかわし、外へ出ていった。


図書館への出勤の途中、信号待ちをしながらふとすこし先の歩道橋の上を見ると、柊二がいた。柵にもたれ、スタバの紙コップを持って、大きなあくびをしている。

そんな柊二の様子を見て、杏子は思わず運転席でくすっと笑ってしまった。ほほえましく思いながらも、あれからずっとデザインを考えていたんだろうかと、申し訳ない気持ちになる。後ろの車に軽くクラクションを鳴らされ、杏子は信号が青になったことに気づき、あわてて車を発進させた。


「あ、あれ取って、あれ。『ギンザ』でしょ、『アンアン』、『シュプール』……」

「あっちに外国の雑誌もあるよ」

「……だね！」

杏子は、図書館が休みの月曜日に、サチにつきあってもらって青山ブックセンターに来ていた。杏子が指示を出すと、サチはあれこれと雑誌を取ってくれる。

雑誌を山ほど買い込んだ後、ふたりは街に出た。

「あ、あの人、かわいくない？」

「あ、ほんとだ。すいませーん。写真一枚、撮らせていただけますか？」

サチは杏子が指さした女の子の方へ走って行って、スナップを撮らせてもらう。杏子も車椅子で、たくさんの女の子に声をかけ、写真を撮らせてもらった。

「あ……」

一息ついて、ふと空を見ると、ラフォーレ原宿のビルの上に虹《にじ》がかかっていた。杏子は思わず、パチリとシャッターを切った。

「ごめんね、休みの日につきあわせて」

「ううん、別にデートする相手がいるわけじゃなし」

「あ……」

杏子は靴屋の前で車椅子を止めた。あの靴がなくなっている。

「あれ？　ここディスプレイ、変わったね。ほら、赤い靴あったじゃん？」

「あ、そうだっけ？」

杏子は、その赤い靴が欲しかったことをサチには言えなかった。どうして、柊二にはあんなに正直に言えたのだろう……。

「あ、そこダビングして」

杏子に言われ、サチはビデオを止めた。画面に『ノッティングヒルの恋人』のジュリア・ロバーツの顔がアップになる。夜は杏子の部屋で、ビデオからいいところをピックアップしてはダビングする作業をしていた。

「かわいいよね、ジュリア・ロバーツ」

「そっかな。私はあんまり……」

などと言っているとガラッとドアが開き、正夫が顔を出す。サチはさっと姿勢を正す。

「何よ、お兄ちゃん。ノックしてって言ってるでしょ?」

「悪いな、杏子。お兄ちゃんちょっと自慢だな……」

正夫がニヤニヤしながら入ってきた。

「何言ってんのよ?」

「サッちゃんも見る?」正夫は手に持った見合い写真を差し出した。

「またお見合〜い?」

杏子が写真を見ると、そこにはサーモンピンクのスーツを着たお嬢様タイプの女性が写っていた。

「な、いいだろ？　待てば海路の日和あり。犬も歩けば棒に当たる」

「二度あることは三度ある。またふられるよ」

杏子があっさりと言い捨てたが、正夫は舞い上がっていて気に留めていない。

「へへ。見合い。明日。ホテルニューオークラ」

そう言いながら、正夫は部屋を出ていった。

「お兄ちゃーん！　それホテルオークラかニューオータニかどっちかだよ！」

杏子が大声で叫んだが、有頂天の正夫の耳には届かなかった。

「正夫さん、こういうのタイプなんだ……」サチは穴が空くほど写真を見つめた。

「わっかりやすいでしょ？　あれ、サチどうした？」

「……オータニかオークラか聞いといて」

サチは決意を秘めたような目をして、そう言った。


「ぜんっぜんだめだ……」

閉店後のフロアで、人形を相手にヘアスタイルを作っていた柊二は鋏《はさみ》をガチャンと置いて頭を抱えた。あれから、どうしても新しいデザインが思い浮かばない。

「はい」真弓の声がし、後ろからマグカップが差し出される。

「まだいたの？」

「コーヒー飲み過ぎだろうと思ってハーブティにしといた」

「サンキュ」

「ねえ、私、切ってみない？」真弓は柊二のカット台へと向かった。

「今のヘアスタイル似合ってるじゃん。いいよ」

「私じゃダメか。私がモデルじゃ切る気しないか」

「めんどくさい話ならなしだからね」

「あの子じゃないとダメか……」

真弓がそう言ったところで携帯が鳴った。

「あ、はい。今日、大丈夫です。青山プラザホテル、１０６８号室ですね。はい……」

店長からのようだ。柊二を意識してか、真弓はわざと大きな声で話す。

柊二はそんなことを気に留めもせずに、翌日の予約状況を見にカウンターへ向かった。

外でタクミの声がしたので見てみると、杏子の姿が見えた。柊二は驚いて店の外に出ていく。

「いいいい、それ、渡しといてもらえれば」杏子はタクミにビニール袋を押しつけ、「だって柊二さん中にいるから……」と、タクミは杏子を引き止めている。

「何やってんの？」柊二はそんなふたりに声をかけた。

「あ、柊二さん。この人が渡したいものがあるって言ってて、じゃ、柊二さん呼んでくるからって言ってんのに、いい、伝言でいいって帰るっつうもんだから、せっかくだから入りなよって……」

「ああわかった。ほら寒いから中入って」柊二は車椅子を押して、杏子を店に入れた。

「あ、お忙しいところすみません。これ、届けにきただけだから……」

フロアに入ると、図書館に来たときと同じように、真弓が腕組みをしながら杏子を見下ろしていた。杏子は恐縮して、バッグからファイリングノートとビデオテープを出した。

「何？」受け取った柊二は不思議そうな顔をする。

「サチとふたりでね。作ったの」

表紙を見ると『私たちのなりたい髪形！　キョーコ&サチ』とイラスト入りで描かれている。真弓はそれを見てプッと笑った。

「何だよ？」柊二が真弓をとがめた。

「だって、私たちのなりたい髪形って、ねえ？」真弓は意地悪な笑いが止まらない。

柊二は真弓を無視して、ノートをめくった。タクミもスナック菓子をかじりながらのぞきに来る。

「雑誌の切り抜きとか、街行く女の子とか、とにかくいいなと思うの全部ファイリングしたの」

「そんなの美容雑誌見れば、最新のスタイル全部載ってるじゃん」

「それはそう思ったんだけど、それってちょっと私たちがやってみたいと思う髪形とは違ってたから」杏子は真弓に気丈に言い返した。

「……これは？」柊二はビデオテープを手にした。

「あ、これはね。映画の中の素敵だなあ、と思う髪形、すこしずつみんなダビングしていったの。最初のほうは洋画が入ってるんだけど、最近、香港映画なんかもカッコいいじゃない？　韓国映画とか、そういうのも入ってる」

「へえ……。あ、この映画は？」柊二はビデオテープに貼られていたラベルを指さす。

「それは昔の日本の映画。お母さんにも聞いてみたりして……なんかね、逆に新鮮だったりして、髪形」

「いいかげんにしなさいよ。シロウトが」

イキイキと語っている杏子を真弓が制した。

「柊二がこんなに苦しんでるの、あんたのせいなんだよ。あんたが軽はずみに人に渡すから。それを何よ。なんでノーテンキにこんなモン持って来られるの？」

「ごめんなさい……」

「やめろよ」柊二は真弓を止めた。

「柊二も柊二よ。なんでこんな幼稚園児の工作みたいなのにつきあうのよ？」

「やめろって」

「こんな子に何がいいかわかるわけないじゃん！　あんたもね。これみよがしに車椅子なんか乗っちゃって、不幸、武器に男たぶらかしてんじゃないわよ！」

「何、言ってんだ。おまえ」

柊二は思わず立ち上がり、真弓の頬をひっぱたいた。

「……女、武器に仕事取るよりマシだろ？」

柊二が吐き捨てるように言うと、真弓は頬をおさえながら、外に飛び出していった。

「真弓さん！」

タクミが後を追っていくと残された柊二と杏子は黙り込んだ。

「……追っかけた方がいいよ」先に口を開いたのは杏子だった。

「え……？」

「今の、ないよ。傷つくよ」

「じゃ、あんたは傷つかないの？」

「あなたのこと好きなんでしょ？　好きな人にあんなこと言われたら、ちょっとたまんないよ。あの人、あなたのこと好きなんだと思う……」

杏子はあんな風にぶつかれない。つい自分の気持ちに蓋《ふた》をしてしまう。杏子は柊二を説得するように言った。

「……これ、サンキュ」

柊二はちょっと迷ったが、杏子にそれだけ言うと、真弓を捜しに行った。

真弓とタクミは、店からしばらく行ったところにある小さな児童公園にいた。

「大丈夫すか？」タクミは公園の水道でハンカチを冷やしてしぼり、渡してやる。

「……うん、ありがと」真弓がそれを受け取り、頬に当てたところで、「真弓！」と、柊二がやって来た。

タクミは柊二がやってくるのを確認すると店に戻っていった。

「……俺らさ。ちゃんとしようよ」柊二は真弓の横に並び、煙草を渡しながら言った。

「ちゃんと？」

「だからこの間みたいにさ……」

「泊めたりしないってこと？」

「だっておまえ、店長とつきあってんだろ？」

「つきあってるってゆうか……」

「てゆうかなんだよ。そういうこと言ってると自分、消耗するぞ」

「……あの子、好きなの？　車椅子の子」

柊二はしばらく考え、深い深いため息のあとに、ポツリと言った。

「……そういうことじゃないと思う」

「よかった。今、すごくホッとした」

「なんでおまえがホッとすんだよ。ちゃんとするっていうのはそういうこと言わないようにってことだよ」

「……厳しいね。私が柊二を助けることもうないの？」

「……じゃない？　もう」

「……そんなこと、昔からなかったか」

真弓は手に持っていた煙草に火を点《つ》けた。ふたりの吐き出した煙草のけむりさえ、もう混ざりあうことはなかった。

「あの……、柊二さんがそれ置いていってってくれって」

タクミが息を切らして店に戻ってくると、案の定、杏子は自分が持ってきたノートとビデオテープを袋にしまって、持ち帰ろうとしているところだった。

「でも……」

「あ、俺、それマジで見たいと思います！」

「え？」

「いや、柊二さんが気ィ遣ってそう言ってんだろうって、あなた思ってるんだと思うけど、俺、参考になると思うんだ」

「いいよ。無理しなくて」

「いやほんと。昔の映画の髪形とか、たしかに興味あるもん」

「ほんとに？」

「うん、ほんとに。いいとこついてるよ。俺、思うけど、真弓さんもそう思ったから、よけいカチンときたんじゃないかな……ま、とにかくこれ、置いていってください」

タクミはニコッと笑った。その笑顔があまりに晴れやかな顔だったので、杏子もつられて、すこしだけほほえみを返した。


その晩、柊二は自分の部屋で、ノートとビデオをチェックしていた。

「ん？」今ではすっかりベテランになった女優の若いころの映画のワンシーンで、柊二は一時停止ボタンを押す。内巻きのボブスタイル。最近流行《はや》りのシャギーとは正反対の毛先の重いヘアスタイルだが、妙に柊二の心に響くものがあった。柊二は慌ててスケッチブックを取り出し、デッサンを始めた。


数週間が経った。杏子は柊二のことが心のどこかにひっかかりながらも、表面上はいつものペースに戻っていた。この日も普通に勤務したのだが、閉館時間になった頃、サチが突然、昼休みにホテルニューオータニに行ったと打ち明けてきた。正夫のお見合いをのぞきに行ったというのだ。

「うっそ、昼休み、見に行ってたの？」

「はい」

「どこ行ったのかと思ったら……、信じらんない」

「かわいかったよ〜。ピンクの振り袖《そで》、着てた」と言いながら、サチはすっかり落ち込んでいる。

「振り袖ねえ……」

「私、成人式にさあ。親に振り袖のかわりに天体望遠鏡買ってもらったの」

「さすが、大学理系！　でも親は娘の振り袖姿見たかったと思うよ。天体望遠鏡なんか、かつぐ姿じゃなくて」

「ちょっと待って。なんでかつぐの？　普通、のぞくでしょ。天体望遠鏡は」

「サチ、ガタイいいからさ。天体望遠鏡、三つぐらいかつぎそう」

「……ありがとう」

「でも兄貴のことが好きだったとはねえ……」

「乙女心よ。言えなかったの」

サチはいつになくはにかんでいる。ふたりは図書館を出た。サチが車椅子を押し、入口のスロープを降りる。

「どこがいいわけ？　兄貴の。乙女心としては」

「あの、おつり三百万円、とかいうギャグ聞いてるとホッとするのよね。都会に疲れてんのかしら。私」

「大丈夫、今までの経験からいって、その振り袖にはふられるし、私、どうにかしたげるよ。兄貴けしかけて」

「あ、それはやめて。それはいや。そういうんじゃなくて自然にね……」

「自然だなんて言ってたら、一生どうにもなんないと思うよ。だってお兄ちゃん、サチのこと、私のともだちとしか見てないよ」

「あんた、人にはキツイね」

「お互いさまでしょ」

「……ね、今なんか気配しなかった？」

「気配？」ふたりはキョロキョロと辺りを見回した。

「気配でーす！」

振り返ると、柊二が手を振っていた。

「やだ……いつからいたの？」

「さっきからずっと。ここで出てくるの待ってたんだよ。でもあんたたち、すごいね。しゃべり。一瞬のすきもなくて、入ってけなかったよ」

「ふうん……何か、用？」

柊二の顔が見られたのは嬉《うれ》しい。でも、今の弾丸のような会話を聞かれていたかと思うとちょっと恥ずかしくて、杏子はそっけない態度をとった。

「お礼。あのノートとビデオ、すっげー参考になったの。デザインも決まりました」

柊二はいつもの皮肉っぽい笑いではなくて、心から嬉しそうに笑っている。

「イエーイ！　やったー！」

サチも嬉しそうに声を上げ、柊二とハイタッチを交わす。思わず車椅子から手を離してしまったので、杏子の車椅子は後ろ向きのままスロープをスーッと滑り降りていった。

「あああっ！」

「おっと！」

柊二が慌てて追いかけていき、車椅子をつかむ。

「腹へったな。ラーメン食おう！」

柊二は車椅子を押して、走り出した。サチは手を振って、ふたりを見送った。


いつものラーメン屋がいっぱいだったので、ふたりは柊二の行きつけのバーに来ていた。店長と知り合いだということで、車椅子を入れてもらったが、おしゃれな客ばかりで、杏子はすこし気後れしていた。

「……サチも来ればよかったのに」

席に着き、バーボンのソーダ割りを注文したところで、杏子はまたぶつぶつ言う。

「一応、気ィきかせたんでしょ？」

「そういう調子いいこと、考えるより先に口から出ちゃうの？　気ィきかせてもらうような関係じゃないでしょ、私たちって」

「お待たせしました」

柊二が何かを言い返そうとしたところで、バーテンがグラスを持ってきた。

「やめよう。喧嘩《けんか》。俺、すっげー今日気分いいから。あんたのおかげで、デザイン決まったし……あ、今の本心だから。調子いいこと言ったわけじゃないよ」

「……わかった。乾杯」

杏子は自分の態度をすこし反省して、ふたりのグラスを触れ合わせた。

「だから、いつまでもね。同じことばっかやっててもダメなんだよ。シャギーでさー、エアリーな感じじって言ってても……。シャギーの中でも俺のシャギーはね……」

気分よくガンガン飲んでいた柊二は、すっかり酔っぱらってしまい、焦点の合わなくなった目でひとりでしゃべりまくっていた。

「ねえ、あなたのシャギーって、どんなシャギーなの？　ねえ？」

どんなに杏子が質問しても、もう柊二はきちんと答えられない。

「ラーメン食いに行こっか？　ラーメン！　『一番』行こう！」

「だから『一番』いっぱいだからここに来たん……ねえ、ちょっとぉ」

立ち上がった柊二は足がもつれて、隣のテーブルにつっぷした。隣席の客が驚いているのにもかかわらず、次の瞬間には寝息をたてていた……。


「あーあ、ここ、いつも平気なのにな。路上駐車……」

駐車した場所に戻ると、赤い車のかわりにレッカー移動をしたという白いチョークの跡が残されていた。

「だからいつも言ってるじゃん。交通規則は守れって。ここの白い枠の中に……」

「だってパーキングいっぱいだったんだもん。あなたが寝ちゃうからでしょ。時間経っちゃって……」

「すいません。さむ……タクシー拾おう。タクシー」

柊二はタクシーを停めると、杏子を乗せ、車椅子をトランクに入れる。そして、

「こっちから乗ってもいいですか？」

と、運転席の後ろのドアを開けて、杏子の隣に乗り込んできた。

「何？」杏子はびっくりして、柊二の顔を見る。

「家まで送るよ」

「いいよ」柊二の家はここから歩いても帰れるのに、と杏子は遠慮をする。

「送るよ。今日は俺、誘ったんだし。あ、新小岩まで」

タクシーは走り出した。柊二はまた眠くなってしまったようで、窓の外を見ながら大きなあくびをした。

「ねえ……」杏子はもじもじして寝てしまいそうな柊二に呼びかけた。

「ん？」

「悪いんだけど……」

「何？」

「トイレ、行きたい……」

「トイレって、普通のトイレじゃダメなんだっけ？」

「車椅子用トイレ。デパートとか、地下の商店街とかそういうところにある……」

「この時間やってないよ」

「この先に公衆便所あるけど？」ふたりの会話を聞いていた運転手が教えてくれる。

「ダメ……トイレ、大きくないとダメだし、そういうトイレは汚いからいや」

「汚いからいやって……。大きいトイレだったらいいの？」

わがままだなあ、とばかりに柊二は杏子を見る。

「うん。そこまでちょっと手伝ってもらえれば」

「……運転手さん、そこ右曲がって246戻ってくれますか？」

五分ほどで着いたところは、柊二のマンションだった。

「俺ンち、バストイレ一緒のタイプだから」

柊二はてきぱきとタクシーから杏子を降ろし、車椅子に乗せ、階段をかついで上がり、なんとか部屋の前まで連れてきた。そして鍵《かぎ》を開け、まず先に上がってトイレをチェックする。上がっていた便座を下げて、廊下まで杏子を迎えに行き、車椅子から降ろして、

「せーの、せ。あ、軽いじゃん」と抱き上げた。

「いいから、早く」抱き上げられたことと、これからトイレに行くという恥ずかしさで、杏子はわざとぞんざいな口をきいた。

「こわ」柊二は杏子を便座に座らせた。

「閉めて」何かほかに手伝うことがあるかと立っていた柊二に、杏子が言う。

「あいよ」

ドアを閉めて廊下に出たが、どうも気になる。

「……ねえ、出た？」

「んなこと訊《き》かないでよ」

「そっか。あ、汚くない？　風呂《ふろ》とか掃除してないから」

「ん、まあいろいろ……まあいいよ」

「あ、紙ある？」

「ある」

「ねえ、大？」

「違うわよ。もう終わった。でもいろいろ時間かかんの」

「あそう」

ようやくトイレを終え、手を洗って内側から鍵を開けると、待ってましたとばかりに柊二が入ってきた。

「終わった？」

「うん」

「悪い。ここで待ってて。閉めて閉めて」

柊二は杏子を抱き上げてトイレの前の廊下に降ろすと、ドアを閉めた。中から吐く音が聞こえてきて、杏子は思わず笑ってしまった。

「……悪い。落ちつかない。ちょっと離れて」その笑い声を聞いた柊二が中から言う。

「ごめん、だって動けない」

「俺、カッコ悪い……うっうえっ」

「聞こえてるよ」杏子はおかしくなり、ケラケラと笑った。


「ちょっとそこいてもらっていいかな。俺、運ぶ元気ない」

しばらくして、真っ青な顔でトイレから出てくると、柊二は流しでうがいをした。

「いいよ……あ、それホントに参考にしてくれたんだね」

散らかったテーブルの上には、杏子が作ったノートやビデオテープが置いてあった。

「ん……ああ、コーヒー淹《い》れるけど飲む？」柊二は力のない声できいた。

「飲む。でも、気分悪いのにコーヒー飲むの？」

「俺いつもそうだから。あ、汚くてびっくりした？」

「ううん。ね、もしかしてわざと？」

「え？」

「私がトイレ行きたいなんて言ってカッコ悪いから、わざと自分も吐くふりしたの？」

「まさか。マジ気持ち悪かったよ、俺。あんた、相当だね」

「何が？」

「そんなこと言うの、周りに可愛がられてる証拠だよ」

「十七まではね。動ける間はけっこう人気あったかな」

「違うね。今も周りに大事にされて、可愛がられて、お父さんもお母さんもあんた大好きだろ？　あ、兄弟は？」

「兄」

「あ、じゃあ兄ちゃんも大好きだ」

柊二は無愛想で変に正直すぎるため、外で敵を作りやすいし、家族にも疎まれている。でも杏子は周りから愛されていて……そう思うと、柊二は温かい気持ちになった。

「何よ、それ。私はいたいけな難病と闘う美少女……だったのよ」

「……病気って何なの？」

「ああ、うん。やめよ、その話は。言葉にするとスウッてこの辺に病気やってきて、私、病気に飲み込まれそうになるからさ」

杏子は明るく言ったが、その言葉はふたりの間に寂しく響いた。

「ミルク入れる？　ってミルク、あったかな？　えっと……」

暗くなりそうな雰囲気を変えたくて、柊二はごそごそと冷蔵庫を探した。杏子も手持ち無沙汰《ぶさた》なのがいやだったので、自分の脇に積んである雑誌の上にあった箱を何気なく開けた。すると、その中から出てきたのは、いつかの赤い靴だった。

「ね、粉のミルクでいい？　あ……見つかったか」

柊二がコーヒーカップを渡しにくると、杏子は靴を手に持って眺めていた。

「それ、欲しがってたから。あの店の前通りかかって衝動買いして、でもあんたに渡すきっかけなくて……」

「何で？」

「ん？」

「何で私なんかにやさしくするの？」

杏子はじっと柊二を見た。柊二はなんて答えたらいいのかわからなくてコーヒーカップにミルクを入れ、かきまわしながら黙り込む。

「……何か、何か気になる」

柊二はコーヒーカップを手に持って、杏子の横にしゃがんだ。

「すっげー、気になる」

その言葉に、杏子はかたまったまま柊二を見た。うつむいていた柊二も杏子を見つめ返す。そして、コーヒーカップを持っていない方の手を床につくと、杏子の唇にためらいながらキスをして、すぐに唇を離した。

「あのさ」

「……はい」驚いている杏子はすぐに声が出ない。

「抱きしめ、たいんだけど。ど、どうやって……」柊二は消え入りそうな声で尋ねる。

「ふ、普通に」

「普通に……」

柊二はコーヒーカップを床にコトリと置いた。足を伸ばして座っている杏子の前に移動して、ためらいがちに両肩をひきよせた。そして、こわれものを扱うように、そっと杏子を抱きしめる。杏子は柊二の腕の中で静かに目を閉じた。

「……どっか、痛くない？　いや、体勢に無理とかない？」

「大丈夫」

「俺、腰やべえ」膝立《ひざだ》ちになったまま、杏子を抱きしめていた柊二が思わずつぶやく。

「あはは……」耳元でそんなことを言われた杏子は声を上げて笑った。

すこし体を離し、柊二も笑う。

そしてもういちど、ゆっくりと顔を近づけた。今度はすぐに離すこともなく、ふたりはそのまま長く、長くキスを交わしていた。


僕たちは、トイレの前でキスをした。

はじめてのキス。

壊れそうなきみを抱き寄せながら、僕はそっとこれからのふたりのことを考えてみた。

でも、それはうまくいかなかった。しゃぼん玉みたいに、すぐに消えてしまった……。

僕は、これからどこに行くんだろう。

4

「ああ、乗ってる……」

杏子はため息をついた。柊二のマンションの近くの通りで、さっきからずっとタクシーを待っているのに、いつものようになかなか停まってくれない。

「う、さぶ……」杏子は自分の肩を抱いた。

「……待ってて。なんか持ってくるわ」柊二はそう言い残して、ダッと走り出す。杏子はひとりポツンと夜の道に残された。

「これ」柊二はオレンジ色のジャケットを持って、大急ぎで戻ってきた。

「あ、いいのに……」

「寒いじゃん」柊二は杏子の肩に、ふわっとジャケットをかける。

「なんかこういうのって外国映画にありそうだね。ラブロマンスとかにありそう」

「そう？　わかんないよ。そんなの観ないから。そっちはどんな映画好きなの？」

「映画？　そうだな……何でも。『マトリックス』とかも好き。弾丸よけるとことか」

「ああ、めちゃめちゃよかったね。なんとかスロー」

柊二はおおげさに弾丸をよけるキアヌ・リーブスの真似をしてみせた。

「あはは、そんな感じ！」

「あ、今度さ……映画、行こうか？」

「え……あ、空車」

杏子は柊二の誘いには答えなかった。柊二ははぐらかされたのを感じて、手を挙げてタクシーを停める。

杏子はタクシーに乗り、帰って行った。


そのとき、真夜中に乗せられてはしゃぎすぎた僕をひとり残して、彼女は消えてしまうんじゃないかと思った。ふと、そんな気がした。


「時間だ」店長がストップウォッチを止める。

「終了です」柊二はモデルのカットを終えた。

『ホットリップ』のフロアでは、トップスタイリストのテストが行われていた。サトルや真弓も、じっと見守っている。

「このカットは？」

「グラボブベースの前上がりのマッシュルームです。シャギーやエアリーな感じが今の主流ですけど、あえて重みを残したもうひとつ新しい髪形の提案が必要かなあ、と思って」

「サトル、どうだ？」店長はけわしい顔をしているサトルに尋ねる。

「え……？」

「おまえは店の看板だ。柊二がトップスタイリストの仲間入りをしてもいいと思うか？」

タクミも、真弓も、そして柊二も、サトルの答えを待った。

「どうした？　このヘアスタイルを見て、どう思うかってことだよ」

問い詰められたサトルは腕組みをしたまま答えない。

「真弓、おまえはどうだ？」

「……いいと思います。遊び心があって新鮮だし、モデルにも似合ってます」

「俺もそう思うよ」

店長がそう言ってくれたので、柊二の緊張が一瞬とける。

「あとはサトルの意見だ。どうだ？　サトル」

「……いいと、思います」

文句をつけようにもつけるところがない。サトルは短く言って、目を逸《そ》らした。

「よし、決まりだ。これからおまえもトップスタイリストだ！」

店長がいつになくいい笑顔で柊二を見た。周りで見ていた店員たちがいっせいに拍手をする。

「どうもありがとうございます」柊二は照れながらも、顔を輝かせた。

ヘルメットを脱ぐのももどかしく、柊二は図書館の中に駆け込んでいった。

「よっ！」上機嫌のまま、カウンターにいたサチに声をかける。

「ああ、ちょうどいいとこ来た。ねえ、あなたのとこさ。日本髪、やってる？」

「え？」

「ねえねえ、これ似合うと思う？」サチは着物のカタログを柊二に見せた。

「似合うって誰に？」

「私よ」

柊二はどれでもいいんじゃねえの、と言いたいのをぐっとこらえた。それより杏子はどこにいるんだろう。

「あ、ご返却ですか？」

サチは柊二が杏子を捜していることなどまったく気にせず、利用客の相手をして、それが終わるとまた着物のカタログを見はじめた。

「あの」

「はい？」

「あの……あれは？」

「あれ？」

「いやだから、その、あいつ……は？」

「あいつ？」

「わざとやってるだろ」

「あら、何をかなあ」サチはまたカタログに目を落とす。

「これ、どれも似合わないんじゃないの」柊二はカタログをひったくった。

「……杏子だったら、いないよ」

「あ、今日、移動図書館？」

「そうじゃなくて、旅行」

「りょ、旅行？」

「アメリカ西海岸。ロスからグランドキャニオン、サンタフェとか回るって言ってた」

「あいつ……旅行なんて行くんだ」

「行く行く。夏にイタリア行ってたでしょ。その前はバリ島。有給、全部消化することが、あの子のテーマだからね……あれ、何も聞いてなかった？」

「え、ああ、なんとなく……」

柊二は憮然《ぶぜん》として答え、サチとの間に気まずい沈黙が流れた。


「大丈夫かな、あいつ……」

杏子の家の茶の間では、正夫がしきりに杏子のことを気にしていた。

「ボランティアの人たちといっしょだろ。私は元気ですってここにも書いてある」

父の義雄《よしお》は、杏子から来たグランドキャニオンの絵はがきを指さした。

「そりゃ手紙ではそう書くさ。何かいやな思いをしてなきゃいいんだけどな。やっぱり俺がついてってやればよかったかな……」

「冗談じゃないよ、二週間も店空けられたら。こっちは区立図書館じゃないんだから、商売あがったりだよ！」

「ちょっともうあんたたち、うるさいよ！」

電話で話をしていた母の久仁子《くにこ》が、男たちを制する。

「え、この間の？　ええ、本当ですか？　正夫で？　あんなんでいいのかしら……」

「おい、母ちゃん！」電話を聞いていた正夫がつっこむ。

「あら、そうですか。はい、はい。わかりました、伝えます。はいはいどうも……」

久仁子は顔を輝かせて電話を切った。

「何？　母ちゃん、俺の話？」

「やだよ。田辺《たなべ》さんたらもったいぶってなかなか用件言わないんだもん。ふふふ」

「何だよ、気持ちわりい」

「よかったね、正夫。この間のお見合い。先方さんが話、進めてほしいって」

「えっ？」正夫は何だかわからない、といった表情を浮かべる。

「この間のってその、何かい？　あのピンクの振り袖《そで》のお嬢さん？　美人じゃないか」

義雄の方が早く話をのみこんだらしい。

「ほんとかい？　ほんとかい？　母ちゃん」正夫はまだ半信半疑だ。

「ああ」

「うおーっ！　やったー!!」

正夫はガッツポーズをして廊下を駆けだして行った。

カットを終えたお客さんを見送るため、柊二は外に出た。なんとなく杏子のことを捜して、歩道を向こうまで見渡してしまう。でも、杏子はいない。

「毎度！」

見合い話もうまくいきそうで上機嫌の正夫は、元気に働いていた。外の道を赤い車が通りすぎていくと、はっとして、つい目で追ってしまう。でも、杏子がいない。

「いいよ、借りなくて。どうせ読まないんでしょ？」

図書館にやってきた柊二が、いかにも読みそうもない本をカウンターに出したので、サチは呆《あき》れて言った。

「杏子だったら、まだだよ」

「……あそ」

「あ、待って待って！　聞いてくれた？『ホットリップ』、日本髪やるかどうか」

「あ」

「いいや、近所でやるから。しかし何も言わずに行くかね？　杏子。……あ、もしかして作戦かもよ」

「作戦？」

「そう。急にいなくなって、あなたの気をひくのよ。ねえ、気がつかなかった？　あの子、あなたに気があるのよ」

　柊二がしらけて黙っていると、サチがぴんときてつっこんできた。

「あ、もしかしてもうそんな段階じゃないの？　何かあったの？　あなたたち」

「いや、別に何にも」

「あ、待って待って待って！　ねえ、何かあったの？」

「……秘密です」

「あったか」

「ねえ、どうでもいいけどあいつ、戻って来るんだろうな？」

「え？」

「いや、このまま行ったきり、帰ってこないなんてことないよな」

「やだ、どうして？　そんなわけないでしょ！」

　そうは言いつつも、柊二の心配そうな顔をみていると、なんだかサチまで不安になってしまうのだった。

「何なの？　その恰好《かっこう》」

　ようやく杏子が帰ってきた翌日、町田家にオレンジ色の訪問着姿のサチが現れた。

「きれい？　レンタルで借りたの。高いんだよね。冬のボーナス、もうないよ。お店の人がさ、振り袖は二十五までですって言うから、これにしたの」

「そういうことじゃなくって……あ、もしかしてピンクの振り袖に対抗するため？」

「そうだよ。あんたは旅行でぜんぜん帰ってこないしさ。ここは実力行使と思ってさ」

「それ、意味違うような……」

「ねえ、後ろ大丈夫かな、帯。直して」

「あいよ」

「あ！　ドリームキャッチャーっていうんでしょ、これ？　願いが叶《かな》うんだよね」

　サチは、茶の間のすみにある、みやげものが詰まった袋から輪っかに白い羽飾りがたくさんついたお守りのようなものを取り出した。

「うん、なんかね。悪い夢はそこにひっかかって、いい夢だけが自分に届くんだって」

「へーえ、私、これいいな、おみやげ。ビーフジャーキーと交換！」

　サチはジャーキーの袋を杏子の方に返して、ドリームキャッチャーを抱え込んだ。

「ダメだよっ！　それは。わざわざグランドキャニオンのひがしーの山の奥まで車で行って買ってきたんだから！」

「ウソだよーん」

サチはドリームキャッチャーを、そっと袋に戻した。

「誰にあげるの？」わかっているくせにサチが尋ねた。

「……別に」

「来たよ、柊二さん。図書館に。二回ぐらい来たかな」

「……ふうん」

「連絡してやんなよ」

「電話番号知らないもん」

「んもうー。まだそんなことやってんの？」

サチはすっかり呆れ顔だ。

「ただいまー！」

そこに、正夫が配達から帰ってきた声が聞こえてくる。

「来た。ねえ、私、ともだちの結婚式の前に寄ったってことにしといてね」

「ふしぜーん。寄るにしても帰りだよ。って、でも帰りって時間じゃないか、まだ」

「だいじょうぶだよ。正夫さん、頭スカスカだから不思議に思わないよ」

「そこまでわかってて、何で好きなの？」

正夫が店から家にあがって来る気配がする。

「杏子、おまえ、疲れが出ないように寝てろって……」

正夫が杏子の部屋にノックをせずに入ってくる。

「あ、こんにちはー」

「サッちゃん？　どうしたの？　きれいだなー」

サチは本当にきれいだった。正夫は率直に感動している。こういうところは、兄のいいところだ、と杏子は思う。サチもきっと、そこが好きなのだ。

「えっ、そうかなあ。ともだちの結婚式で……」

「へえー、写真撮ってやるよ。写真。杏子、写真機あったろ？」

「写真機って、何時代の人よ？　カメラでしょ？」杏子は手を伸ばしてカメラを出す。

「うるせえな……。あっ、外の方がいいかな？」

「正夫ー、あんた渋谷《しぶや》で五時でしょ？　もう出ないと間に合わないいんじゃないの？」

店先から久仁子が正夫に声をかけた。

「……そうか。じゃあ一枚だけ。あっ、せっかくだから一緒に」

正夫は杏子にカメラを渡して、サチのとなりに並ぶ。サチはすこし緊張気味に、でもとても嬉《うれ》しそうにしている。

「はい、チーズ」

「チーズって、おまえも何時代だよ？」

「……お出かけ、ですか？」

「まあちょっとね。あ、ゆっくりしてってよ。夕飯、食べてきなよ」

正夫の顔はゆるんでいる。

「渋谷かあ……クレープとか食べるのかな。まいったな」

妙に浮かれたひとりごとを言いながら、足取りも軽く、茶の間を出ていった。

「渋谷？」

「あ、さあ？　何かな。組合の寄り合いかな？」杏子はとぼけた。

「寄り合い、クレープ食べる？　振り袖？」

「あ、いやだな。まさか……」

杏子が必死でとぼけているのに、正夫は大きな声を出して店先の久仁子を呼ぶ。

「母ちゃーん、俺のアリースどこ？　ちょっとはこぎれいなカッコしてかないとさ」

「んな難しいこと言ったってお母ちゃん、わかんないよ。フリー……何？」

「ほら、青いもこもこしたやつ……」

「ああ、あれ。戻ってきたろ。クリーニングから」

久仁子は上がってきて、正夫の部屋まで見に行った。

「……相手、二十二だから若作りするのかな？」サチはすっかりしょぼくれている。

「ごめん。私も昨日帰ってきて、今日、聞いたんだ……」

「今度はふられなかったんだ……」

サチはバリッと袋を開けてビーフジャーキーを食べだした。

「あ、そうだ。杏子、クリーニング屋さんが、あんたが出したの夕方にはできるって言ってたよ。取ってきたげよっか？」

久仁子が入ってきて言った。

「あ、いいいい。私、ちょうど用事あるし……」

必死で拒否する杏子を、久仁子もサチも不思議そうな顔で眺めていた。


「これお願いします」

「はい、これでよかったわよね？」

杏子がクリーニング屋に取りに行ったのは、柊二に借りたジャケットだった。

部屋に戻った杏子は、ベッドの上にマーガレットハウエルやビームスの紙袋を広げた。

「うーん……これだ」

その中から大きめのきれいな紙袋を見つけ、ジャケットとドリームキャッチャーをつめる。柊二に渡そう。明日、これを柊二のところへ届けよう……。


次の日、杏子は出勤前に『ホットリップ』に立ち寄った。車から降りようとすると、ちょうど真弓が客を見送って店の外に出てきたのが目に入る。中ではスタッフが忙しく立ち働いているのが見える。「今日は……やめとくか」杏子はふうっとため息をつき、図書館へと向かった。

「ねえ、どうして？　どうして何も言わないで行ったのよ。柊二さんに？」

図書館の食堂で、おそばを食べながら、サチは杏子に尋ねた。

「ちょっとね。ちょっと、距離置いた方がいいかと思ったの。あんまり、近づくのマズイと思って……。ほら、こっちは近づいたつもりでも、あっちは遠かったりしてさ。そういうの、キツイし……。あ、言わない、言わない。サチの言いたいことはわかる。卑屈になるなって、そういうことでしょ？」

杏子はだんだん真面目な、それでいて悲しそうな顔になっていくサチを制した。

「私はさ、私でバランス取ってるの。だから心配しないで」

「……わかったよ。おせっかいオバサンはやめとくよ」

「あ、ねえ、サチ。明日うち来ない？　鍋《なべ》やるの。私、久々に和食食べたくてさ。お母さんがぜひサチもって。水炊きにしようかと思ってるんだけど、スキヤキでもいいよ」

「正夫さんも、いるんでしょ？」

「あ……どうかな？」

「デート？」

「あ……どうかな？　どうだろう……」

「……気が向いたら行く」

「うん」

なんとなく、気まずい雰囲気が流れて、ふたりは黙々とおそばをすすった。

「……できれば、水炊きがいい」サチがようやく沈黙をやぶる。

「あ、お母さんに言っとく」杏子は安心して、にっこり笑った。

「それ、どういう意味ですか？」

次の日の夜、サチが町田酒店にやって来ると、中から正夫の声が聞こえてきた。正夫が激した声を上げることなど珍しい。どうしたんだろう、とサチは店の前で足を止めた。

「いや、俺の結婚がダメになったのがどうってんじゃないっすよ。そんなのはどうでもいいっすよ。だけど、車椅子の、その、妹がいるからダメだって、何だ、そりゃ？」

「最初におばちゃんが言わなかったのがダメだったよね……うっかりタイミング間違っちゃってさ。ごめんねえ……」

「だけど、それわかったらいきなりダメだって……。俺は結婚ダメになったことじゃなくて、杏子のことお荷物みたいな言われ方されんのがその、なんちゅうか……」

「正夫……。わかりました、田辺さん。わざわざ来ていただいてすみません」

久仁子が間に入ったが、正夫の怒りはおさまらず、店の外に飛び出してきた。配達の車から乱暴にビールケースを出そうとしたとき、そこにサチがいることに気がついた。

「サッちゃん……」

「あ……」サチは所在なげに会釈をする。

「これ。田舎から送ってきた京菜、お鍋に入れるといいと思って、ちょっと早目に来ちゃったんです」サチは持ってきた袋を、正夫に差し出した。

てサチを追った。

「聞いてます。私、その辺で時間つぶしてきますから。そこの本屋さんで見たい本とかもあるし」いたたまれずサチはすぐそばの本屋に向かうと、「サッちゃん！」と正夫が慌てて
「杏子、まだ病院で」

「お願いだ。サッちゃん。さっきのことは杏子には言わないで欲しいんだ。絶対に絶対に言わないで欲しいんだ」

　ふたりは、いつか杏子とサチがおいもを食べた公園に来ていた。

「聞いてたろ？　言わないでくれ。頼む」

　正夫はサチに頭を下げて懇願する。サチは涙が出そうになった。

「そんなこと、言うわけないじゃないですか？」

「え？」

「言うわけないじゃないですか。私は杏子のいちばんの親友で、いや杏子はどう思ってるかわかんないけど、私はそのつもりでつきあってて、んなこと、言うわけないじゃん」

　サチは涙まじりの声で必死に訴える。

「……それに、お兄さんのことだって、正夫さんのことだって、正夫さんが思うよりずっと、正夫さんのことも、正夫さんの気持ちも、私、わかってるよ！　なのに、そんなこと言うわけないじゃん」

サチのあまりの真剣さに、そして意外な言葉に、正夫は驚いて何も言えない。

「あっ、えーっ？　あのサッちゃん？　俺、ゴメン、まいったな。ハンカチ……」

ポケットを探ったがハンカチが見つからないので、正夫は自分の前掛けのポケットに入っていたタオルをサチに渡した。町田酒店、と名前入りのタオルに、サチは顔をうずめる。

「このタオル、なんか臭い……」

「あ、洗ってないな。しばらく」

サチはそんな正夫がおかしくて、プッと吹き出した。

「あ、サッちゃん。笑ってくれた。よかった。ああ、よかった」

「正夫さん、変」

「そう？　変？」

泣き笑いの表情を浮かべるサチに、正夫はすっかりとまどっていた。

風呂上がりの正夫は、ぼーっとして歩いてくると、ソファに座って漫画を読んでいた杏子の上に腰をおろしてきた。

「……痛いよ」

「お、ワリイ……。おい、正夫さんのことを正夫さんが思うより、私ずっとわかってるって、どういうことだよ？」

「はあ？」

「好き……ってことかな」

　正夫は首をひねりながら、茶の間を出て行った。いったいどうしたんだろうと、杏子も首をひねったとき、電話が鳴った。

「はいもしもし。あ、田辺のおばさん？　え、お兄ちゃんの縁談？　え？」

「杏子ちゃんにはほんと、いやーな思いさせて悪かったわねぇ……お母さんいる？」

「…………」

「杏子ちゃん？」


　杏子は部屋に戻ると、飾ってある赤い靴をじっと見つめた。それから、机の上に置いた紙袋から、柊二のジャケットを取り出す。その拍子に、ドリームキャッチャーが転がっていった。床に落ちたドリームキャッチャー……杏子の胸の中は、やりきれない気持ちでいっぱいだった。


「柊二さん、宅配便届いてましたよ」

　トップスタイリストに昇格した柊二は、すっかり人気が出て、連日予約の客でいっぱいだった。ようやくひといきついて控室に戻ると、アシスタントの女の子から荷物を渡された。届け人は町田杏子。柊二はさっそく、ソファに座って紙袋を開く。中から出てきたのは、愛想のない袋に詰められたジャケットだった。

あの、キスをした晩に柊二が貸したものだ。中にはカードも同封されていたけれど『どうもありがとうございました』とひとこと書いてあるだけだ。

「……ございました、ね」他人行儀な言葉づかいに、柊二はちょっと気落ちした。


「こっちがグランドキャニオンで、こっちがロスです」

図書館には美山が来て、アメリカ旅行のアルバムを杏子に渡していた。カメラ屋がくれるアルバムに、きちんと地域別に写真が整理されている。

「いいなあ……」サチは横からのぞいている。

「ごめんね。わざわざアルバムに」

「いえいえ」恐縮する杏子に美山は愛想よく笑った。

「杏子！」

サチに呼ばれて視線を動かすと、柊二がいた。杏子は無視して美山と話を続ける。

「これ、お金は？」

「あ、そんないいですいいです」

柊二はつかつかと歩み寄ってきて、杏子に言った。

「……お茶でも飲まない？」

「あ、今、仕事中だから」

「もうすぐお昼でしょ？　ごはんでも食べない？」

「あ、でも美山さんと……」

「あ、いや、僕これから仕事だから。すいません、また次の機会に」

「お茶、飲みませんか?」柊二はひきさがらない。

「……こんなに言ってんだから、お茶、飲んであげたらどうですか?」

美山が柊二に同情して言った。

「えっ?」柊二は美山に優位に立たれ、ショックを受ける。

「じゃ。あ、杏子さん、旅行楽しかったですねー」

美山は余裕の表情を浮かべ、去っていった。


「いっしょだったの? 旅行」

「ああ、ボランティアの人たちと行く旅行だったの。総勢三十人ぐらいかな」

杏子と柊二は、食堂で向かい合ってコーヒーを飲んでいた。

「ふうん……。俺さ、トップスタイリストになったよ」

柊二はぶっきらぼうに、伝えたかった言葉を口にする。

「……へえ。ああ、おめでと」杏子は目を合わせず、心のこもらない言い方をした。

「……どうだったの。西海岸?」

「普通かな」

「普通。あっそ、普通ね。ジャケットさあ、クリーニング済みで送られてきたよ」

「すみませんでした。長い間借りたまんまで」

「誰に向かってしゃべってんだよ？　何だよ、その他人行儀は」

「だって、他人じゃん」

「あそ、わかった」柊二は立ち上がって帰ろうとする。

「ちょっと待ってよ」

「あ？」

「カップ……カップ捨ててってよ、セルフサービスなんだから」

「……あんたさ。旅行、行くなら行くって言えよ。なあ？　ジャケット返すんだったら、次、会ったとき返せよ。何も言わずに、どっか行ったりするなよ！」

柊二は堪《こら》えきれずに、怒りをぶつけた。

「そんな……そんな恋人みたいなこと言わないでよ」

「……恋人かどうか知んないけど、俺、トップスタイリストになったの、あんたにいちばん先に言いたかったの」

「トップスタイリストって……、トップスタイリストって、そんなにすごいの？　メダルでももらったわけ？」

「んなもんあるわけねえだろ」

「悪いけど、この間のことなら何でもないから。あんたンちに行ったのは、成り行きだし、何があったわけでもないし」

「キスしなかったっけ？」

「こういうとこで、そういうこと言わないでよ」

「人前で言えないようなことしといて、何でもないわけ？」

「やめてよ。中学生でもあるまいし、あれくらいのことなんでもないでしょ」

「……あんたから、そういう言葉、聞くとは思わなかったよ」

柊二はふたたび立ち上がった。

「それにもし、メダルがあるなら、あんたにやってるよ」

そう言って出ていってしまう柊二を、今度は呼び止めることはできなかった。


「はい、え？　正夫さん？」

杏子たちがお茶を飲みに行っている間、サチの携帯に正夫から連絡が入った。サチは驚いて、図書館の外に出て話しはじめる。

「どうもしゃべっちゃったらしいんだよな、田辺のおばちゃん。さっき母ちゃんから聞いたんだけどさ。だから杏子の様子が変だったら、サッちゃん悪いんだけど俺に……」

「わかった。……あ、あの、ごめんなさい。また」

柊二が憮然《ぶぜん》として出てきてバイクに乗る姿が見えたのでサチは急いで携帯を切った。

「あの、柊二さん、ちょっと待って！」

サチはバイクの音に負けないように大声を出し、柊二を呼び止めた。

「……そう」

「うん。今、お兄さんから心配して電話があって。だから杏子、自分のせいで縁談ダメになっちゃったもんだから、それであなたと距離おこうとしてるんだと思う」

中庭の木々の間を歩きながら、柊二はじっと考え込んだ。

「杏子のこと、好きなんでしょ？　だったらわかってやってよ。杏子の言葉になんない気持ち……っていうか、言葉の向こうにある気持ち……」

「言葉の向こうにある気持ちって何？　そういうのあんた見たことあんの？　ただそう思うってだけじゃないの？」

いくらサチに言われても、柊二だってすぐに納得するわけにはいかなかった。

「俺にだってさ、気持ちぐらいあるし、へこんだりもするしさ」

柊二はそう言い残すと、サチに背を向けてバイクが停めてある方へと向かった。

「ねえ！　杏子、杏子ね、ドリームキャッチャー、買ってたよ！」サチは叫んだ。

「何、それ？」

「ドリームキャッチャー。夢、叶《かな》うっていうお守り。グランドキャニオンの奥まで買いにいったって！　私、思ったんだけどさ、あなたが……なんだっけ、トップスタイリストとかになれるようにって、そう思って買ったんじゃないかな？　それがさ。杏子の夢なんじゃないのかな？　でもそんなこと……そんなこと今の杏子じゃ言えないんだよ。自分の体のことでお兄ちゃんの縁談ダメになったりして。それで心がシュウッてちっちゃくなって、かじかんじゃって、思ってること言えなくなっちゃうんだよ。そいでかわりに憎まれ口ばっかりたたいてさ」

なんとか柊二にわかってもらおうと、サチは必死で言葉を続けた。


部屋で柊二は、杏子たちの作ったファイルをめくっていた。

サザエさんの切りぬきに「斬新《ざんしん》かつ、大胆。そして万人受けする」とコメントが書いてあり、柊二は思わず、「つまんねぇよ」と言いながら笑った。


「杏子、電話」

図書館が休館日の昼下がり、台所で食器を片づけていると、久仁子に呼ばれた。

「はい、もしもし？」

「もしもーし。俺、柊二」

受話器の向こうから、やたらと明るい声が聞こえてくる。

「……何？」

「よくぞ聞いてくれました！　今さ、家の近くまで来てるんだけど、出てこられる？」

「ちょっと待ってよ」

「えーっとね、ここは駅の近くの公園かな。野球場があって、横に電車が走ってる。ねえ、なんでこっち曇ってんの？　超田舎じゃん」

「ねえ、何しに来たのよ？」

「この間のケンカの続きに決まってんだろ？　なんてうっそー」

「あのねえ……。仕事は？」

「休み、休み。朝起きたらあんまり天気いいからさ。ドライブでもしようかと思って、バン借りてきたんだよ。何ならそこまで迎えに行こうか」

「いい。やめて。家の人、いるんだから……」

「来るの？　来ないの？」

「……わかったわよ。行くわよ。十分で行く」

「あれ、おめかしとかしなくていいの？　デートだよ」

「いいから切るよ。すぐ行くから。うん」

受話器を置くと、久仁子と義雄が杏子をじっと見ていた。

「あ、なんか、ともだち。そこまで来てるんだって。用事あって……」

杏子はそう言いつつ、さっさと部屋に戻る。鏡をのぞきこむと、嬉《うれ》しそうな顔をした自分がいた。杏子はちょっと髪の毛を直したりして、すっかり気持ちが浮き立っている。

渡せずにいたドリームキャッチャーを手に取り、ついでに赤い靴も手に取る。

履いていこうか……少し考えをめぐらせてから、杏子は大切そうにやっぱり元の場所に戻すのだった。

「ウソ……」

軽快に車椅子で進んでいた杏子だが、いつもの道が工事中で、車椅子ではとても通れない。しかたなく遠回りをすることにしたが、細い道で、しかもぬかるんでいて、なかなか進まない。

「ヤバい……」

どうにか細い道を通り抜け公園の側まで来たけれど、時計を見ると、もう十分なんてとっくに経っている。スピードを上げようとしたとき、道の向こうから大型トラックが来た。慌ててバックすると、ガタンと衝撃が走る。それは車椅子の車輪が、溝にはまってしまった音だった。


柊二はロードマップを見て下調べをしながら杏子を待っていた。

ふと横を見ると、車で花を売りにきている店がある。柊二はひきよせられるように近づいていった。店先に並んでいる花束を見て、ちょっと迷っていると「どうですか？」と店員に声をかけられる。「いえいえ……」柊二は照れくさくなって、バンの前に戻った。

もう十分以上過ぎただろう。でも、辺りを見回しても、杏子はやって来ない。柊二は心配になって、ダッと駆けだした。

どうやっても、落ちてしまった車輪は上がらなかった。気ばかり焦って、意味もなくバッグを開けてみたりする。携帯電話を取り出してみたが、柊二の番号はわからない。家に電話して母や兄を呼ぶのもためらわれる……。向こう側の歩道、ＯＬのふたり連れが通りかかった。

「あの！」杏子が大声で呼んでも、ふたりはおしゃべりに夢中で気がついてくれない。公園と線路にはさまれた小さな道なので、彼女たちが通りすぎてしまうと、また人通りがなくなってしまう。

「あ、あの！」

しばらくして通りかかった女子高生の三人連れに大きな声で呼びかけると、今度は振り向いてくれた。

「こっちこっち！　お願いします！」

ようやく車輪を上げてもらい、時計を見ると、すでに三十分が経過していた。

どこを探しても杏子はいない。来てくれないのか、とあきらめ、柊二はバンに戻り、エンジンをかけた。すると、前から杏子が一生懸命車椅子でやって来るのが見えた。

柊二はホッとして、車を降りて走っていく。

「おっせえよ。何、四十分って？」

「お化粧してたの。デートだからね」

一生懸命笑顔を作る杏子の目線まで、柊二はかがんだ。杏子の顔を正面からのぞきこみ、頬に手をさしのべる。

「じゃあなんでこんなに冷てえの？」

「……いつもの道、工事中で回り道したの」

「ねえ、あのさあ。こういう時のために、携帯の番号教えてくれる？」

「090……」

「あ、ちょっと待って」柊二は自分の携帯を取り出して登録を始める。

「3462の……あれ？」

「おい！」

「だって、携帯って自分にかけないからさ」

「貸してみ」柊二は杏子の携帯を操作すると、携帯の番号を表示した。

「これでしょ？　ちゃんと憶えとけよ」

そう言って、柊二は杏子の後ろに回ると、今登録した番号に電話をかける。

プルルル……。

「はい、もしもし」

「今日、どこ行く？」

「どこ行くっていうか……ねえ、そっちの番号も教えてよ。ほら、切って！」

柊二は携帯を切ると、後ろから杏子を抱くようにしてかがみこみ、自分の番号を表示して見せる。そして操作がよくわからないでいる杏子の手を取り、自分の番号を登録してあげた。

冷えてしまった体をあたためてあげるように、柊二はしばらくそのままの恰好《かっこう》でじっと杏子を抱きしめていた。

ときどき、憶えてしまった電話番号は悲しいと思う。僕は、あのとき教えられた電話番号をまだ忘れられないでいる。きみが、いなくなってからも……。

5

「これが、グランドキャニオンでしょ、これがロスアンジェルス」

　杏子と柊二は青山のカフェで、アメリカ旅行の写真を見ていた。

「……これは？」その中に一枚、虹《にじ》の写真が出てきたので、柊二が杏子に尋ねる。

「ああ、原宿。この間、ほら、サチと髪形の資料用の写真撮ったときにね、雨上がりで虹が出てたの」

「杏子が撮ったでしょ？」

「うん、私」

「わかる」

「なんで？」

「見上げてる感じがする」

「ああ、なるほどね。こっちはサチだな、たしか。私の方が見上げて撮ってる感じね」

「それに、杏子の方が好きだな。構図とかしっかりしてる」

「そうかな。実は、ちょっと目覚めてたの、写真。やろうかな？」

「コーヒーのおかわり、いかがですか？」ウェイトレスが、ふたりのテーブルにやって来た。

「あ、俺はヤベエ」

「え……？」

「仕事」

「お店、お休みじゃないの？」

「雑誌の撮影、入ってんだ。あ、ゆっくり、飲んでって」

柊二はふたりぶんの料金を置いて立ち上がった。そして、しばらく歩いてから振り返り
「電話するから」と急いで出て行く。

「サンキュー」杏子が答えると、柊二は「うん」と確認して行ってしまった。

「……っていうか、私、ひとりじゃ出られないんだけどな」

杏子は窓際にたたんで置いてある車椅子を見た。


軽快にバイクを飛ばしていた柊二は、信号待ちをしながら、ハッと気づいた。慌ててUターンし、カフェまで戻り、ヘルメットを脱いで、駆け込んで行く。

「いらっしゃいま……あ、何かお忘れ物ですか？」ウェイターが尋ねる。

「いや、あの一緒にいた女性……」

「ああ、僕たちが手伝って……。もう、帰られましたよ」

とりあえずホッとしたものの、柊二は情けない気持ちでいっぱいだった。

「ウソ！　サッちゃん、来るの⁉」

「来るよ」

「ウソウソウソウソ。来るの？」正夫はひとりで慌てている。

「おまえ、悠長に新聞なんか読んでる場合じゃないよ。お兄ちゃん、おかしくないか？」

「年じゅうおかしいでしょ」

「おまえ、ホント血ィつながってんのかよ。もうちょっと、兄貴を立ててるとか、尊敬するとか、お兄ちゃんカッコいいとか……」

「こんにちはー」

「あ、来た」

途端に正夫は仏壇の前に正座して手を合わせていた。

「おお。いらっしゃい。上がって上がってって、もう上がってるか」

サチが顔を出すといよいよ正夫の様子がおかしくなったので、杏子はわけがわからず首をかしげる。

「お、お茶、お茶わかしてな。コーヒーでも」妙に挙動不審な行動に出る。

「あっ、私、やります」サチも目を合わそうとしない。

「そこに、お歳暮の舶来もののクッキーあるから」

「やっだ、お兄ちゃん、舶来ものなんて言わないって今時、ハハ、オヤジ！」

杏子はサチを見たけれど、サチはぜんぜん笑わずに、

「クッキー、もらおっかな……」

などと、かわいく小さな声でクッキーに手を伸ばしたりしている。

「ハハ、お兄ちゃん、ちょっとそこまで出てくるから……」

正夫は茶の間から出て行った。サチはうつむいている。

「何なの？　あっ……何かあった？」

サチは上目遣いで杏子を見て、ゆっくりと笑顔を作った。

「ウソッ、いつの間に……？」


「ここって、送風機ありますか？　でっかいの」

「はい、ありますよ」

柊二はモデルの髪を作りながら、バランスを考えている。この日は雑誌の撮影だった。

「最近、柊二さん、すごいわね。いろんな雑誌でスタイリングしてて」

スタジオの片隅で、編集長がタクミに話しかけた。

「あっ、さすが編集長。目ざとい。気づきました？」

「うん。でも、モデル作ってもらうのもいいけど、本人に出て欲しかったりして。ほら、彼カッコいいし」

「あーっ、そうですよね。ほんと柊二さんねえ」

とタクミが話を合わせていると、

「おい、タクミ！　ヘアワックスかヘアゴム、どっちか持ってきて」

　柊二に呼ばれ、タクミは急いで駆けて行った。


「そいで？」

　杏子は部屋で、サチを問い詰めていた。

「だから私、正夫さんが思うよりずっと正夫さんのことわかってるよっとかって言って、泣いちゃったわけ」

「で？　そいでなんでその勢いで、その涙の勢いを借りてバッとか抱きつかなかったの……って、サチ、押しが弱いのよね」

「あんたに言われたかないけどね」

「あら、私、つきあってるもん」そう言いつつも杏子はどこか元気がない。

「あれ、暗い？」

「……携帯の電話番号さあ。教えたのよ。サチが、教えろ教えろって言うからね」

「うん」サチはクッキーを食べながら適当に話を聞いている。

「ねえ、サチさあ。自分の話、する時と、人の話聞く時と、露骨に顔が違うよ」

「あそ？」

「ま、いいか。お互いさまか。で、電話番号さあ、教えんじゃなかったなあって思って」

「どうしてよ」

「かかって来ないもん。電話番号とかメールアドレスとか、聞いたんだったら、かけてきたり、メール寄こしたりしろっつうのよね。待っちゃうじゃんねえ？」

「うん」

今度は適当に受け流すのではなく、サチはクッキーをかじりつつも、真剣にうなずいた。

「また、ごちそうになっちゃってすみません」

「また、ぜひいらっしゃい。あら、今日は何にも、持ってってもらうものがないわね」

夕飯を食べて、帰ろうとしているサチに、久仁子が言った。

「あ、俺あるよ。そうだ。ちょうど端数出て……」

正夫はさっき、時間つぶしで入ったパチンコ屋で取った景品のチョコレートを取り出す。

「お兄ちゃん……、子どもじゃないんだから」

「あ、ううん。いただきます」サチはチョコレートの箱を受け取った。

「あ、そうだ。お兄ちゃん、サチ、駅まで送ってあげて」

「え？」

「ああ、そうだよ。女の子のひとり歩きは危ないから。送ってあげなさい」久仁子も言う。

杏子はサチを見て意味ありげにニコッとした。

「俺、歩くの速い？」

夜の商店街で、黙ってすこし先を歩いていた正夫が振り返った。

「いや、なんか、こういう時、男が歩くの速くて女の子がもうちょっとゆっくり歩いて、って言うやつ、見たことあるから」

「映画?」

「いや、何だろな。杏子が読んでるマンガとかだな」

「そんなの正夫さんも読むんですか?」

「いや、俺は、その、茶の間にポイッてあいつがまただらしなく置いとくから、パラパラッと。いや、読まないよ。読まない読まない、あんなの。ぜんぜん」

「くらもちふさこ」

「ああ、あれはいいよ。あの何だっけ?『東京のカサノバ』」

正夫がまんまとのせられるので、サチはくすっと笑う。

「あ、ごめんなさい……ちょうどいい、です」

「え?」

「あ、あの歩く速度。でも、もうちょっとゆっくりでもいいかな。そうしたら、駅まで長くなって、もうちょっと長く一緒にいられるし」

正夫が突然、立ち止まった。

「あっ、ごめん。こういうのって引くよね。私、ガラじゃないし。ガタイいいし」

「あのさ」

「はい」サチは小さな声で返事する。

「俺、この間、サッちゃんに泣かれてから、実はずーっと気になってて」

「はい」

「もしかしたら、もしかすると失礼なこと言うけど、百万回ごめんね。さっちゃん、俺のこと……俺に気があるのかな」

「……バリバリ、好き」

しばらく見つめ合ったあと、サチは正直に言った。

「あ、でもいいの。別に。それはそれ。これはこれ。正夫さんは杏子のお兄ちゃんで、これからもそういうんで、ぜんぜん別に……」

「これ」

正夫はポケットから香水の瓶を出した。

「さっき、実はパチンコ、けっこう出て。いや、サッちゃん来て、顔どうやって見たらいいかわかんなくて、パチンコ行ったんだけど。で、これ、サッちゃんにと思って」

「……私、香水つけない」

「あ……」

「ああ、ううん。でも、ありがとう。これ、瓶きれいだし、飾っとく」

「いや、いいよいいよ。無理に。母ちゃんにでもやるから」

「あの、じゃあ、香水のかわりに、触れていいかな。正夫さんに触れていいかな？」

「……いいよ」

サチは遠慮がちに手を伸ばして、正夫の胸に触れた。正夫は緊張しながらも、自然に包みこむようにして受け止める。

「できたら、抱きしめてもらってもいいかな……」

正夫はふんわりと抱きしめる。

「うれしい」

「いい匂い……」

「そう？　シャンプーかな」

「今度はシャンプーにするよ。パチンコ勝ったら」

サチは正夫の腕の中で、しあわせそうにくすっと笑った。


「だからさ、お客さん切った後、雑誌の撮影が入っちゃって……」

柊二は店の外に出て、杏子に電話をかけていた。

「あ、そうなんだ。ううん、仕事だもん。うん、仕方ない。平気、平気。そういえばさあ、柊二さあ、この間写真やってみたらって言ってたじゃない？　それで、カメラ買おうと思って商店街のさ……」

「あ、悪い。お客さん待ってるからさ」

一方的にしゃべっていた杏子を遮って、柊二は電話を切った。

「私、携帯電話が何のためにあるかわかったよ。いつどこにいても相手をつかまえて約束をドタキャンするためにあるんだね」

　杏子は図書館の控室で口をとがらせる。

「うーん、愛の語らいをするためでなく……」とサチが深くうなずき、「……するためでなく」と杏子もうなだれるのだった。


「で、こっちが来月」

　タクミが柊二に予約表を見せる。もう来月まで柊二の予約はいっぱいだ。

「一日に四十人も切るの？」

「まあ、やってやれないことはないだろうって店長が……」

「ひとり十五分取れないよ、それじゃ。玉姫殿《たまひめでん》の結婚式じゃないんだからさ」

　柊二が文句を言ったとき、店長が入って来た。

「おはようございます！」

「ええ、今日は、みんなにいい知らせがある。来月、麻布《あざぶ》のライヴハウスを借りて、ライヴをやろうと思うんだ」

「ライヴって？」

「『ホットリップ』のライヴだ。ステージで髪を切ったり、スタイリングしたり、まあ、イベントだな」

サトルがヒューッと口笛を吹き、みんなもすっかり盛り上がっている。

なんで美容師がライヴをやらなくちゃいけないんだ……。柊二はひとり憮然《ぶぜん》として、買ってきたハンバーガーを食べた。


「こんにちは」

「あ……ああ、こんにちは」

ようやく会える日がきて、杏子が青山のカフェで柊二を待っていると、なぜかタクミが入ってきた。

「すみません。柊二さん、まだちょっと仕事が押してて……あ、コーヒー」

ウェイトレスにコーヒーを注文したタクミを、杏子は不思議そうに見つめる。

「ちょっと、つないどけって言われたんで」

「つなぐ？」

「ええ、杏子さんが飽きないようにって」

「いいよ。私は。仕事戻って」杏子は読んでいた文庫本をタクミに見せた。テーブルの上にはいっぱい付箋《ふせん》のついた『ぴあ』も載っている。今日は柊二と映画を観ることになっているから、いろいろと調べたのだ。

「いや、ちゃんと言われて来てますから。何かあったらお役に立てるよう。あ、車椅子は？」

「あそこ」杏子は壁際を指した。

タクミにまるで悪気はない。けれども、そういうことで柊二やタクミに気を遣われているのかと思うと、杏子の気持ちに一瞬雲が浮かんだ。

一時間以上が経過し、どうぞ、という仕種《しぐさ》で、タクミは杏子に文庫本を読むのを勧めた。

あれこれと話題を見つけては、杏子にふり、杏子も一生懸命それにつきあっていたが、い
いかげん話題がなくなってしまい、ふたりとも疲れてしまったのだ。

それからまたずいぶん時間が経ち、杏子の文庫本はもうずいぶん進んでしまった。杏子
の『ぴあ』をパラパラと見ていたタクミも、もう読むページもコーヒーもない。

「おかしいな……。もう来てもいいんだけどな」

「長いことつきあわせちゃった。もういいよ」杏子は腕時計を見て言った。

「あ、電話……ってダメだ。電源切ってんですよ。大事なお客さんだから。女優の並木《なみき》ゆ
かりさん。ぜひ、柊二さんに切って欲しいって」

「へえ。すごいね、並木ゆかりなんて……」

「あ、ゴメンゴメン！　サンキュ」そこに、ようやく柊二がやって来た。

「あ、よかった。じゃ、俺、ここで」

「ああ、おまえもメシくらい食ってけよ、いっしょに。メシ食ったの？」

「一時間半も待たせて、そういうこと言ってると、ブッ殺されますよ」

タクミは柊二の耳もとでささやいて、杏子に「じゃ」とほほえんで去って行った。杏子も笑顔で応えたが、なんだか妙に心が疲れていた。

気まずい雰囲気で柊二は向かいの椅子にすわる。付箋のある『ぴあ』を手にとり、表紙のコピーを読みあげた。

「どうなる今年のアカデミー賞……どう？」


杏子が選んだ映画を観に行くと、柊二は始まった途端、眠りに落ちてしまった。杏子は、軽く寝息をたてている柊二に気づいて、風邪をひかないように、自分の上着をそっとかけてやる。

映画が終わり、観客がざわざわと席を立ち始めると、柊二は飛び起きて、折り畳んだ車椅子を広げた。慣れた手順で杏子を抱き上げて移し、映画館を出る。

エレベーターの前は人だかりだった。ようやく一基が開いたが、車椅子は入れない。

「次のにしよっか？」

「うん」

「なんかさ」柊二に車椅子を押してもらいながら、杏子はぼそっとつぶやいた。柊二には聞こえていない。

「……なんかさ」今度はすこし大きな声で言ってみる。

「ん？　なんか言った？」

「いや、なんでもない」杏子は結局、何も言わなかった。

「この前行った二子玉《にこたま》の店まで行ってもいいと思ったんだけど、遅くなっちゃったから」

ふたりは表参道のファミレスに来ていた。

「おれ、ビッグボーイハンバーグステーキにしよっと」

「……なんかさ」

「何？」

「さっき言おうとしたことなんだけど、人が見てる気しなかった？」

「そう？　気のせいでしょ」

「見てたよ」

「いい女といい男だから」

「ご注文、お決まりですか？」

「俺、ビッグボーイハンバーグステーキと生ビール。そっちは？」

「私……えっと、これ」杏子はメニューを指した。

「ご注文を繰り返させていただきます。ビッグボーイハンバーグステーキがおひとつ、和風ハンバーグセットがおひとつ……」

柊二は明るい方向に持っていこうと、律儀にいちいち返事をする。渋谷に近いので、店の中は中高生たちのグループでいっぱいで、デートの雰囲気ではない。

「こんなとこで申し訳ないけど」

「私のせいだから」

ふたりの間に気まずい雰囲気が漂う。

「映画、面白かったね」

「寝てたくせに」

柊二が黙ってしまったので、杏子の方があわてた。

「あ、本気で言ったわけじゃないのよ。ポンッて言ったらポンッて言い返すかと思って」

「そう」

ふたたび、不穏な空気が流れてしまう。

「お待たせいたしました。和風ハンバーグセットでございます」

「食べれば？　俺のもすぐ来るからさ」

女子高生が杏子の車椅子にぶつかり、通り過ぎてゆく。

「こっちに座る？」

杏子は車椅子のままテーブルに入っていた。

「いや、いいよいいよ。また、大変だもん……」

「お待たせいたしました。ビッグボーイハンバーグステーキでございます」

ようやく柊二の分が来て、ふたりは黙々と食べ始めた。

呆然《ぼうぜん》と立ちつくす。


「ゲー、何これ、最悪じゃない」

店を出ると、外はどしゃぶりだった。ふたりは庇《ひさし》の下で空を見上げ、呆然《ぼうぜん》と立ちつくす。

「鍵《かぎ》貸して。俺、車回して来るから」

「どうぞ、傘、お使いください」見かねた店員が出てきて、柊二に傘を差し出した。

「どうも……面倒くせえな……」

柊二はぽつっとつぶやき、雨の中を駆け出していった。


たとえば私が、普通だったら、普通の女の人だったりしたら、あの傘の中にふたりで入って、駐車場までふたりで走ったりするんだろう……。

それで、ちょっと腕なんか組んだりして、ふざけあったりすれば、途中で寝られちゃった映画も、イタリアンがファミレスになっちゃったことも、このデートの失敗はみんな帳消しになるのかもしれないのに……。


しばらくして、杏子の車が回ってきた。柊二は店の前で車を停めて、傘をさして出て来る。そして杏子に傘を持たせて、自分は車椅子を押して、車のところまで行く。ドアを開けて、杏子を乗せて、車椅子を畳んで……。その間に柊二はびしょぬれになる。

恋人たちの素敵な小道具になる雨も、私にとっては致命傷だ……。

「悪いんだけど、恵比寿の駅で落っことしてもらっていい？」

柊二は助手席で体を拭《ふ》きながら言った。

「うん」杏子がうなずいたところに、ピロピロピロピロピロッ、と柊二の携帯が鳴る。

「はい、もしもし。ああ、どうも。さっきは。ええ、ええ、ほんとに？　そう、それは良かった。がんばってください。じゃあ観ますよ。はい、じゃ、失礼します」

「……誰？」

「さっき切った女優さん。映画の撮影が始まるらしいんだけど、イメージ合うかなあってけっこう心配したんだけど、監督さんが、気に入ってくれて、よかったよ」

「へえ……並木ゆかりさん」

「あれ、言ったっけ？」

「タクミさん」

「ああ、オーライ、オーライ」と車の横を確認して走り出す。

「すごいね、そんな人から電話かかって来て」

「別に」柊二は面倒になり、うつむいていた。

「……なんか、違うみたい。住む世界。柊二さん、すごく華やかだし。女優さん切ったり、雑誌載ったりして……有名人だし、私、ただのしがない図書館司書だし」

「そんなこと全然思ってないでしょ。図書館司書って案外難しいんでしょ。俺、あんたとつきあい出してからけっこう周りに聞いたんだけどさ。プライド持ってやってんじゃないの？　どっちかって言うと逆に、美容師とか、そういうのバカにしてんじゃない？」

「何で？　なわけないじゃん」

「じゃなかったら、ああいう小難しい映画、選ばないでしょ」

「小難しくないよ。いい映画じゃない。もっともあなた寝てたけどね」

「単館ロードショー系。眠くなるじゃない」

「だって、『マトリックス』とか流行《はや》りのはふたりとも観ちゃってたでしょ」

「いい。わかった」

「いいんだったら、言わないでよ」

「そっちから、けしかけたんだろ」

「やっぱり、世界、違うよ。柊二さん、歩けるし。私歩けないし」

「やっぱり最終的にそこに行くんだ」

「……さっき面倒くさいって言ったよね」

「えっ？」

「車、回して来る時」

「言ってねえよ。……ああ、雨のことだよ」

「そうかな……そうは聞こえなかったけど」

「ねえ、俺、そういうこと言っちゃいけないんだ。腫《は》れ物触るみたいなの、嫌がるくせに、そういうのされたいの、自分じゃないの？」

「私が同情されたがってるってこと？」

「……自分のこと特別だと思ってんじゃない？」

「そんな風に言わなくても……もうちょっと、やさしくしてくれてもいいんじゃないかな」

「これ見よがしにやさしくされるのはイヤなんだろ」

「やさしさ、押しつけられるのがヤなのよ」

「じゃあ、どうすりゃいいの。俺、あんたが望むほど、キャパシティ広くないよ」

駅までまだ少しあるというのに、柊二はそう言い残して車を降りると雨の中を走って行ってしまった。

「杏子さん、こんちは」

次の日、杏子がカウンターで本のチェックをしていると、美山が現れた。

「『巌窟王』読破？　だったら、これ面白いわよ。『海底二万里』。私のだけど、貸しちゃう」

杏子は文庫本を差し出した。美山が来たら、貸してあげようと持ってきていたのだ。

「いや、今日はそうじゃなくて。杏子さんに会いたいって人、連れてきました」

「え、誰？」

美山に連れられて中庭に出ていくと、犬をなでている車椅子の男性の後ろ姿が目に入った。

「こんにちは！」さわやかな笑顔が振り向く。

「テッちゃん？　やだ、押して押して」

杏子にせかされ、美山はダダダッと車椅子を押して走っていく。

「久しぶり！」

「元気そうだね！」

「元気よお。テッちゃんは？　今でもバスケとかやってるの？」

「いや、仕事忙しくて」

「仕事って何やってるの？」

「まあまあ、こんなとこで立ち話もって、立ち話じゃないか」

美山の発言に、テツヤ——小《こ》杉《すぎ》哲《てつ》哉《や》と杏子はくすっと笑った。

「やっぱそうか。いや、ボランティアの仕事で、小杉さんと知り合って、高校聞いたら、たしか杏子さんと同じだと思って。でもまさか同級生とはなあ……」

ベンチに座った美山がことの成り行きを話す。

「懐かしいね。何年ぶりかな」

「でも、ぜんぜん、久しぶりって思えない。きのう、バイバーイッて、学校で別れて、今日会ったって感じだよね」

「杏子ちゃん、おてんばでさ」

「今もですよ」美山はそう言って、うれしそうに笑う。

「あ、ちょっと待ってよね。ねえねえ、仕事って何やってるの？　テッちゃん、勉強、すごくできたから、あ、弁護士か何か？　大学、結局どこ行ったの？」

「自分だってできたくせに。俺はね、あの後、一浪して早稲田行って、今は設計事務所で働いてる」

「いやあ、カッコいい。建築家？」

「俺、いっしょに仕事させてもらってんの。小杉さん、障害者の人たちが暮らすための家とかも、設計してるんだ」美山が補足をした。

「うん。で、事務所がこの近くだったんだ」

「青山？」

「ああ、ぜんぜん、知らなかったよ。杏子ちゃんがこの図書館にいるなんて」

「……テッちゃん、大人になったね」

「おじさんってこと？」

「ううん。だって、私たち十七とか十八だったんだよ」

「うん。杏子ちゃん、きれいになったよ」

「またまたぁ！」

美山はふたりの会話をニコニコと聞いている。

「あ、ごめんね。なんかこっちばっかしゃべって」

「いえいえ。なーんだか、いい感じ。俺もうれしいなあっと思ってさ」

「え？」

「やっぱりさ、昔の仲間って、ホッとして安心すんですよね」

「それに……」

「え？」

「それに、お互い、車椅子だし……」杏子はつけ加えた。

「まあ、そういうことはあるかな」

テツヤの言葉を聞きながら、杏子は昨晩けんか別れした柊二のことを考えていた。

昨日、あんな別れ方をしたことが気になっていた柊二は、昼休みに杏子に会いに来た。バイクを停め、走って行くと、杏子は中庭ではしゃいでいる。見知らぬ車椅子の男性と美山がいて、とても楽しそうだ。すくなくとも、昨日のデートでは一回もあんな笑顔を見せなかった……。

柊二は入っていけない雰囲気を感じて、声をかけることができなかった。

「これ、渡しといてくれって、柊二さんが。自分のデザインが載ってる雑誌だって」

「ふうん……」

カウンターに戻った杏子は、サチから渡された雑誌をパラパラとめくった。

「イヤミな感じ」

「何それ」

「だってさ、雑誌バンバン載っちゃって、自慢したいのかな。地味に図書館で働く私に」

「……杏子、ヤなやつになってるよ。柊二さんはただ単に自分の仕事、見てもらいたかったんじゃないの？」

「だったら、来たんだったら声かけりゃあいいじゃん」

杏子はむくれて、雑誌をバンッと閉じた。

「だから、そこがわかんないって言ってんですよ！」

閉店後の控室で、ミーティングの最中に、柊二は店長にかみついた。店長が企画したライヴハウスでのヘアカットのイベントが、どうにも柊二には理解できないのだ。

「すごいよ。店長にタメ口。トップスタイリストになったとたん」

サトルは茶々を入れる。

「柊二、いったい何が不満だ？」

「なんで、ライヴハウス借りて、イベントなんかしなきゃならないんですか」

「『ホットリップ』のイメージアップのためでしょ」サトルが口をはさむ。

「イメージって何よ？」

「だからあ、クラブでぇ、俺たちがヘアショーする。かわいい女の子、舞台上げて髪、切る。ＤＪが皿回して、みんなで盛り上がる。いいじゃん」

「……タクミ、おまえはどう思うんだよ」

「いや、俺は……そりゃ、柊二さんの言うように、髪切ることと直接関係ないけど、なんか、カッコいいじゃないっすか？　美容師の地位も上がったっていうか。ライヴハウスでイベントやるって。だから武道館でやるのとはまた違って、いいなと思うな」

「同じことだよ」

「柊二はさ、何が気に入らないの？」サトルが口をはさむ。

「……そもそもさ、俺ら、人の髪切る商売でしょ。それが髪、切ってるとこ、人に見せてどうすんの？」

「ストイックだね～、車椅子の女の子切って、雑誌に載りたいって思ってた人と同じ言葉とは思えないねえ～」サトルはわざと柊二の神経にさわるように言う。

「……だいたい、空中でこんな風に鋏《はさみ》振り回しながら切る必要ってぜんぜんないでしょ。皿回しじゃないんだからさあ」

「人のやり方に、文句つけんなよ」サトルが言い返し、ふたりはさらに険悪になる。

「サトルがいて、おまえが出てきた。これでウチの店は二大スターがいるんだ。真弓だって、女性美容師として人気が出てきた。ここらでイベントやって、人の注目を集める。そしたら、二号店だって夢じゃない。客だってもっと呼べる」

「今、ひとり十五分で切ってんですよ。これ以上、増やしてどうすんですか」

「十分で切るんだよ」

店長の言葉に柊二はため息をつく。

「じゃ、決を採ってみるか。どうだ、おまえら、『プレイヤー』でやってみたいってやつ、手を挙げてみろ」

そろそろ、とひとり挙げ、ふたり挙げ、最後に、タクミも遠慮がちに手を挙げた。結局、柊二以外の全員だ。

「よし、やる気じゃないか。二月十二日のヘアライヴは決定だ。はい、解散」

店長は立ち上がり、柊二に「欠席は許さないからな」と釘《くぎ》を刺して出て行った。

若いアシスタントたちは早くもライヴを楽しみにして、興奮気味で仕事に戻る。タクミは、柊二の目から逃れるようにいなくなった。

「店長に言われたくらいで、みんなびびって手ぇ挙げやがって」

柊二はそばにいた真弓に愚痴をこぼす。

「違うでしょ」

「え……？」

「感じなかった？　みんな、楽しみにしてんだよ。『ホットリップ』がヘアライヴやるの。若いアシスタントたち。トップスタイリストだったら、下の気持ちもわかんなきゃ」

「そんな気持ちわかってどうすんだよ。バカバカしい」

「柊二、最近、ちょっと浮いてるよ。自分ばっかり突っ走ってる感じ。なんやかんや言っても、私たちの仕事ってチームワークみたいなとこあるんだからさ」

「おまえに説教されるとは思わなかったよ」

柊二はすっかりおもしろくなかった。


杏子は部屋で柊二の持って来た雑誌を見ていた。モデルがポーズをとって笑っている写真の下には『ヘアメイク、沖島柊二』と顔写真まで載っている。杏子はパタンととじて、ため息をつくと、携帯電話を出した。『お』のボタンをおし、で沖島柊二を呼び出して、電話をかけようとして途中でやめる。そしてもうひとつ、大きなため息をついた。

数日後、出勤途中の杏子は、信号待ちでタクミを発見した。タクミは道行く女の子たちに声をかけている。杏子はクラクションを鳴らした。

「おはよう。ナンパ……じゃなくてモデルさん探しか」

「いや、そうじゃなくて、これこれ」タクミは杏子にチラシを渡す。それは『ホットリップ・ヘアグルーヴ　２０００』と書いてあるおしゃれなチラシだった。

「杏子さんも、もちろん来てくれますよね？　柊二さん、ステージで切るし。絶対、来てくださいね！」

　信号が「青」に変わりタクミは行ってしまう。杏子も後ろの車にクラクションを鳴らされ、車を発進させた。


　その頃、『プレイヤー』ではリハーサルが行われ、サトルが照明などに指示を出している。ふてくされて腰かけてる柊二に「腹、くくったら」と真弓が言い残して行った。


「聞いてなかったの」

　閉館間際に杏子はリチにチラシを見せた。

「だってずっと会ってないし、ライヴってなんか、よくわかんないし……私、行ける場所かどうかもわかんないし」

「行ったげてもいいよ」

「えっ、でも、今日、兄貴とデートじゃないの？」

　サチはあれ以来、正夫とよく会っているらしい。

「電話するよ。時間遅らせてもいいし。なかなか、仲直りのきっかけないんでしょ。こういうときにパッと行って、おめでとうって言うのがいいよ」

サチが気持ちのいい笑顔を見せてくれ、杏子はようやく行く気になった。


「何か違わない？　ライヴだよ。『プレイヤー』だよ」

「そうか」

「やめとくか」

会場の前で、杏子は車を停めた。来る途中で、花束を買ってきたけれど、なんだか雰囲気にそぐわない気がして、後部座席に置いて行く。

「っていうか、車椅子で行くのも違うのかな」

「それはいいんじゃない？　タクミくんにも誘われたんでしょ」

「あの人、考えなさそうだからな……ほら、やっぱね」

会場は地下で、思いきり細い階段を降りて行かなければ入れない。

「ちょっと待ってて」サチは誰かに手伝ってもらおうと、降りて行った。

ひとりでぼんやりと待っていると、モード系の女の子に「すいません」と言われて、杏子は車椅子をちょっとわきによける。

「いらっしゃい」タクミが笑顔で上がってきた。

タクミと二人の若い男の子たちが車椅子を持ち上げ、階段を降りて行く。

「じゃあ、楽しんでください」とタクミが持場に戻る。

ステージ上ではサトルが流暢《りゅうちょう》にMCをつとめ、女の子たちが音楽に合わせてリズムをとっている。

真弓がステージのセンターにでてきて「今日はすばらしいカットを作ってくれたサトルと柊二に、みなさん拍手を」と盛り上げていた。気まずそうに立つ柊二は杏子と一瞬目が合った。

「『ホットリップライヴ』に来てくれて、ありがとう。今日は、アトラクションがあります！　会場のみなさんのどなたかに上がってもらって、そいつを切る！」

ステージ上で、MC役のサトルが言い、会場中が一気にわいた。柊二はステージの端で天井をあおいでいる。

「ねえ、あれ、サトルだよね。エアリーシャギーのサトル」

サチはけっこうはしゃいでいる。

「ねえ、ごめん、私やっぱり帰るよ」杏子は車椅子を出口の方へ向けたが、人が多くてすすめそうもない。その間にも、会場は熱気でむんむんしてきていた。

「でねでね。単純に自分のカットする人選んでもつまんないから、お互いがお互いのモデルを選ぶってことにしようと思うんだけど、いいかな。あそこにいるやる気のない人が俺の切るモデル選んで、俺が柊二の切るモデル選ぶ、どう？」

どうやらサトルと柊二でアトラクションをやるらしい。会場内はさらに熱くなる。

「……勝手に決めんなよ」柊二のつぶやきは、しっかりとマイクに拾われる。

「おっ。カッコいいねえ。はじめてマイク通して喋《しゃべ》った言葉が『勝手に決めんなよ』。クールでシャイでかわいい!?」

女の子たち、ワーッとまた盛り上がる。もうなんでも盛り上がる状態だ。

「どうしたの？　やるのやらないの？　それとも、ここでふたりで切ったら歴然と差が出て、いやなのかな〜」

「……わかったよ、やるよ」

「あれ、柊二さん、ポーズ？　やらせかな。マジかな」サチが杏子に耳打ちする。

「ねえ、やっぱり私帰るよ。落ち着かないよ、ここ」

杏子はなんとか車椅子を動かそうとするが、やっぱり人ごみを突破できない。

「じゃあ、そこの彼女お願いします」ステージ上の柊二は適当にサトルのモデルを選んだ。

「わっいいなあ。いい、いい。かわいい。ステージにどうぞ。じゃあ、僕はね――」サトルは会場を見回すと、確信したように言った。「柊二が誰切るかっていうとあの子。今、帰ろうとしてるあの子」

いきなりスポットライトがサチに当たった。

「ああ、ごめんごめん君じゃない。その横にいる、赤いセーター」

スポットライトは杏子に当たった。杏子は驚いてステージ上を見る。柊二もどういうつもりだよ、という表情を浮かべていた。

6

「……彼女、無理だろ」

　柊二は黄色いライトが点滅する中でとまどっている杏子を見る。

「無理じゃないよ。おいっ、上げて、上げて」

　サトルがスタッフに声をかける。何人かが杏子の周りに集まり、車椅子ごと持ち上げた。

　杏子の意志を誰ひとりきくこともなく、杏子はステージへ上げられてしまった。

「さて、お待たせしました！　『ホットリップライヴ』へようこそ！」

　大音量と拍手の中、杏子はいたたまれない気持ちでいっぱいだった。

「やっぱり、私、違うみたい」杏子は引き返そうとする。

「え、ちょっと待って。危ないよ」サトルは杏子の車椅子を引き止めようとする。

「すいません、おろしてください！」

「危ないって！」

「いや、離して」

　サトルを振り切ろうとした杏子が、バランスを崩してステージから落ちそうになった。

　柊二は、それをかばおうとして、慌てて飛んでくる。次の瞬間、会場内に「キャーッ」と悲鳴が上がった。落ちて行ったのは柊二だった。

「柊二！」

「柊二さん！　大丈夫！」

真弓やタクミが柊二を助けようとダッと駆けつける。


私は、ただ見ていた。何もできないで。私のせいで、下に落ちてしまった彼を、人が助けるのをただ、見ているしかない……。


左腕を吊《つ》った柊二の憮然《ぶぜん》とした顔が、妙にかわいい感じで、柊二の部屋に手伝いに来ていた真弓は思わず吹き出した。

「ふつう笑わないでしょ」

「何か、お似合いよ。子どもの草野球に必死になりすぎて、腕折ったコーチのお兄さんみたい。まあ、大したことなくてよかったじゃない。お昼と夜は鍋《なべ》にカレー作ったから。食べて」

真弓は散らかったテーブルの上を片づけはじめる。

「あ、いいよ。そのままで。あとでやるから」

「ダメよ。食事する場所もないわよ。私でよかったら何でも言って」

「じゃ何、すんごいこともお願いしていいの?」

「そういうことは言わないんじゃなかったっけ?……ねえ、やっぱり、この顔似てるよ。さつきさんに」真弓はテーブルの上にあったデザイン画を見て言った。

「……そうかな」

「あの子より、こういう人の方が、柊二には合うと思うな」

真弓はサラリと言い残して、帰って行った。


杏子は『ホットリップ』の前で、中をうかがっていた。お客さんが出て来る気配に、慌てて車椅子を漕いで行き過ぎる。お客さんが行ってしまうと、杏子はまた店の前に戻って来た。

「あのさ、その辺でうろつかれると迷惑なんだけど。こっち、客商売なんだし」

突然、杏子の前に真弓が現れた。

「あ、違うよ。別にあんたの足のこと言ってるわけじゃなくて。あいつなら、休みだけど」

「けが、してるんですか?」

「あれ? 連絡行ってないの? スジ違えたみたいで、腕吊ってる」

杏子が知らなかったことに真弓はなんだか気をよくしたようだ。

「心配いらない。私とか、店の人が代わりばんこにのぞいてるから……それよりさ。あいつ、柊二、あんたとつきあうようになってから、ろくなことないんだけど」

「ろくなことないって……?」

「このあいだのライヴもあんたのせいでめちゃくちゃになったわけだし、店ン中でもあいつ浮いてるし……。こんなこと言いたくないけど、もっとお似合いの人いるんじゃないかな」

と店の中から呼ばれて、真弓は「じゃ」と戻って行った。


そのころ、柊二は図書館のカウンターに杏子を訪ねていた。

「休み? あいつどっか悪いの?」柊二はサチに尋ねる。

「いや。うち、休館日ともう一日、ウィークデー休めるから。週休二日で、そのうちの一日。しかし、それすごいね、腕」

「吊ってなくてもいいんだけど、医者が吊った方が早く治るって……おおげさなんだよ。あいつさ、家かな」

「さあ、どうかな?」

そこにさっと『海底二万里』が出される。

「杏子さん、お休み……ですか」柊二たちのやりとりを聞いていた美山が残念そうに言う。

「あ、じゃあ、俺」

柊二は帰って行った。

「あの手、けがですか？」

「うん。たいへんだったんだから、杏子」

「え、杏子さん。杏子さん、何か関係あるんですか？　何か、あったんですか!?」

「いや……」サチは余計なことを言ってしまった……と後悔した。


「あなた……あなた、そんな傷負って、杏子さん助けて英雄気取りかもしれないけど」

美山は図書館の外まで柊二を追いかけ、話があると言って食堂に連れてきていた。

「一週間で治るあなたの傷より、ステージに上げられて、健常者の注目浴びた彼女の心の傷の方が、ずっと深いんです。障害者がそういう視線浴びるってどういうことかわかりますか？」

「あの、すいません。これいいですか」

柊二はミルクピッチャーを示す。

「ああ」

「……たしかに俺、あなたが言うように、全然わかってなかったのかもしれない……」

「え？」

「この手動かなくてけっこう、不便なんですよ」

「はあ」

「今、そこにあったミルクも、お願いしちゃいましたけど、まあいいか、ブラックでって思ったくらい。ちょっと眠れてなくて、胃が弱っているから今日は、ミルク入れたい気分だったんだけど。あなた怒ってるみたいだし、今日のところは、まあいいかなって……いや、何言いたいかっていうと、こんな風に、あいつも……杏子もいろんなことあきらめているのかと思ってさ。片手動かないより、両足動かない方が、もっと自由、きかないじゃないですか」

「まあ……たしかにそうです。障害を受け入れる、というのは、いろんなものをあきらめて行く過程なんです。もちろん、こうして十把《じっぱ》一絡《ひとから》げに障害者はどうだ、というのは、どうかと思いますけど」

「そういうことは、俺は全然わかってなかったから。だから、ステージに上げちゃったんだし……俺じゃ、ダメなのかもしれないな……」

柊二のつぶやきがあまりに深刻で、美山は何も言えないでいた。


「外……外側からだよな」

「そうだけど。だから、やめようって言ったのに、こんなとこ」

正夫はサチを連れて洒落《しゃれ》たフレンチレストランに来ていた。並べられたナイフとフォークを見ただけで正夫は、すっかり緊張している。

「えっ、今さらそんなこと言うなよ。たまには、こういうとこ来たいって言ったの、サッちゃんだろ」

「言ったけど。言うには言ったけど、それは、売り言葉に買い言葉で……ちょっと違うな……。だって、ほっとくと正夫さん、新橋のガード下の飲み屋みたいなとこばっか行っちゃって、なんかサラリーマンのオヤジがくだまくようなお店ばっかなんだもん。そいで、正夫さん、たいていそのサラリーマンと意気投合しちゃって、いっしょに飲んで……正夫さん……？」

正夫はワインリストを見ていて、聞いていなかった。

「サッちゃん、これ信じられるかい？　シャブリ、一万五千八百円、シャルドマーニ、五万五千円!!　ウチから持ってくりゃよかったね。ウチにもけっこうあんだよ、高級なの。売れないけど」

「正夫さん、燃えてる燃えてる！」

正夫が白熱して読んでいるワインリストの端っこに、キャンドルの炎がついて、燃えあがっていた。

「デート？」

「そうよ」

「ふうん……」

夕飯が終わり、杏子は久仁子と話していた。電話が鳴らないかな、と思っているので、食べ終わってもなかなか部屋に戻れないでいる。

「うまくいってんだ」

「申し訳ないわね。正夫みたいので」

「サチ、美人だしね。ああいう性格だから、忘れちゃうけどさ」

「あら、お母ちゃん、ずーっと思ってたわよ。サッちゃん、美人だなあーって」

「ちょっと、ガタイいいけどね」

「そのくらいの方がいいわよ。ところであんた、何やってんの？　さっきからそこで。遊んでるんなら手伝って」

「あ、ううん。お母さん、電話あったら呼んで」

杏子は部屋に戻って行った。


「これ、おいしい」

「あ、そう？　そうか。よかった」

メイン料理を口にしてうれしそうなサチの様子に、正夫はほっとしたのもつかの間、また突然緊張し始めた。

「サッちゃん。俺、けっ……けっ……」

「けっ……？」

「けっこ……けっこう、うまいなこれ」正夫は古典的なオチでごまかす。

「もしかして、結婚……？」

「えっ？」

「結婚て言おうとしたの？」

「どうして？」

「えっ、もしかして、結婚してください!?」

「あっ、違う、それ、ちょっと違う」

「何だ、違うのか……」サチはがっかりとうなだれる。

「……結婚を前提としておつきあいしてください」

　正夫が思い切って言うと、サチは目を丸くして驚いた後、じーっと黙り込んだ。そして、

「喜んで！」と、目を輝かせる。

「……ほんと？」正大の頭は寝ぐせでピンとはねていた。

「いいの？　私で」

「こっちの、こっちの言葉、それ」正夫は照れてワインをガブガブ飲んだ。


「もっと、お似合いの人か……」

　杏子はベッドに入ってからもぼんやりと考えごとをしていた。

「入るわよ。まだ起きてんの？」

「あ、寝る寝る」

「くすり、置きっぱなし。風邪ひかないでね」久仁子は入ってきて電気を消してくれた。

「あ、お母さん……」

「電話ならなかったわよ。おやすみ」

「は……い。おやすみ」

杏子は何やってんだろう、と自分が情けなくなってしまった。


翌朝、出勤すると、思いがけずサトルが待っていた。杏子はびっくりして、とりあえず食堂で話をすることにした。

「この間は、ごめんね」小柄なサトルがもっと小さくなっている。

「いえ……。でもどうして、あんなことしたの?」

「え、あんなことって?」

「私を柊二のモデルに選ぶようなこと。私のことステージに上げて笑いものにしたかったの?」

「いや、そうじゃなくて。ごめんね。そうじゃないんだ」

「じゃあ……」

「たしかに、柊二困るかと思って、あんた指名したらおもしろいと思ったんだ、八割は」

「あとの二割は?」

「あとの二割は……柊二がきみを作るの、もう一回見たかったんだ。ほら、前、一度作ったことあるでしょ。雑誌の記事になったとき。あんとき、すごいよかったから。もう一回、見たいなあ、と思って」

「……ほんとに？」

「うん、それはほんと」サトルはキッパリと言った。

「柊二さん、もうお店出てますか？」

「いや、まだだけど……会ってないの？」

「…………」

「俺のせいで、ほんとごめん」

「違うの。誰のせいってわけじゃないの。私、こんなだから、やっぱね」

杏子はできるだけ明るく言ったけれど、さすがのサトルも笑顔を返すことはできなかった。


閉店後、柊二が店に寄ってみると、サトルがせっせとフロアの掃除をしていた。

「あれ、どうしたの？　こんな時間に」

「ちょっと、近くまで来たから。店、気になって。掃除してんの？」

「おお、いいとこ来た。手伝え。鏡拭《ふ》きくらい片手でもできるだろ」

奥から店長が出てきて布切れを投げる。

「……容赦ないっすね」

「ケンカ両成敗だ。おまえらふたり、『ホットリップ』のライヴ台無しにしやがって……」

口ではそう言いつつも、店長の目は笑っている。

「柊二、来週からは来られるんだろうな」

「はい」

「よし、じゃ、さぼるんじゃないぞ」

柊二は店長を送り出し、鏡にスプレーを吹きかけて、磨き始めた。残って掃除をしているふたりに、なんとなくなごんだ空気が流れる。

「あのさ」床をモップで磨いていたサトルが顔を上げる。

「おまえにも、杏子って子にも悪いことしたけどさ。俺、おまえ見ててイライラしてたんだ。すっごい実力あって、世の中にも認められて来たっていうのにさ、自分でそういうとこから逃げ出そうとしてるように思えたんだよな」

「どういう意味？」

「だからかまえるなって。相変わらずこわいな」

「…………」

「そう……こわいんじゃないかと思ってさ。自分がどこまで通用するかって知るのがさ。それだったら、大丈夫。俺が保証する。おまえ、実力ある。っていうか、センスも才能もある」

「なんだよ、急に」

「いつも思ってたよ。たまたま同期にどうしてこんなにデキルやつがいるんだろうってさ」

「何言ってんだよ。自分の方が先にトップスタイリストになってるし、固定客だって……」

「それは今の話だろ。二年先は違うさ。あんた妬《ねた》んで、嫉妬《しっと》して、セコいこともしたけど、もうそんなこともしなくてすむんだなあ、と思ってさ」

「やめるのか？」

「俺？　やめないよ。おまえだよ。近いうちに、独立することになるよ、おまえ。ライヴ、あんなことになったけど、ライヴの後、このあたり、スカウトマンがうようよしてるよ。俺、おまえのこと何人かに聞かれた。見る人が見れば、一発でわかるよ。おまえの実力」

サトルはそう言って、また床拭きを続けた。

「すみません、沖島柊二さんですよね。ちょっと、お時間いただけるかしら」

一週間が過ぎ、ようやく腕が治った柊二が久しぶりにバイクで出勤してくると、携帯電話で呼び止められた。女性が店の数メートル先から電話をしている。手のこんだやり口だ。

柊二は閉店後に、その女性と近くの喫茶店で会う約束をした。

「ごめんなさいね。お呼びだてしして。朝、チラッと話したように、私、『アンテツス』の社長の秘書をしております、平沢恵子《ひらさわけいこ》と申します」と名刺を差し出した。

「引き抜きですか？」

「え？」

「いや、俺、話長いの苦手なんですよ」

「……わかったわ」

平沢はバッグの中から札束の入った封筒をポンと出した。

「なんスか、これ。こういうの、ほんとにやるんですか」

柊二が冷やかすような声を上げたとき、新しい客が入って来た。

「ああ、どうぞどうぞ。そのまま」

ウェイターの声のする方を見ると、杏子がいつか中庭で話をしていた男性と車椅子で入ってくるところだった。

ウェイターは椅子をテーブルから引き出し、車椅子のまま、入れるようにしてくれる。

「ここ、よく来るから、わかってくれてるの」

「いい店だね」

杏子とテツヤは仲睦《なかむつま》じげにメニューをのぞきこんでいたが、杏子が視線を感じて、ふと顔を上げると、柊二がいた。高そうな服をびしっと着こなした若い女性といっしょだ。柊二はあきれた顔を見せ、それからこれみよがしに平沢の煙草に火を点《つ》けてやった。

「ウチの名前は知っているでしょ？　青山に三店舗持ってるわ。極秘だけど今、四軒目を準備中なの。その店に迎え入れる人をあたっていて、あなたに白羽の矢が立ったってことよ」

「ねえ、お姉さん、大人系にまとめてるけど、年、そんなに行ってないでしょ？　いいよ、そんな大人ぶらなくて。普通にしゃべろうよ」

と、柊二は急に立ちあがり、「髪さあ、巻かないほうがかわいいと思うんだよ」と、平沢の髪に触るスキに、札束を彼女のバッグに入れた。その一連の仕種が親密な感じがして、杏子の心中は穏やかでない。

「知り合い？」テツヤが不思議そうにきく。

「あ、ううん。ちょっと、お手洗い。これ、頼んどいて」

杏子がトイレを済ませて出てくると、そこに柊二が立っていた。

「デート？」

「どいてよ」

「俺がこの店、見つけんの、どれだけ苦労したか知ってる？　段差なくって、今あなたが行ってらっしゃった車椅子用トイレがあって、ファミレスじゃなくて、しかもダサくないとこ」

「連れが待ってるの。どいてくれない？」

「……人けがさせて、連絡もよこさないで」

「だって、私が行ったってやれること何もないもの。洗濯もできなければ、掃除もできなければ……」

「……包帯は替えられたかもね」

「治ったみたいだね。よかったね……何？」

「何かもっと言いたいけど、あなたじゃないから、出て来ない」

「あ、憎まれ口ね。私がかわりに言ってあげる。かわいい彼女が待ってるわよ。早く、戻った方がいいんじゃない？」

「彼女じゃないです」

「あそ。私の方は彼氏なの。じゃね」

杏子は柊二を押しのけて行く。


「悪いけど、今日、俺、帰るわ。だいたい話、見えたから」

「えっ？　そんな、困ります……」

「社長さんに言われて来てんだろ。考えとくよ。ここに電話するから」

柊二は名刺をくわえると、レジの方へ歩き出した。杏子たちのテーブルを通り過ぎると き、楽しそうな話し声が聞こえてきたが、あえて声もかけずに、反対に平沢に「じゃあ電話するね」と大きな声で言い、柊二は出て行った。

テツヤは杏子を自分の事務所に連れて行き、障害者でも使いやすい住宅の設計図を見せていた。

「へえ……すごい。ここなんか、便利だねえ」

「ほんとにこんなとこ来てよかったの？　映画だって観られたのに」

「テッちゃんが、どんな仕事してるか知りたかったの。でも、すごいね。ちゃんと自分の道っていうか、そういうの探して、実現してて」

「何言ってんだよ。自分だって図書館司書の資格とって、毎日働いて」

「そうだよね。私たちって、毎日働くだけで、すごいことだもんね。普通の人にとってはあたりまえかもしれないけど、学校の仲間たちって、どうしたのかなあ……」

「みんな、それなりに元気でやってるよ」

「え、会ってるの？」

「たまにね」

「テッちゃん、昔っから面倒見良かったからね」

「俺はただのけがだからさ。病気ってわけじゃないし」

「ううん。みーんな、テッちゃん頼ってた。車椅子でも笑顔で強いテッちゃんをさ……」

「車椅子のヒーローって感じ？……ところで杏子ちゃんさあ。俺といっしょにこの仕事やんないか？　実はこの間、再会した時から考えてたんだ。こう言っちゃなんだけど、車椅子の人の都合ってやっぱり、当事者じゃないとわかんないんだよ」

「……うん」

「俺、来月からドイツ行くんだ」

「ドイツ？」

「あっちは福祉が進んでるから三年ぐらい勉強してこようと思って。いっしょに行かないか？」

「……それってどういう？」

「もしよかったら、いっしょにならないかと思ってさ」

テツヤはあまり深刻にならないように明るく言った。


「だからね、ドイツとかだと、自分が車椅子だってそんなに始終思わなくてすむわけ。日本と違って、車椅子の人もどんどんみんな外出してるし。私、何度か思ったもん。移住しちゃったら楽だろうなあって……」

次の日の昼休み、天気もよいのでランチがてら、杏子は図書館の中庭でサチに昨日のことを報告していた。美山のとりつけたドリンクホルダーも活用している。

「杏子、ドイツなんて行ったことあったっけ？」

「……いや、ないけど。テレビとかで見てさ。福祉大国とか言うし」

「町田杏子さんは、なんとかテツヤを生涯、愛することを誓いますか？」

「何よ、それ？」

「って聞かれるのよ、結婚式では。ドイツなんか、バリバリ聞かれるよ」

「ほんとぉ？」

「知らないけどさ。そのテッちゃんが好きなのか、って聞いてるのよ」

「……好きだよ」

「柊二さんよりも？」

「それは……」

「だったら、結論出てんじゃん。ドイツには行かない。家具のデザインも手伝わない。このままここで、私といっしょに図書館司書を続ける」

「……楽なんだよね。テッちゃんといるとさ。何でもわかってるし、わかってあげられる。たとえばこういうことだよ。どっかで食事してて、お客さんの視線が気になって、今度はウチで食事しようってテッちゃんが言えば、素直に聞けるけど、柊二が言ったらさあ、私に気ィ遣ってんだなあ、とか思っちゃうでしょ」

「……さっきから聞いてると、杏子、自分の話ばっかりだね」

「えっ？」

「柊二さんの気持ちはどうなるの？　杏子の話、聞いてると、結局は、車椅子の人は車椅子の人としか、わかりあえないって言ってるような気がする。だったら、そういう狭い世界にいればいいじゃない。それで傷つかないですむんだったらさ」

「そんな言い方しなくたっていいじゃない……」

「私は車椅子だろうと車椅子でなかろうと、関係ないと思うよ。違う人間同士でも、寄り添う気持ちがあればわかりあえるんじゃないかな。それに、人とちゃんとつきあっていこうと思ったら、同じ車椅子の人間同士でも、大変なことってあると思うよ。同じだと思うよ」

「サチ……」

「お先」サチは杏子を残して、行ってしまった。

サチは……車椅子だって、何度も何メートルも押してくれた。トータルしたらこっから大阪くらい行ったかもしれない。私のことを本当のともだちだと思ってくれてる。だから、あんな風に怒ったんだ。……でも、私は、サチにさえ気を遣うことがある。

柊二がステージから落ちたときだって、私は何もできなかった。手も足も出ない。

「杏子？」

寒々とした部屋に帰ってくると、留守番電話のボタンが点滅していた。柊二は期待して再生ボタンを押す。『こちらは、田中霊園と申します。ついのすみかとなる、お墓については、お考えで……』

一本目はセールスだった。二本目が流れ出す。

『あ、柊ちゃん？　さつきです。お久しぶり。電話通じるってことは、まだあそこに住んでるのかな。……あ、どうしよう。困っちゃったな。実はちょっと相談したいことがあって電話しました。また電話します。じゃ』

意外なことに、さつきからだった。柊二は複雑な気持ちで、電話機を見つめていた。

柊二は遊園地の入口に、やって来ていた。今日は遊園地で撮影だとタクミに言われ、重い化粧バッグを持って、さっきからずっと編集部の人とモデルを待っているのだ。

すると、遊園地の係員に押されて杏子が現れた。「おいおいおいおいおい、マジかよ」と柊二は木の後ろに隠れてじっと見る。杏子も視線を感じて、木の陰の柊二に気づくが、そのまま人を待っている。すかさず柊二はタクミに電話をしてみるが、タクミの留守電が、むなしく響いた。

「おい、そこのネーちゃん。誰か待ってんの？」

「サチ」

「来ないよ」

「え？」

「俺ら、たぶんハメられたの。俺、タクミに雑誌の撮影って言われてここ来たの。こんなクソ重い化粧バッグ持って。十時半集合、誰もいないし。そして、あんたがいたわ」

「私も、十時半に門のとこって。サチに……仲直りに遊園地でも行こうって」

やられた。ふたりはお互いに顔を見合わせてため息をついた。


「……ケンカって？」

「え？」

ふたりは遊園地に入り、とりあえずパラソルつきのテーブルで、コーヒーを飲むことにした。

「いや、さっきケンカして仲直りがどうたらこうたらって言ってたから」

「あ、ううん。大したことじゃないのよ」

「ふうん……何か乗るか？」

「え？」


ふたりはまずメリーゴーラウンドに乗った。ひとりずつ乗って、ちっとも楽しくない。

次は園内を回る汽車だ。周りは親子連ればかりだ。フライングパイレーツを見上げ、ジェットコースターの下をくぐり、やることもなくなってしまった。

「私たち、さっきから飲みもの飲んでばっかりいるね」

売店のテーブルでお茶をするのも、もうこれで三回目だ。

「あ、トイレ、車椅子用、そこあったから、平気？」

「うん……」

柊二はまたよけいなことを言ってしまったかと、反省する。

「ねえ、あれ乗ろう」

杏子は突然、ぐるぐる回転しながら上がっていくブランコを指さした。

「え……？　あれは、無理だろ」

「無理じゃないよ。平気。ちゃんとベルトでこの辺固定してれば平気」

杏子は自分の腰の辺りを指して言う。

「マジ？」

「前乗ったことあるから」

ウソだろ、と思ったけれど、杏子があまりに主張するので、柊二は係員に手を貸してもらって、杏子といっしょに乗ることにした。

「マジで大丈夫なの？　俺、ここ乗るわ」と隣のブランコに乗る。

いよいよブザーが鳴って、ゆっくりとブランコが動き出した。

速度が上がってきたとき、杏子は震える声で言った。

「やめて……！」

「え？」

「やめて。止めて。こわい。こわい!!」

「……すいませーん！　止めて!!　止めてください!!　止めて!!」

「うん、何でもないわ。ちょっと貧血起こしたみたいね」

杏子の顔は真っ青で、下りるとすぐ柊二は医務室に駆け込んだのだ。

「どうもすいませんでした」

「でも、その体で乗るのはどう考えたって無謀でしょ。あったかい飲み物でも飲ませてあげて。少し休んでった方がいいわよ」と言って医者は出て行った。

「よかった。……何でもなくて。顔色あんまりひどかったからさ」

「……ごめん」

「ウソだろ。乗ったことあるなんて」

「ウソじゃないわ。十五の頃に乗ったもの」

それは病気になる前のことじゃないか……と柊二は呆《あき》れてしまう。

「ねえ、もういいよ。私とつきあうの、面倒くさいでしょ。ジェットコースターも乗れないもの」

「んなもの、もともと乗りたくないよ」

「例えばよ。例えばのたったひとつだよ。足ダメになって、いくつもいくつも、いろんなことあきらめて……、あきらめてきて……、恋もあきらめたの。私、情けないし……」

「……わざと?」柊二は考えついたことを言葉にした。

「え?」

「わざと、あれに乗るなんて言って、俺のこと困らせて、わざと終わらせようとしてる？　俺たちのこと」

　杏子は何も言えずにうつむいた。

「なんでそんなことするの？　なんだ、それ」

「…………」

「やめろよ、そういうことするのは。杏子がわざと自分傷つけるようなことするとさ、俺もう、たまんねえよ」

　杏子の目に涙がうかんでくる。

「俺だってジェットコースター乗せてやりたいよ。ああいうの乗せて、キャーッて言わせたいよ。歩かせてやりたいし、走らせてやりたいよ。杏子がそれを望むんだったら」

　心の底から訴える柊二の言葉に、杏子の目からポロポロと涙が落ちてくる。

「でも、俺じゃ、何もできないじゃん」

「ごめん。そんなふうに思ってくれてるなんて。ごめん」

　柊二も鼻をすすっている。

「あれ、おっかしぃ……。さっきほんとは俺、すっげーびびってたから、ホッとしたのかな」

「さっきって……？」

「おまえがあれ乗るって言ったときさ、そいで、やめてって叫んだときさ、真っ青な顔してるし、体、どうかなっちゃうんじゃないかってすっげー、びびって……」

「ごめん、ごめんね。驚かせてゴメンね」

杏子はシュンとなった柊二をいたたまれない気持ちで見つめていた。

ようやく気をとり直した柊二は、いつものように、車椅子を開き、杏子を持ちあげるとすわらせた。杏子はその腕に抱きつくと、柊二の頭を包みこみ、ふたりでしばらくそうしていた。


それから、元気になった柊二は、私にこう言った。

ジェットコースターどうしても乗りたいんだったら、乗り方考えよう。

ふたりで考えよう。

きっと方法があるはず。俺がおまえを守る、なんてカッコいいこと言えないけれど、これからはふたりで何でもどうにかして行こうって言った。

私はうれしかった。

ねえ、柊二。

私が走ったり歩きたくなったのは、あなたと会ってからなんだ。そういうの、忘れてたのに。

あなたの姿、遠くから見つけると走り出したくなるし、あなたと、腕をからめて歩いてみたくなるよ。

でも、それは黙っておいた。あんまりいい気にさせるのも悔しいし。

そんな気持ちは、自分の中だけで、大切に取っとこうと思った。

そりゃ、もう歩いたり走ったりはできないわけだけど、でも、そんな風に思う気持ちは宝物のようだった。


仲直りをした柊二と杏子は、遊園地をもう一度楽しんだ。夕暮れがせまってきて、メリーゴーラウンドにはライトがついていた。ゲートに続く遊歩道は、まばゆいばかりのイルミネーションで、ふたりはその中をゆっくりと歩いていった。


「何か本格的だね」

杏子は柊二が炒《いた》め物をしている鍋《なべ》をのぞきこむ。

「いいから向こう行って、雑誌でも読んでて」

「はーい……通れないよ」

「あ、ごめん、ごめん」柊二は足で荷物やら椅子をどかす。

「そろそろ牛乳いれないとヤバイよね……。あ、マズイ。牛乳クサいわ。買って来る。鍋、見とい……」

「ウン、オッケ」

　杏子が笑って答えたとき、電話が鳴った。

「電話……」

「いいよ、留守電なってるから」

『もしもし沖島ですけれど、留守電です……』ピーッという音に続いて、流れてきたのは女性の声だった。

『……柊ちゃん。さつきです。こっちのことは、もう解決したから。この間は、ごめんなさい。突然、電話なんかして。じゃ、元気で……』

「誰？」

「さあ」柊二は必要以上にビクッとする。

「困ってる。困ってる困ってる。困ってる感じ」杏子は少しハシャいで言う。

「別に……学生の頃の仲間」

柊二は財布をポケットにつっこんで、身支度の続きをしている。

「へえ……」

「今の電話の人は医学部進学コースへ行って、医学部通ってそのまま医者になった人」

「へえ、すごい」

「こっちは、だめになった人」

「ふうん。彼女だったの？」

「いやぜんぜん。国立の医学部行くようなやつだよ。相手にされるわけないじゃん。じゃ、鍋よろしくね」

「うん」


小さな嘘だった。

さつきは、彼女は僕が恋い焦がれた人で、青春が終わる頃、その存在も僕の視界から消えて行った。

あの頃のことを思うと、僕は思い出せない素敵な景色を夢見るように、せつなくなった。

彼女に電話しなかったのは、どっかこわかったのかもしれない。

あの景色を目の当たりにするのが。もう、僕の中では遠くなったあの場所……。

心の中で、カタンと鍵《かぎ》がかけられたままの……。


柊二はコンビニに入って行き、牛乳を一パック取った。そして、杏子のためにいくつかのお菓子と、切れそうになっていたコーヒーも棚から取った。レジをすませて外へ出ると、カシミヤの上品な白いコートを着た長い髪の女性がコンビニの男と話していた。

「ああ、足りましたか？　お金」

「ええ。ありがとうございました」

「テレホンカードとかもう売れなくなっちゃって。ほら、みんな今、携帯でしょ」

「携帯、持ってなくって……あ、何か買います」

その女性客は中へ入ろうとした。

「あっ、いいっすよ」

「両替だけじゃ悪いもの」

柊二はふと、そんなやりとりをしている女性客の方を何の気なしに見た。そして、柊二の目は釘付《くぎづ》けになった。その視線に気がついた彼女が、ゆっくりと柊二の方に顔を向ける。

「……柊ちゃん」

さつきは柊二を見て、喜びと驚きの混じった声を上げた。

7

「……よっ」柊二は動揺を隠して、できるだけ明るく言った。

「やだ、私、電話しちゃった……つい、その、近くまで来たもんだから。柊ちゃん、元気そうね」

「そっちも……で、いいんだよね」ぎこちなく柊二が尋ねた。

「うん」

「帰り、バス？」

柊二がバス停で時刻表を確認すると、あと二、三分で来るというところだった。

「ああ……。私、結婚したんだ」

「うん」

「え、誰かに聞いてた？」

「いや、それ。指輪」目でさっきの左手の薬指をさした。

「ああ……」

「仕事は？」

「うん、銀座の画廊でちょっと働いてる。一応なったのよ、お医者さん。でも、結婚したら続けられなくて。柊ちゃんは？　美容師、なった？」

「まあね。そうだ、名刺……あれ？」柊二はジャケットのポケットをごそごそ探している。

さつきはそんな柊二を温かく見つめながらくすくすと笑った。

「柊ちゃん、変わんないなあ。そうやって何でもポケットん中入れて、どこ行ったかわかんなくなっちゃうのよね」

「悪かったね。あ」

柊二はようやく名刺——自分の名前が入っている店のカード——を見つけてさつきに渡した。

「もしよかったらおいでよ。切るから」

「……うん。あ、そうだ、私も電話」さつきはバッグからメモを出して書いてくれる。

「そうか、電話番号変わったんだよな」

「そりゃそうよ」さつきはクスッと笑う。

「なんか話あったんじゃないの？」柊二は気になっていたことを訊いた。

「え？」

「電話」

「あ、ああ。あの、同窓会。予備校の時の同窓会あるらしくて、それを知らせようと思って」

「行かないでしょ。同窓会」

「……そうよね。じゃ、伝えとく」

「ああ。気をつけて」

バスに乗って去って行くさつきのうしろ姿はどことなく寂しげだった。

「今夜は飲もう」部屋に戻ってきた柊二は杏子に言った。たまらなく飲みたい気分だった。

「……うん！」ちょっと変だな、と思いつつも杏子はうなずいて、柊二の作ってくれたおかずをつまみに、ふたりはがんがんワインを空けた。


「え……？」

窓から差し込む朝日とつけっ放しのテレビの砂嵐の音で、柊二は目を覚ました。ベッドには杏子が眠っている。

「おい！　朝だよ。ヤバイよ」

とっさに杏子を抱きあげると、柊二は「トイレ、行く？」ときいた。


「何かあって朝帰りならまだしも、何もないのに朝帰りってなんちゅうかより悔しいよね。どうせうったらかったら言われるに決まってんだから、それだったらいっそのこと……」

「わかったわかったわかった。さっきから、それ、百回聞いた」

柊二は杏子の車に乗り込んでいた。いっしょに家まで行って、あやまろうと思ったのだ。でも杏子は、途中の道で車を停めた。

「やっぱ、降りて。よくないよ。いやよくない。いきなり、連れてって、ごめんなさい。

この人といいました。いきなり、パーン!」

杏子は拳《こぶし》をつきだして、殴るジェスチャーをする。

「杏子のお父さんってバイオレンス系?」

「いや、兄が」

「ああ、お兄ちゃん系」

「ひとりで帰るよ。どこだかわかる?」

「だいたいね」

「あ、ねえ」

杏子は窓から顔を出し、ちょっと照れて口ごもりながら言った。

「私、彼ができたらやってみたいことあったんだ」

「何でしょう」と柊二がかがむと、「ちょっと来て」と杏子は窓から出した顔をスーッと柊二に近づけて、一瞬、キスをした。

「……満足?」

「満足。じゃーね」

照れくさくなった杏子は、さっさと車を発進させた。


「ただいまー」

「杏子? 杏子……!」

家に帰ると、案の定、家族全員が血相を変えて飛び出してきた。

「あ、だから、電話したよね。さっき。サチが熱出しちゃって、看病してるうちに私も寝ちゃって、気がついたらヒバリが鳴いてて、あれは、ヒバリよ、ううん、ナイチンゲール。まだ朝じゃない、あっ、違うわ、朝を告げる鳥、ヒバリ」

「何だ、それ？」

「ロミオとジュリエット」

「そいでどうなの？　サッちゃん熱は下がったの？」

「うん。三十七度台になってた」

「大変だよなあ。女の子ひとりじゃなあ。しかしあれだ、杏子、看病してあげるのはいいが、必ず電話入れなさい」

義雄と正夫は店に出て行き、杏子はほっとため息をついた。

「杏子」うしろから、久仁子が呼ぶ。

「昨日、サッちゃんから電話あったわよ」

「えっ」杏子は凍りつく。

「よく電話かかって来る男の子でしょ」

「あっ、違うよ。違う！　何でもないよ！」

「声が大きい！」久仁子は口の前に人差し指を立てる。

「あ……」

「今度、連れてらっしゃい」

「えっ、連れてくるの？」意外な展開に、杏子はとまどった。

次のデートのとき、柊二は町田酒店まで杏子を迎えにくることになった。というより、久仁子の強い要望でそうせざるを得なかったのだ。

茶の間で柊二を迎え入れた久仁子、義雄、杏子は妙にニコニコしている。その笑みに、柊二もばつの悪そうな笑みを返す。

「まあねえ、遠いところを……。これから何観に行くんだって？」

「『アンナと王様』です」

「お母さん、それさっきも聞いたよ」

「ああ、そうだね」

「おい、お茶は」義雄がそわそわと言った。

「まだよ、お父ちゃん。今、お湯かけたばっかじゃん」

「ピーッていうから」

「あ、そうか。ピーッてな」

町田家の人たちはみんな浮き足立っていた。その中で正夫だけが難しい顔をして、さっきからひとことも話さない。

「ま、その、足崩して」正夫はようやく第一声を発する。

そう言いつつ、正夫は自分で足を崩して、その拍子に仏壇に足をぶつけてしまう。

「アテ」

「大丈夫っすか？」

「大丈夫です」

「……でも、あれねえ。この、髪、くるくるっなんてしちゃってさすが、美容師さん、ねえ、お父ちゃん」

柊二と正夫の固い雰囲気を察した久仁子が、とりあえず割って入る。

「いや、俺は、床屋しか行かないから」

「あ、お茶」

「おお、お茶」

「お茶、わいた」

ピーッと鳴ったやかんの音に気がそれて、みんなはほっとする。そこへ正夫が意を決したように口を開いた。

「あの！　あの、杏子とはっ。杏子とはっ」

「何よ、お兄ちゃん」

「杏子とは、どういうおつきあいなんでしょう」

「お兄ちゃん！」

「こいつは、こんなやつでも、その、なんちゅうか、俺には大切な妹で、まだ二十七だし、そう、簡単には。でも、あんたもこうやってウチ来てくれるってことは、信頼していいのかな」

「信頼ってどういうことでしょう？」

「いや、だから、将来……」

「正夫！」久仁子がたしなめるように言う。

「いやいや、柊二さん、気にしないでください。うちだってそんな古い家じゃないんだ。建物は古いけどね。今はそんな時代じゃないもんな。気楽にウチにも寄ってください。な、杏子」

久仁子と義雄が言ってくれて、杏子はちょっとジンと来てしまった。ニコッと笑って返そうとしたけれど、それはうまくいかなくて、杏子はうつむいた。

「正夫。ああいうことは言うな」ふたりが出かけたあと、義雄は正夫に言った。

「なんで」

「いいんだ。言うな」

「お母ちゃんもそう思うよ。杏子、最近、明るくて楽しそうだもん。よかったんだよ」

「なんだよ。俺たちじゃダメか？　俺たちがよくしてやって、あいつ育てて、いつもいっしょで、あいつ、明るくて楽しそうだろうが」

「家族じゃダメなこともあるんだよ」

「あの子が男の子連れて来たことなんか、足悪くなってからはじめてじゃないか。遅れて来たあの子の青春なんだよ。素直に喜んでやろうよ。それに杏子だって、わかってるよ」

久仁子の言った、わかってるよ、にはいろいろなニュアンスが含まれていた。

「俺は、俺はわかんないよ！　なんで、そんなありがたがってつきあってもらわなきゃなんないんだ。あいつは、美人だし、年だって二十七にはとても見えないし、頭だって俺と違って、図書館勤めるくらいいいんだ！」

正夫は茶の間を出て行った。追いかけようとする久仁子を、義雄が、やめとけ、という感じで首を振って制する。家族みんなが、杏子のことを思って複雑な気持ちでいた。


「はい、お疲れさま」

マンションに戻ってきた柊二は、タオルを絞ってくると、車椅子の車輪をいつものように手際よく拭《ふ》いて部屋にあげる。

「……ごめんね。あの靴、もらった、赤い靴、まだ、履いてないの」

「うん。見たことないな、と思ってた」

「勇気なくて……あんな、素敵で赤い流行の靴、履く、勇気なくて」

「今度履けばいいじゃん」

「でも」

「でも？」そう言いながら、柊二は車椅子を器用に足でひき寄せキスをする。

「ごめん。私、これ以上、無理なんだ」

唇を離すと、柊二の肩に顔をのせたまま杏子は言った。

「いいじゃん、こいで」

「いや、無理すれば無理ってこともないんだけど」

「いいよ。ダメ……？」

「ううん。ねえ」

「何？」

「今、どんな顔してるの？」

「なんで？」

「遠く見てそう。こんなに近くにいても、こうして抱き合ってると、どこ見てるかどんな顔してるかもわかんないね」

「なんだよ」

「なんか不安で」

「なんでそんなこと言うの……ねえ、なんでそんなこと言うの？」

柊二は黙ってしまった杏子を強く抱きしめた。その腕の力強さとは裏腹に、ふたりの瞳《ひとみ》は波に揺れる小舟のように心もとなかった。

『ホットリップ』のフロアの片隅で、柊二は取材を受けていた。最近は、実際にお客さんの髪に触るより、取材時間の方が長いような気がする。バシャバシャ、写真を撮られて柊二はだんだん機嫌が悪くなってきた。

「これからの、夢、みたいなものはありますか？」

「夢……あっ！」

タクミが柊二の昔からの常連客の中年女性を鏡の前に座らせて、カウンセリングしているのが目に入り、柊二は取材陣に断って席をはずすと、フロアに出て行った。

「柊二くん、ご活躍ね。すっかりエラくなっちゃったから」

「あれ、予約入ってましたっけ？」

「ううん。柊二くん、無理だって言われたから、今日はタクミくんに」

タクミはつい先日、スタイリストに昇格した。まだ基礎もできていないのに、店長はなぜかOKを出したのだ。でも柊二は自分の客をタクミにまわしたりはしたくなかった。

柊二はすぐにタクミと代わってとりかかった。


「いったいどうなってんだよ。取材受けて自分の夢とか語るんだったら、客のひとりも切るよ」閉店後のフロアで、柊二は真弓を問い詰めた。

「柊二とサトルには、この店を宣伝して欲しいのよ」

「俺ら客寄せパンダかい」

「サトルは機嫌よくやってるわよ」

「どうせ、俺たち、パンダだからね」サトルは達観したような口調で言う。

「タクミ、スタイリストに上げたのも俺らの客、振るためだろ。店長どこ行ったんだ」

「金策に回ってんじゃないの？」

「金策？　なんだよ、それ」

「店舗拡大でしょ」

「え？」

「サトル……」よけいなことを言うな、といった様子で、真弓がサトルを見る。

「このブームが消える前に、店舗、増やすの。俺やおまえ店長にして」

「二店舗増やすってことか？」

「真弓にも任すって言ってたから。三店舗かな」

「……ちょっと、待てよ。何だよ、真弓もサトルも知ってんのかよ」

「柊二さん、電話っすよ」

そこへタクミが呼びに来た。

柊二は憮然《ぶぜん》としたまま、受付の電話に出る。

「はい、もしもし……ああ、あなたか。大胆ですね。ここ、店ン中ですよ」

「今日は紫のパーカーがよくお似合いで」

外を見ると、携帯で電話をかけている平沢恵子がいた。

「ちょっと時間ください。こっちから電話します」

電話をしている柊二を、タクミがちらっと見て通り過ぎていった。

部屋に帰って来て、灯《あか》りをつけ、買って来たビールを置いて、ポケットから小銭を出す。いつもの一連の仕種《しぐさ》だけれど、この日はポケットの中のメモに手が当たった。

きれいな字でさっきの電話番号が書いてある。


心のすきまに、なつかしさが押し寄せた。


ビールをグイッと飲んで、その勢いでプッシュホンのボタンを押した。

「はい、もしもし」

「あ、俺、沖島」

「あ、柊ちゃん？　どうしたの？」

「いや、ポケットからこの間のメモが出て来たから」

「ああ。そのまま洗濯されちゃうかと思ったわよ」

「ギリギリセーフ。何か、話あったんじゃないかと思ってさ」

「……え？」

「こんなとこ偶然来ないでしょ。それに予備校の同窓会って聞いたことないんですけど」

「あ、主人が帰って来たから。ごめんね。また」

電話はブチッと切れた。柊二は受話器を置いて、ベッドにバタンと倒れこむ。

自分にだけ何も言ってくれない店長。ダンナさんが帰って来るとさっさと電話を切ってしまうさつき。きつく抱きしめても不安な瞳をする杏子。

すべてが虚《むな》しかった。


「柊二、お客さん」

真弓に言われて振り返ると、さつきが立っていた。ちょっと困ったような顔をして笑っている。その顔に、昔から弱かった。

「髪、切ってもらおうかと思って」

「ごめん。予約でいっぱいなんだ」

「ああ、そうか。そうだよね。じゃ、また、来る」

さつきは出て行った。そのうしろ姿がやっぱり寂しそうで、たよりなげで、柊二は担当していたふたりの客を置いて、ダッと後を追う。

「美人ですね……」タクミが感心して言う。

「柊二の昔の彼女よ。さつきさん」

「えっ？」

「あいつさ、髪のデザイン考える時、いつもモデルがさつきさんの顔になってんだもん」

真弓は誰に言うでもなく、ぽつりとつぶやいた。


「待って」

外に出ようとしていたさつきが振り向く。

「明日、明日の昼でよかったら切るけど」

「明日？」

「店休みなんだけど」

「いいの？」

「ああ、ここに来てくれれば、大丈夫」


定休日の『ホットリップ』のフロアで、柊二はひとり椅子に座って午前中の陽射しを浴びていた。

「俺もここ、長いなあ……」

ひとりごとをつぶやいたとき、カタッと音がした。さつきだ、とそちらを見ると、なぜかタクミが立っていた。

「あれ？　柊二さん」

「おまえ、何しに来たの？」

「いや、柊二さん、まだダメだって言ってたから、練習しようと思って」

「ふうん……」

「柊二さんこそ。あ、誰かＶＩＰですか？　女優さんとか？」

「ごめんください……」

そこへさつきが入って来た。

「あ、今日、休みなんですけど。あ、昨日……」

タクミはああ、そういうわけね、という顔をする。

「紹介するよ。俺の浪人時代の同級生……って何か変だな。中島《なかじま》さつきさん。あっ、もう中島じゃないのか」

「えっ、結婚してんですか？　見えないなあ……」

「銀座の画廊に勤めてんだって」

「え、どこですか？」

「だから銀座だよ」

「じゃなくて、ナントカ画廊とかあるじゃないですか」

「フジカワ画廊よ」

「あっ、知ってます、絵、好きなんで……あ、お邪魔ですね。はい」

「何言ってんだよ、おまえ」

柊二とタクミのやりとりを聞いていたさつきは、おかしくなってくすっと笑った。

「……テッちゃん、ごめんね。この間の話なんだけど、私、好きな人いるんだ」

「うん。美山くんに聞いたからさ。だいたいのとこは。その人と結婚するの？」

杏子とテツヤはこの前の喫茶店に来ていた。

「えっ、まさか」

「でも杏子ちゃんも、もう二十七でしょ。考えるのが普通じゃないか？　意地悪言ってるわけじゃないよ。心配してるんだ……いや、俺なんかが、余計なお世話かもしれないけど」

「……でも、ほら、結婚と恋愛は別だって言うし。私は、恋っていうの？　してるだけ」

そう言う杏子こそが、心の中では割り切れないものを感じているのだった。


「どう？」カットを終えて、柊二は鏡の中のさつきに尋ねた。

「うん、すっきりした」

「柊二さん、俺、帰ります。あ、素敵です。似合います」

タクミはカットをほめて帰って行く。柊二たちも帰る支度をした。

「ありがとう」と、さつきはバッグの中から財布を出そうとした。

「いいよ。ほら、昔、切らせてもらって、ずいぶん、失敗したし」

「……柊ちゃんは、確実に進歩してるんだね。成長っていうか」

「何それ。あ、どこまで行くの？　駅まで送るよ、どうせ俺、バイクだから」

さつきがヘルメットを受けとって、柊二のバイクにまたがろうとしたとき、ちょうど杏子が車で通りかかった。

「ねえ」久しぶりに柊二のうしろに乗ったさつきは、背中越しに声をかけた。

「うん？」

「ねえ！　ちょっと走らない？」

「ええ？」

そのままふたりで走って行った後ろ姿に、杏子はショックを受けていた。


「いや、元気だなあ、と思って」

砂浜に並んで腰かけて缶コーヒーを飲みながら、柊二は感心したようにさつきに言った。

結局、あれからバイクを走らせて近くの海を見に来ていた。さつきは着いたときからずっとはしゃいでいて、はだしになって波打ち際で波とたわむれていたのだ。

「私？」

「ああ、健康で元気なんだなあ、と思ってさ」

「あれ、そうかな」

「……足の悪い子とつきあってんだ。彼女、車椅子なんだ」

「そうなんだ……。大変そうだね」さつきもちょっとトーンを落とした。

「……まあ、ね」

「私ね、ほんとは勇気もらいに来たの。柊ちゃんにね。勇気もらいに来た」

「何だよそれ」

「離婚しようと思ってるの。相手いたの。向こうに」

「浮気ってこと？」

「うん。でもちょっと本気みたいよ。でも、仕方ないなあと思ってね」

「離婚してどうすんの？」

「もう一度、医者に戻ろうと思って。でも、自信なくってね。今、離婚して医者としてやって行くのって、すごく勇気いって、だから、あの時、医者の道やめて、美容師になるって言った柊ちゃんの勇気もらいに来たんだ」

「俺は大学、落ちたからでしょ」

「でも、それから偉くなったじゃない？　雑誌に載るほど偉くなったじゃない？　すごいよ」

「……そうなのかな」

「仕事、大変なの？」

「ちょっとね。だけど、すごいって言われるとそれは、素直に嬉《うれ》しいよ」

　柊二は、昔のようにさつきと呼べない自分がもどかしかった。

「なんかね。すごく広い海にたったひとりで投げ出された感じ。小さなイカダにつかまって、どうにか浮いてる感じよ」

「俺は、いろんな波に呑《の》み込まれそうな感じ」

「あのころはまだ穏やかな波だったよね。私たちがまだ若かったころ」

「浪人時代のこと?」

「うん。なーんて、もう過ぎた後だからそう思うだけなのかな」

「そうだよ。あのころはあのころでたいへんだったんだよ」

「そうかもね……」

くっつきそうでくっつかない距離にあるふたりの手は、所在なげに潮風にさらされていた。


サチと正夫は居酒屋で杏子たちの話をしていた。

「杏子を籠《かご》の鳥にしといて安心したいのはわかるけどさ。本当に杏子のこと考えたら……」

「サッちゃん。悪いけど、やっぱり家族はそうはいかないんだよ。あいつのこと本当に考えたら。恋愛なんかしない方がいいんだって。傷つくだけなんだからさ」

「……そんな風に決めつけたら杏子がかわいそうだよ」

「かわいそうになる前に救ってやるのが、俺の役目なんだよ。おまえに何がわかる!」

乱暴に言い捨てると正夫はプイッと横を向く。サチはひるまず言った。

「あ、今、おまえって言ったね」

「なんだよ」

「正夫さんってほんとは女の人のこと、おまえとか言う人なんだ」

「おまえおまえおまえおまえ、どこが悪い!?」

「だったら私だってあんたって呼ぶよ」

「いいじゃねえか。呼べよ。あんたとおまえ」

「それじゃ演歌じゃん。がっかりぃ！」

「こっちだってうんざりぃ！」

「何よっ」

ふたりは同時に一本の焼き鳥に手を出すと、ゆずらずに取り合った。

「はい」

さつきに差し出されたヘルメットを、柊二は受け取った。ヘルメットを外してみてはじめて、ふたりは雨が降っていたことに気がつく。

「雨」

「あ、ちょっと待ってて」

柊二はすぐそばのコンビニでビニール傘を買って来て、さつきに渡す。

「いいのに」さつきは上目遣いで柊二を見つめた。

「ま、いいじゃない。たまには」柊二は笑う。

「ありがとう」

「どういたしまして」

「……元気でね」しみじみとさつきが言った。

「なんだよ、それ。もう一生、会わないみたいな言い方」

「……会わないでしょう」さつきは自分に言い聞かせるように言っている。

「がんばれよ」

「うん」

人込みの中に紛れて行くさつきのうしろ姿は、やっぱりどこか寂しげで、思わずささえてやりたくなる。

「柊ちゃんもね！」さつきは突然振り返った。

「ああ」柊二はやさしくほほえみを返し、手を振った。


「それ、考えなさ過ぎますよ！　無理ですって」

店の控室でハンバーガーをパクついていたサトルが、大きな声にビクッとして見ると、柊二がまた店長にかみついていた。

「おまえにも一店舗、持たせてやるって言っててんだぞ」

「『ホットリップ』は、俺とサトルと真弓と三人いてやっと回っててんですよ。タクミのスタイリストだって早過ぎます。あいつのためにもならないし。店、全体の質が落ちて終わりです」

「ま、終わるときゃ、どうやっても終わるけどね」

サトルはハンバーガーを食べながらやれやれ、といった感じでひとりごとを言う。

「おまえには、報告しただけだ。相談してるわけじゃない。指図は受けない」

「サトルや真弓には相談して、俺だけシカトですか」

「嫌だったら辞めてもいいんだぞ。タクミを店長にするだけだ」店長は捨てゼリフを残して部屋を出て行く。さすがにその発言にはサトルものけぞった。

「ポテト、いかがですかぁ？」

サトルは柊二をなだめようと、おどけてポテトを差し出した。それも逆効果で、柊二は乱暴にポテトを袋ごと持って行った。


『ホットリップ』に、どう考えても似合わない客が入って来た。真弓が「はじめてのお客様ですよね？」と声をかけた。

「あ、沖島……沖島柊二くん、いますか？」

正夫だった。柊二はすぐに気付いて、近くの店で待ち合わせをした。

指定された喫茶店で正夫が待っていると、柊二が走ってやって来た。

「遅くまでたいへんだね。仕事、終わったの？」

「いえ。まだ残ってるんで。戻るんです」

「あそ。悪いね。あ、いや……」

と、柊二の携帯が鳴ったが、画面を見もしないで柊二は切った。

「いいの？」

「ええ」

「……杏子のことなんだけど」

「はい」何を言われるんだろう。柊二は緊張した。

杏子は自分の部屋で、切られてしまった電話を見ていた。せつなくてため息が出てしまう。机の上に電話を置くと、赤い靴が目に入った。ちょっと履いてみようと思ったけれど、やっぱりやめて、眺めるだけだった。


「……あいつと仲良くしてくれるのはうれしいんだけど、どういうつもりかな」

「どういうつもり……？」

「結婚とか、考えてるのかな」

「いえ、正直、そこまではまだ」正夫の真剣な調子に柊二も思わず背筋をのばした。

「そう。まあ、そうだよな」

「あの、本気じゃないわけじゃないんです。でも、今、まだ仕事のこととか、落ち着かなくて」

「……あのさ。あんた、仕事したい人だろ。美容師さんでさ、雑誌なんかにも載るくらいの……仕事したい人だろ」だんだん正夫の語調が荒くなってきた。

「どういう意味ですか？」

「あのな。杏子と結婚なんかしたら、あいつ中心に回ってくんだ。仕事のことばっかりなんて言ってられなくなる。それが……その、障害者と一緒にいるってことなんだよ。だから、俺、就職しなかった。家にいた方がいいだろうって、身動き取りやすいだろうって酒屋継いだんだ」

「はい……」

「あんたさ、あいつとの間、いつからかしんないけど、まあ、ちょっとつきあってみて、ああ、これだったら大丈夫だって思ったかもしんない。でもさ、違うんだよ。将来も受け入れるってことはさ、あんた自身があいつの病気とか障害とか背負うってことなんだよ」

「それは……わかってるつもりです」

「ちょっとやそっとつきあったくらいで何がわかるって言うの？」

　正夫は厳しい顔で首を振った。柊二は何も言い返せない。

「悪いことは言わない。あんたのためにもさ、もうやめといた方がいいよ。あいつのためにもさ、深入りしない方がいいんだ。あんた、自分の才能伸ばして行く人なんだろ。そういう人にはさ、普通の健康な子が一番だよ」

正夫に言われて、柊二はやりきれない思いで胸がいっぱいになった。


「柊二、これ、明日までにお願い」

店に戻ってくると、真弓がバサッとファイルを押し付けてきた。

「わかってるよ……」柊二は投げやりに答えた。

「柊二さん！　ひどいじゃないですか」柊二の帰りを待っていたタクミが近づいてくる。

「何が」

「店長に言ったそうですね。まだ、俺、スタイリストに上げるの早いって」

「……ああ。早いだろ、実際に」

「なんで、邪魔すんですか」

「邪魔……？　おまえ、今の力でスタイリストやっていいと思ってんの？」

「……柊二さん、俺に自分の客取られるのがこわいんじゃないですか？」

「何言ってんだ、おまえ」

「俺が店長に見込まれて、自分が抜いて行かれるのがこわいんじゃないですか？」

「おまえなんかこわいはずないだろ」柊二もさすがにむっとした。

「そうかな。まあ、関係ないかもしれませんね。柊二さん、ここ出て行くんだし」

タクミがわざと大きな声で言ったので、店に残っていたスタッフたちの間に緊張が走る。

「変な女から電話かかってましたよね。あれ、引き抜きでしょ」

「勝手に言ってろ」相手をしていられず柊二は言い捨てた。


柊二がヘルメットを持って外に出ると携帯が鳴った。

「はい、もしもし」

「あっ、私」杏子の声だ。

「ああ」

「やっと通じた……」思わず杏子もほっとした声をだした。

「何？」

「何って……さっきも電話したんだよ」

「人と会ってたから」

「人って女の人？」杏子は、よもや正夫が柊二と会っていたなど思いもよらない。

「んなわけないでしょ」

「私、私……この前見たんだよ。女の人、バイク乗っけてるとこ」

「……ちょっと知り合い駅まで送っただけだよ」見られていた後ろめたさから柊二はちょっと口ごもった。

「でも、バイクに乗っけることないじゃない！　私だってバイク乗りたいよ。でも乗れないんだよ」

「ごめん。今、まだ外なんだ。帰ったら電話するから……」柊二は電話を切った。

柊二がマンションに戻ると、エントランスにさつきがいた。

「柊ちゃん」

「……どうしたの？」思いも寄らないさつきの姿に柊二は動揺した。

「借りた傘、返さなきゃと思って」さつきが苦しい言い訳をする。

「んなわけないでしょ」

「バレたか」

「バレバレだよ。こんなビニール傘、返さないっしょ」

「離婚届、用紙見せたら、殴られちゃって、出て行けって言われて、行くとこないなあって……」さつきは途切れそうな声で言った。

柊二は思わずさつきを抱きしめた。さつきの手から傘がカタンと音を立てて落ちる。

「冷たい体……」長いことさつきが自分を待っていてくれたのが伝わってくる。

「柊ちゃん、昔と同じ匂いがする……」

そのころ杏子は、暗い部屋でひとり、じっと柊二の電話を待っていた。

8

「あ、痛っ」

柊二が手を伸ばして頬に触れると、さつきは顔を歪《ゆが》めた。

「まだ痛い？　ずいぶん腫《は》れひいたよ。ちゃんと、ダンナさんと話してさ」

柊二はさつきをさとすように言った。

「うん、そうね。ちゃんと話、してみる」

「泊まるとこなかったら、また来いよ。襲わないから」

「……うん。襲ってくれてもよかったんだけどね」さつきが冗談めかして言った。

「冗談きついでしょ。人妻が」

「じゃあ」

「ああ」エントランスから出て行くさつきのか細い後ろ姿を、柊二は静かに見送った。

「おはよう……ございます」

開店前の店を、こっそりのぞいていた杏子に気づき、タクミは外に出て来て声をかけた。

結局、柊二から電話はかかってこなかったのだ。

「……あ、おはよう」杏子は見つかっちゃったか、という表情をする。

「柊二さんならまだだけど。どうかしましたか？」

「いや別に……ねえ、タクミくん。柊二、別に女の人いるんじゃないかな」

杏子はいちど否定した後で、思い切ってタクミに尋ねてみる。

「まさか！　いませんよ。そんなの。杏子さんって人がありながら」

「そうかな……。昨日も電話なかったし、それに私見たの、この間。バイクの後ろに女の人乗っけて走ってた」

「え？　まさか」

「髪の毛こんくらいの、優しい感じの……」

「あっ。あの人かな……」

「え、知ってるの？　知ってるんだ、教えて、お願い」

杏子は真剣なまなざしで、タクミに詰め寄った。


「どうも」柊二は平沢といつもの喫茶店で約束をしていた。

「ああ、ごめんなさいね。出勤前に。どう？　決心つきました？」

「あの、俺の引き抜き話バレてんですけど」

「え？『ホットリップ』に？」

「ええ。ここで会うのもどうかと思うんだけど」

「あら、そう。でも、どうせうちに移るんだから問題ないでしょ？」

「移りません」

「え？　今あなたがもらってるお給料の三倍出すって言ってんのよ。どうして？」

「お客さんがついてるから」柊二はきっぱりと言った。

「大丈夫よ。うちのお店に移っても、あなただったらすぐに新しいお客さんつくわ」

「数じゃないんだよ。今までのお客さんっていうのにこだわってるの。ずっと俺が切ってる人がいるでしょ。そういう人が『ホットリップ』に来てくれてて、それが大事なの」

「……バッカみたい」

「どうとでも言えば？　とにかく、そういうこと。あんたンとこのボスにそう伝えといて」

そこにウェイターが注文を取りに来たが、柊二は「あ、俺いいです」と断った。

「ねえ……灯台下暗《もと》しって言うから、あなた知らないのかな。そのうち、大変なことになるわよ、『ホットリップ』」

「……なんだよ、それ」

「自分の店のことでしょ。自分で確かめれば」平沢は伝票をつかむと、柊二より先に出て行った。

「やめようよ、どうすんのよ？　こんなとこまで来て」

銀座のフジカワ画廊の前で、サチは杏子を説得した。

「見るだけ」

「見るだけってウインドウショッピングじゃないんだからさ」

杏子は首を伸ばして画廊の中をのぞきこむ。すると、中から品の良い中年女性が出て来て、「何か御用かしら」と、杏子に尋ねた。

「あ、いえ……」

「どうぞ、お入りになって」その女性は杏子が車椅子だからか、過剰にやさしく声をかける。そんな外の様子に気づいたのか、さつきが入口のドアの方に出てきた。

「あなた、もしかして……？」

杏子はびっくりしてさつきの顔を見る。

「もしかして柊ちゃんのつきあってるっていう……」

「……あ、いえ、違います。私。ごめんなさい。なんでもないです」

慌ててバックしようとした杏子の車椅子は、勢いあまって歩道の段差から落ちてしまった。

「杏子!!」

車椅子が横転したところに車が突っ込んできて、サチが悲鳴を上げる。車は間一髪のタイミングで急ブレーキをかけ、「危ねえな！　気をつけろよ！」と、罵声《ばせい》を浴びせながら通り過ぎて行った。

「杏子、杏子、大丈夫？」

「大丈夫ですか!?」

サチとさつきは慌てふためきながら、車椅子から放り出された杏子に駆け寄る。

「あ、痛……」杏子は肩を押さえ、顔を歪めた。

「杏子は？」杏子が運ばれた病院に、正夫が駆け込んで来た。

「うん。今、レントゲン撮ってる。横転したもんだから、肩のあたり打ったみたいで。今、先生診てくださってるとこ」

「ああ……こちらは？」

サチの隣にはさつきがいた。正夫に問われたさつきは、反射的に会釈をする。

「あ……どちら、さま？」正夫は会釈を返しながら、もういちど尋ねた。

どう説明したらいいかわからなくて、サチもさつきもなかなか言葉が出てこなかった。


「柊二さん！　電話です」

カットしている柊二を、受付で電話に出たタクミが呼んだ。フロアから受付に向かう柊二は、タクミとすれ違ったけれど、ふたりの様子はどことなくよそよそしい。あれ以来、ふたりの間はギクシャクしたままだった。

「もしもし。あ……どうしたの？　え、杏子が？」

電話はさつきからだった。なのに用件が杏子のことで、柊二には状況がよくつかめない。

「ええ、たいしたことはなくて、レントゲンで異状はなかったみたいなんだけど……」

「そう。でも、なんであいつ、そんなとこ……」

「……心配だったんじゃないかしら」

さつきはさまざまなニュアンスを含めてそう言った。

「お兄さんも見えてて心配ないと思ったんだけど、一応、柊ちゃんに知らせといた方がいいと思って。えーっと、築地《つきじ》の救急病院」

「サンキュ」

「……ねえ、柊ちゃん。こんな時に何だけど」

「ん？」

「私、大阪に行くかもしれない。大学の時の先生に病院、探してもらってて、大阪だったらありそうなの」

そのとき、フロアから柊二を呼ぶ声がした。

「あ、ごめん、仕事中だよね。じゃあ」

「ああ、じゃあ」柊二もさつきも、複雑な思いで受話器を置いた。

「だから、大丈夫だったから、たいしたことないから」

柊二が病院に駆けつけると、さつきはすでに帰った後で、ちょうど正夫が会計を済ませているところだった。正夫は杏子を心配してあれこれ問いかける柊二を無視して、ズンズン病院の中庭を進んで行く。

「あいつ、どこですか？」柊二は必死で正夫を追いかけていった。

「あいつ？」

「正夫さん」そこに、杏子の車が近づいてきて、運転していたサチが声をかけた。

「おお」

「あ、柊二さん……。杏子！」

サチは助手席の杏子に声をかけた。正夫は露骨に不快そうな表情を浮かべる。

「え？」杏子は顔を上げた。

「どうする？」と、サチは杏子に尋ねたが、正夫が車の外からいいよ、いいよ、会わないでというジェスチャーをする。そして杏子も短く「いいよ」と言った。

「会わないって。妹も会わないって言ってるからさ。悪いけど」

正夫はそう言って車に乗り込んだ。柊二は車の中の杏子を見る。杏子も柊二を見たが、すぐにぱっと目を逸《そ》らした。

「待てよ！」

柊二は杏子に呼びかけた。サチは柊二の様子を気にかけながらも、正夫に促されてアクセルを踏んだ。

「うん、まあまあって感じかな」

閉店後、真弓とサトルはパソコンで最近の客の入りの状態を見ていた。

「俺、あんまりお客さん来てないですよね？」タクミがふたりに尋ねる。

「スタイリストになりたてだもん。焦んないって」

「そうっすか？」

「おい、タクミ、ちょっと」

そこに柊二が帰って来て、真弓たちに話を聞かれないところにタクミを引っ張って来る。

「おまえさ。なんで、杏子、銀座の画廊なんか連れてったんだよ」

「連れてってないですよ。バイクに乗せてた女の人知らないかって言うから、画廊に勤めてる人じゃないかって言っただけっすよ」

「教えるかよ。んなもん普通」

「……悪いことしてるの、そっちじゃないですか？」

「何？」

「ちょっと、何やってんの。おたくら」

険悪になったところに、サトルが声をかけた。柊二はムッとして、その場を去って行った。

『お客様がおかけになった電話番号は、電波の届かないところにいるか、電源を切って……』

部屋に帰って杏子の携帯に電話をかけてみたが、つながらない。自宅の方にかけても、正夫が出たらつないでもらえないだろう……。柊二はどうすることもできずに、途方に暮れた。

「お兄ちゃん、『入るぞ』と入るのと同じタイミング。ちゃんと私の返事聞いてから入ってね」

「入るぞ」

「ううん。起きてる」

「おい、寝たか？」

杏子に言われ、正夫はもう一回廊下に出てやり直しをする。

「入ります」

「どうぞ……バッカじゃない？」

杏子は神妙な顔をしている正夫を見て、ぷっと吹き出した。

「なんだ、笑ってんな。たいしたことなかったか」

「うん、痛いの、おさまった……お母さんは？」

「ん？　お父ちゃんもお母ちゃんも寝たよ」

「そう。よかった。心配かけたなあ……と思って。ところで何？　お兄ちゃん」

「おまえさ。しばらくおばちゃんとこ行かないか？　お母ちゃんの妹のさくらおばちゃんとこ」

「どうしてっておまえ、その手じゃ、どうせ、図書館の仕事はできないだろ。しばらく休みだろ。だったらよ、ウチなんかにいるより、気分転換できるしさ。あっ、いとこの洋子《ようこ》ちゃん、子ども生まれたって。かわいーぞ。見に行って来いよ。どうだ？……その手じゃ身の回りのこともできないか？　なんならお兄ちゃんも一緒に行ってやってもいいぞ」

「ううん。それは平気だけど……ちょっと、考えてみるよ」

「うん。じゃ、今日はゆっくり寝ろ。おやすみ」

「おやすみ」

正夫が暗に何を言いたいかは、杏子にはよくわかっていた。


「えっ、車椅子から落ちた？」

「ええ。ケガは大したことなかったんだけど、それから閉じこもっちゃって……」

サチは、図書館に来た美山に杏子のいない理由を説明した。

「家にですか？」

「てゆうか、自分の心閉ざしちゃったみたいな感じで……」

「そうですか……」美山は顔をくもらせた。

「あの、そういうのってあるんですか？　いや、美山さんだったら、詳しいのかと思って」

「どうかな。でも、みなさん、やっぱり、体の一部がダメになった時、心に深い傷を負います。それを克服するのは、深い深い穴からはい上がって来るような感じです。また、足を滑らして下まで落ちてしまうこともあると思います。もちろん人によりますが……」

「……杏子は明るいと思ってたんだけどな」思わずサチもしょんぼりした。

「サチさん。生まれつき明るい人なんて、何があっても明るい人なんて、そういません。自分の健康を失った時、動く足を失った時、どれだけショックを受けることか……。杏子さんの明るさは、そういうものを乗り越えた、受け入れた明るさなんです」

「……私、どれだけわかってあげられてたのかな？　杏子のこと」

「全部わかってあげる必要はないと思います。杏子さんがわかって欲しいと思って話したことを、ちゃんとサチさんは聞いてあげてたと思います」

「えっ？　そうかな」

「そう見えました」

「……美山さんって、いい人なんですね」

「〝どうでもいい人〟ってやつですかね」美山は照れくさそうに笑った。

「しかし、最近じゃワインも売れないなー」

「チリとかさ、そういうとこの安いの入れないとダメだよ」

「ああいうのは大型店がドーンと買って、ウチみたいな小売りには回って来ないからな」

正夫と久仁子が店の裏で話をしていると、電話が鳴った。

「はい、もしもし。あ……」

「誰？」正夫は電話に出た久仁子に尋ねる。

「沖島さん」

「ああ……。はいもしもし」正夫は受話器をひったくった。

柊二は手のあいたすきに電話をかけていた。

「あのさ、あんたもう電話して来ないで。杏子も電話出ないでしょ。話す気ないんだからさ」

正夫は乱暴に受話器を叩《たた》きつけた。

「正夫」久仁子はとがめるような目で正夫を見る。

「いいんだよ。こんなこと今までなかったんだから。あいつのせいなんだよ」

「おい。お客さんだ」義雄が店からぶっきらぼうに声をかけた。

「ボランティアの美山です」美山は正夫に向かって、礼儀正しくおじぎをした。

「僕なんか来ても何の心の助けにもならないと思ったんだけど、心配になって来ました。これ、お見舞いです」杏子の部屋に通された美山はイチゴの箱を差し出した。

「きれいなイチゴ……！」

「でしょ。千疋屋《せんびきや》ので高かったんです……あ、いや」

「ありがとう。私のことなんか心配してくれる人がいると思うとうれしいです、素直に」

「もう、デートも誘わないから安心してください」美山はにっこりほほえんだ。

「あ……」

「でもね、杏子さん。杏子さんは、自分の心で恋をしたんです。僕とつきあったら、きっとこんな風に傷つくことはなかったです。それは僕が保証します」

「美山さん、やさしいもんね……失敗したかな」

「いえ、そうじゃなくて、僕とつきあったら傷つくことがなかったのは、杏子さんの心が僕にないからです」

「美山さん……」はっきりと言われて杏子もいたたまれなくなった。

「杏子さんは、壁を乗り越えたんです。自分が好きになった人と、恋をまっとうしようとしました。相手は、ボランティアでも何でもない、普通の人です」

　柊二の顔が浮かんできて、杏子は心が痛くなる。

「愛されるだけのつきあいを望んだら、もっと楽です。きっと今度のような事故もなかったんだと思います。僕は、杏子さんが強い人だと思いました。もしくは、強くあろうと願う人だと思いました。今ここで、負けて欲しくないと思います。あえて言います。障害に負けて欲しくないと思います」

「……美山さん。私、わかったの。本当に好きになると、人って弱くなるよね」

ようやく口を開いた杏子は涙をこぼした。

「もう頑張るのもこわいし……。それにね、あいつのためにもさ、あいつのこれからを考えるとね、私は、身を引きたくなるんだよ」

苦しそうな杏子を見て、美山は辛《つら》くなり唇をかみしめた。


「すいません」

「はーい」

久仁子が店先に出て行くと、柊二が立っていた。

「こんにちは」

「またあんたかよ。何しに来たんだ」すかさず店の奥から正夫が出てくる。

「正夫……」久仁子がそっとたしなめた。

「お母ちゃんは引っ込んでなよ。杏子ならいないよ。帰んな」

「いるんでしょ」柊二は憶さない。

「いないって言ったら、いないんだよ」

「いるんでしょ！」

ぐいぐい押してくる正夫の手を押しのけて、柊二は中に入って行こうとする。

「会わせてくださいよ。俺とあいつの問題です」

「何をー!?」

「中、見せてあげなよ。納得行くんだから」

久仁子に言われ、正夫はしぶしぶ柊二を中に通した。

「車椅子もないだろ。あいつ、今、親戚《しんせき》の家行ってんだよ」

柊二はガランとした杏子の部屋を見せられ、絶句した。

「この靴……」部屋の隅に、いつかの赤い靴が飾られている。

「なんだよ。これ、あんたがプレゼントしたの？　やめろよ。歩けない人間に、こういうことするかよ。持って帰ってくれ！」正夫は忌々しげに、靴を手渡した。

「今まで大きな事故も間違いもなく、やって来たんだよ。どうにかやって来たんだよ。あんたとつきあい出して、なんかおかしくなっちまってよ」

柊二は出て行くしかなかった。

「柊二さん。ちょっといいかい？」

肩をおとして出てきた柊二を、久仁子がこっそり呼び止めた。


「何か……何か書くもんあるかい？」

「え？　あ……」

柊二と久仁子は、近所のファミレスで向かい合っていた。出されたコーヒーに、ふたりとも手をつけず、気詰まりな雰囲気が流れていたが、沈黙を破ったのは久仁子だった。

「これ、あの子が今いるところの住所」

久仁子は柊二が出したメモに走り書きをした。

「もし、その気があるなら迎えに行ってやってください」

「……お母さん」

「でも、もしも、もしも、あんたが、杏子じゃない……あんたが、もうあの子のことを諦《あきら》めるって言うんだったら、もう会わないでやってください」

「諦められないですよ。あいつ誤解したままなんですよ」

「……あの子の、体のことは聞いてますか？」

「え？」

「病気のことです」

「いや、詳しくは聞いたことないけど……。まあ、あんまり無理しちゃいけなくて、月に一回か二回病院行って、確か、ステロイドとか飲んでて、でも、激しい運動とかしなきゃ普通に生活できるって……」

「その通りだけど……それは、その通りなんだけどね。あの子の病気はね、免疫不全の病気で。悪くなる可能性っていうの？　あるの」

「……悪くなる可能性って？」

「そしたらね、死んじゃうこともあるんだって。どれくらいの確率かっていうとね。お医者さんが言うには43分の13だって。なんかよくわかんない数字よね。43分の13って。聞いてた？」

「いえ」

「言えなかったんだね。母として私が言いました、てことでいいんだよね。叱《しか》られちゃうかな」

久仁子は涙を拭《ぬぐ》った。柊二は頭の中が真っ白になって、言葉も涙も出てこない。

「私たちはね、43分の30を信じて生きてるの。うちの家族はそうなの。あの子もそうなの。だって悪くならなきゃ、普通に死ぬまで生きられて、そしたら43分の30も一〇〇パーセントになるんだもの。でも、あなたにそれ、信じろって言うのは酷だからね。あなたは、他人さまの……やっぱり大切な息子さんなんだし、ね」

何を言われても、柊二は言うべき言葉が見つからない。

「ごめんね。残酷なこと知らせてごめんね。でも、これがあの子が言い出そうとしてあなたに言えないことだったと思うし、あの子があなたに会わない理由だと思うのよ。いえ、もちろん、なんかケンカはしたんだろうけど、根っこにあるのはね、まあ、そりゃ、車椅子ってこともあると思うけど、それを含めて病気なのよ」

柊二は久仁子から渡されたメモに目を落とした。そこには、東京からそれほど遠くない、海辺の街の住所が書いてある。

「母親としてはね、こんなモン、あなたに渡しちゃダメなんだろうけど、なんか、あの子、ほんとはあなたに会いたがってるような気がして……」

涙まじりになってしまって、久仁子はもう話を続けることができなくなった。

「柊ちゃん」

マンションにたどり着くと、大きなボストンバッグを抱えたさつきが待っていた。

「ごめんね、突然」さつきはいつものようにはかなくにこっと笑った。

「いや」

「柊ちゃん、何かあったの？」

「いや」柊二はぶっきらぼうに言うだけだ。

「聞かない方がいいみたいね」

柊二は黙っている。

「私、大阪行くことになった」

「……そう。話、ちゃんとついたんだ。よかった」

「柊ちゃん……私たち、もう一度やり直せないかな」

さつきはまっすぐに柊二の目を見て言った。

「私、大阪やめてもいい。もう少し待てば、東京近郊で病院見つかるかもしれないし……」

そこまで言ったところで、さつきは言葉を切った。柊二の顔を見れば、答えは明らかだった。

「あ、ごめん。変なこと言ったね」

「こっちこそごめん」

「やだ、謝らなくていいよ。さて、行こうかな」

「送るよ」

「あ、いいいい。ここで」

「ほんとにいいの？」

「うん。それに、柊ちゃんは、もう私をバイクに乗せないでしょ」

「…………」

「もう、女の人、バイクの後ろ、乗せないんでしょ」

さつきはまるで母親が幼い子どもに言い聞かせるように言う。

「……たぶん」そのたぶん、は絶対的な響きを持っている。

「あの人、かわいい人だね……」

さつきは柊二の首にふわりと抱きついた。最後の抱擁になることを感じていたけれど、こうせずにはいられなかった。柊二はさつきのぬくもりを感じながらも杏子を思って胸が痛くなる。そして、さつきにはそんな柊二の気持ちが伝わってくる。

「柊ちゃん、お互いしあわせになろうね」

「……ああ」

柊二は友だちとしての抱擁を返し、彼女を見送ると、バイクの鍵《かぎ》を握りしめた。

「杏子、お客さん」

「え？」杏子は車椅子で玄関まで出て行く。

さくらおばさんの後ろにはヘルメットを持った柊二が立っていた。


「卒業シーズンで、学生さんからＯＬになるお客さんが増えると思いますが、そのために髪形を変えるというお客さんのために新しいファイルを用意しています」

開店前の朝礼で、店長は従業員たちに向かってＯＬ向けの髪形ファイルを見せた。

「お客さまとよく相談して、髪形を決めてあげてください」

「はい！」

「じゃ、今日も予約がたてこんでますので、スムーズに仕事が流れるよう頑張りましょう」

「はい！」従業員たちは持ち場に散っていった。

「ねえ、柊二は？」真弓がふと気づく。

「あれ、まだ見てないな」サトルが首をひねった。


「俺、前にも言ったよな。何も言わずにどっか行ったりするなって」

柊二と杏子は連れ立って、近所の海の見える高台に来ていた。

「……合わせる顔がなくて。あんなことして、柊二に合わせる顔なくて」

「あんなことって？」

「さつきさん、だっけ？　会いに行った。電話、一晩中待ってもかかって来なくて、ああ、きっとこの前バイクに乗っけてた人と一緒なんだって思って……そしたら、どんな人か見たくなって。ただ見て帰って来ようと思ったの。そしたら、見つかっちゃって……でも、私、あの人、いいと思う」

「え？」

「やさしそうだし、上品だし。私のこと本気で心配してた。いい人なんじゃないかな。柊二だって、嫌いじゃないんでしょ？」

「……ずっと心の中にあったんだ。好きだった。あいつ見て、気持ちが動いた」

「正直だね……正直すぎるよ」

「あんた、ウソついてもすぐ見抜くと思って。でもあんたがいなくなると思ったら、杏子がいなくなると思ったら、体半分もぎ取られたみたいに、心臓わしづかみにされたみたいに痛かった。今こうして向きあってても、けっこうたまんない感じ……。俺、あんたが好きなんだ」

「……さつきさんは？」

「どう言われても杏子しかダメなんだ。無理やり連れて帰るなんてできないけど。結婚してるわけじゃないし、そんなことできる立場じゃない。でも、帰って来たら連絡くれ。待ってる」

柊二は自分の気持ちを伝えて、バイクに飛び乗った。

「十一時に沖島でご予約ですよね。ええ、承《うけたまわ》っておりますが、沖島がまだ……」

「すみません。ごめんなさい！」ギリギリで、柊二は店に飛び込んだ。

「ああ、よかった……」お客さんも、受付の女の子もほっとしている。

「タクミ、お客さまシャンプー」

「え、俺、シャンプーすんですか？」


タクミはシャンプーをすませると控室に入るなり、タオルをソファに投げつけた。

「おっと」そこに入ってきた真弓が、ひょいとよけてから拾って渡してやる。

「スタイリストになったっていうのに、これじゃ、シャンプーボーイと一緒ですよ」

プライドを傷つけられて、タクミは肩をいからせながら、控室を出て行った。


「あ、ちょっといいかな。今、カットモデル探してんだけど」

タクミは閉店後、街を歩く女の子たちのグループに声をかけた。

「えー、あなた、どこのお店？」

「『ホットリップ』」

「えーっ、すごーい！　シュージとサトルのいるところだよね？」

「いや、俺もいるんだけど」

「シュージだったらいいけどね。行こ行こ！」女の子たちはつれなく行ってしまった。

「ねえ、私でよかったらカットモデルやるけど」キャリアウーマン風の女性が声をかけた。

「え？」

「なんてね。こういう者です」その女性は『平沢恵子』と書かれた名刺を出した。

「あなたもたいへんよね。シュージやサトルと同じ店じゃ」

平沢はタクミを喫茶店に連れてきた。

「……ひと月、五十万ですか？」

「相談次第ね。もっと出してもいいわよ。それに、うちは、美容院の名前が有名なわりに、スターがいないから、あなたが来ればうちのイチ押しよ」

「……そうっすか？」

「ただ、こっちにも条件があるの。そちらのお客さん、流して欲しいんだけど」

「……どういう意味ですか？」タクミは用心深く尋ねた。

「顧客名簿のフロッピィ、コピーして来てほしいの」平沢はにっこりと微笑んだ。


「おお、これ、見てみろ」

閉店後の控室で、店長は柊二に一枚の紙をよこした。

「新しい店舗の図面だよ。ほら、紀ノ国屋の入ったとこのビルの二階、空いたんだ」

「まだ、言っててんですか？　そんなこと」

「まずはサトルにやらせようと思ってる」

「店長、お客様です」真弓が入ってきて、店長に声をかけた。

「おっ、来た来た！」

店長はいそいそとふたりの男性客にすりよっていく。ライヴでVIP席に座っていたふたりだ。

「いやー、おかげでいいハコ、見つかってよかったですよ。ウデがあっても、まずハコですからね」

「誰だよ？」柊二は真弓に尋ねた。

「今度、出す店のパトロン。やり手の青年実業家だって」

「大丈夫かな……」

いかにも胡散臭《うさんくさ》そうなふたりの男にペコペコする店長を見て、柊二の胸を不安がよぎった。


「よっ！　ほっ！」町田家の居間で杏子はみかん三個、両手に持ってお手玉をしていた。

「もう、まったく、この子は」

「ね？　もうすっかり平気」杏子は久仁子に肩が治ったことをアピールした。

「明日から図書館も行くのか？　だったら兄ちゃん、送ってやるよ」

「そうだな。運転はまだやめといた方がいいな」正夫と義雄はまだ心配している。

「大丈夫だよ」

「さくらおばちゃんとこ、電話しとかないとね。こんな大きな娘を長いことありがとうってさ」

「何言ってんのよ。私、けっこう役に立ったんだから。赤ちゃんにミルクあげたり、抱っこしたりして。あ、お母ちゃん、それ鯵《あじ》の干物だって」

「さくらおばちゃん、これ好きなのよねえ。自分が好きなもんだから、こんなにいっぱい持たせて。冷蔵庫入るかな」

「ほら、おい、見ろ」

　正夫がみかんを片手で二個もう一方で二個、お手玉している。町田家の茶の間は、すっかり日常の風景を取り戻していた。


「あれ？」杏子が寝ようと思って部屋に引き上げてくると、赤い靴がなくなっていた。

「おいっ。ドライヤー知らないか？」風呂《ふろ》上がりの正夫が杏子の部屋にやって来る。

「洗面所。お兄ちゃん、ここにあった赤い靴、知らない？」

「あ……、おまえの留守中にあいつが来たからな。返した。勝手に……悪かったな」

　バツが悪そうにしている正夫に、杏子は笑顔を見せた。

「そっか……そっかそっか。いいんだ。どうせ私、自分で返そうと思ってたから」

「杏子……」

「お兄ちゃんの言う通りだよ。私、今のままで十分しあわせだもん。恋なんてしなきゃ、男の人なんかとつきあわなきゃ、いろいろ考えなくてすむし、傷つかなくてすむし……。これ以上、何望んでたのかな。バカみたい」

杏子が明るく言えば言うほど、正夫は辛くなる。

「夢見てたんだよね、夢」

「……そうかよ」

「でも、悪い夢じゃなかったよ。お兄ちゃん、私、着替える」

「ん、ああ」

正夫は涙があふれそうになるのを必死でこらえた。本当に泣きたいのは杏子なんだからと、正夫はくるりと後ろを向いて、洗面所に向かった。

柊二がバイクで帰って来ると、マンションの前に停まっている車がパッシングをしてきた。眩《まぶ》しさに目を細めて、ムッとして見ると、杏子が窓から顔を出して笑っていた。

「よっ」

「……よっ」

「うっわ、すっげえ煙。臭いよ」

杏子はおみやげの干物を、柊二の部屋で焼いていた。

「換気扇回して、換気扇」

「美味《おい》しいんだから、食べたら？　ねえ、おみそ汁も作ろうか？」

「いいね。ちくわとかあったな」

「みそ汁にちくわ？　入れないよ」

「入れるって。ウマイって」

ふたりは妙にはしゃいでいた。柊二は杏子が来てくれたことを素直に喜んでいる。

「うっまい！　うまいわ、これ」

柊二は夢中になって干物を食べた。杏子はそんな柊二をじっと見つめている。

「ね？　話、あって来たんだ」

「ん？　何？」

「……明るく話、しようと思って」

「……そいで干物？」

「まあね」

柊二はこれから始まる哀しい話の予感に、表情を硬くした。

「私、いろいろ考えたんだ。あなたとのこと」

「……うん。俺も考えたよ」

柊二の言葉に、杏子ははっとしたが、とりあえず話を続けた。

「お互い、二十七だし。将来あるし」

「そいで？」

「そいで……。やっぱりあなたは普通の人とつきあった方がいいと思う」

「普通って？」

「普通で健康な人……私は、いいんだよ。今まで楽しかったし。なんか、くすんでた今までの人生っていうの？　それがキラキラしたよ」

「ねえ……俺、クリスマスツリーの飾りじゃないんだけど」

「え？」

「ほら、あのピカピカしたやつ」

「ああ」

「あんたの人生飾る飾りじゃないよ」

柊二の言葉の意味がわからなくて、杏子は首をかしげた。

「あんたの人生の一部になれないかな。あんたの人生……っていうか、これからの人生、ふたりで一緒にやってけないかな」

「……無理だよ」

「病気のこと聞いたよ。お母さんから聞いた。43分の13っていうの……聞いた」

「そう……。ごめん、隠してたわけじゃないんだけど、なんか言う機会なくて……ほら、私もこんなんでけっこう元気なもんだから、そんな数字自分でも忘れちゃうことあって、だいたいそれ言われたの発病した十七の時だし。ああ、このまんまずっと、イケちゃうのかなっなんて最近は思うし……」

　早口でまくしたてる杏子を、柊二はじっと見つめた。

「ごめん。やっぱり隠してたね。言えなかった……」

「俺、いろいろ考えたんだ。杏子のお兄さんやお母さんに言われて、冷静に考えてみた。結婚しても、杏子の体の調子悪くなったら、杏子中心になるだろうから仕事セーブしなきゃならなくなるかもしれない。たぶん、っていうか子どもも無理だろう。飛行機乗る時は、車椅子、荷物といっしょに預けんのかな、だったら、飛行機の中でトイレ行くときとか、俺がおんぶとか、寝てても起こされるのか……」

「……冗談言ってんの？」

「いやいや。そういう細かいことから大きいことまで、いろいろ考えてみたんだ。こう見えても細かい性格だからさ」

　杏子は半分あきれたような表情をする。かまわず柊二は先を続けた。

「そいでさ」

「ん？」

「結論出た。ってゆうか、結論出てたんだな。はじめから」

「何？」

「俺、あんた諦《あきら》められない。杏子、諦められない」

　杏子は柊二の顔が見られなくて、うつむいた。

「何よりもおまえが大事なんだよ」

柊二は杏子を抱き寄せながら言った。その声は涙まじりになっている。

「……仕事、思うようにできなくなってもいいの？」

「うん」

「子どもはいいの？」

「うん」

「飛行機乗るとき、おんぶしてくれるの？」

「ああ」

「あとなんだっけ……そうだ、このかわいげのない性格はいいの？」

「うーん、それはちょっと直して欲しいけど」

「あ、ひど」

「自分で言ったんでしょ」

ふたりは涙ぐみながらも、笑い合った。

「……もしも」

「うん？」

「もしも……死んじゃってもいいの？」

柊二は抱き合う腕をはずして杏子の顔を見つめた。そして静かに、だけど確信のある口調で「死なないよ」と言う。

「うん」

「俺が、死なせない」

ふたりはもういちど、しっかりと抱き合った。


それから僕と杏子は夜の街に出かけた。

杏子は、僕があげたあの赤い靴を初めて履いた。

とても似合った。

でも、結局、それが彼女が赤い靴を履いた最初で最後の時になったんだ……。

9

「ねえ、録音したテープとかかけないの？」

杏子は助手席の柊二に尋ねた。カーステレオからは、ユーミンの『リフレインが叫んでる』が流れている。これは杏子のテープだ。

「何それ？」

「よくあるじゃん。彼女とドライブするときのためにいい曲ばっかりセレクトしたりして」

「あのね、そういうのはモテない男がやることなの」

「へえー。やっぱりモテる人は違うねえ……。ふうーん」杏子がからかう。

「いや、まあこの際だから言うけど、ワタシこれでもバリバリもてて、そりゃあんた……」

「あっ、ここ曲がるんだ」杏子はわざと柊二のセリフをさえぎる。

「……感じワリイ」

杏子はそんな会話が楽しくてニヤニヤしていた。

おまけに外は青い空。澄んだ空気。連なる山々。そして隣には柊二。最高のドライブ日和だ。

「あれ、今の、左じゃない？」

「えっ？」杏子は車を停めた。

「これで、これで、こうだろ……やっぱ左だよ。んじゃ、ほら、替わるぞ、運転」

「うん。ねえ、この辺、けっこうこわいよね。タヌキとかいそう……」

杏子は辺りの森を見回してる。

「おねーさん、置いてくよ」

杏子は抱き上げられて助手席に移動する。柊二の運転で、ドライブは再開した。


「いいだろ、これ。『赤いスイートピー』」

正夫とサチは、町田酒店のバンでドライブしていた。

「この後サザンの『真夏の果実』で、次がユーミンの『埠頭《ふとう》を渡る風』。高速乗る頃にはB'z」

「正夫さん、作ったんだ……テープ」

「まあね、いい曲ばっか」

「洋楽はないの？」上機嫌の正夫にサチはおそるおそる尋ねた。

「え？」

「ううん、なんでもない」

「ま、車はこんなんで悪いけど……杏子のヴィータを借りようと思ってたのに、朝起きたらもうなくってさ。サッちゃんは歌、何が好き?」

「バックストリートボーイズ」

「……ジャニーズジュニア?」

だめだ、こりゃ、とサチは天を仰いだ。

「うわー、気持ちいい! 空気違うね。さすがモテる男は知ってるね。ビューポイント」

ふたりは森からぬける湖を眺めていた。

「あのね」柊二は笑いながら、杏子の車椅子をもっと景色のいいところまで押して行く。

「うわー!!」目の前に壮大な富士山が現れた。

「富士山、見えるでしょ?」柊二は杏子の目の高さまでかがむ。

「……それ、もう癖になってるね」

「え?」

「しゃがむじゃない? よく」

「ああ、ちゃんと見えてるかと思ってさ」

「見えるよ、富士山。富士山が見える。青い空が見える。やさしい緑が見える。柊二のきれいな瞳《ひとみ》が見える」杏子は視線を湖から柊二に移した。

「バカ、何言ってんだよ」柊二が照れて、わざと乱暴に言った。

「こんな気持ちのいいとこ、心ん中まで透き通りそうで、何でも言えちゃう気がしたの。

そいで、言ってみた」

「じゃ、俺も言おうかな」

　柊二はそう言って、ポケットの中をごそごそ探した。

「これ」出てきたのは、銀色の鍵《かぎ》だった。

「……なんだ、指輪とかじゃないの？」

「じゃ、いいよ」柊二は差し出した手をひっこめる。

「ウソだよ、ウソ」

　杏子は鍵を奪い取って「柊二の部屋の鍵……」とつぶやいた。

「上野動物園の象の檻《おり》の鍵かもしれないよ」

　柊二が冗談を言っても、杏子はしあわせそうにほほえんでいる。

「……マンションの裏回ればエレベーターで上がれるし、車椅子入れるように、いつも玄関は片づけとくから、いつでも来て」

「……ん」杏子は胸がいっぱいになる。

「てゆうか、来てください」

「……ありがと。うれしい」

「ここいいなあ、やっぱ！」柊二は急に照れくさくなって、湖の方に向き直った。

「お兄ちゃん」

コタツに入って何やらメモを書いていた正夫は、驚いて顔を上げる。

「ごめん。薬飲むから、お水持って来てくれる？」

「部屋？　あいよ」

正夫が台所に立ったので、杏子はコタツの上に残されたメモを取り上げて、「『サッちゃん、二十七歳第一子出産。二十九歳第二子出産。三十歳で貯めたお金で家族全員ハワイ旅行。そのとき俺三十五……』」と、声に出して読んでみた。

「……おまえ、何やってんだ！　やめろやめろっ！」

「何やってんの？　お兄ちゃん」

「いや、ちょっと今後の人生の計画をだなあ……」

「嫌われるよ、それ、わかったら」

「えっ、そうなのか？　言うなよ、言うな。な？」正夫は本気で焦って懇願した。

「言わないよ」と言いつつ、サチにこっそり話すつもりで杏子は、部屋に引き上げた。

部屋で薬の袋を開けていると、正夫はまたノックもなしにガラッと扉を開けた。

「お兄ちゃん！」

「ノック……だよな」と言いつつ、杏子に水を渡す。

「もう」

「おまえ……薬、増えたのか？」

「えっ、なんで？」

「だって、なんで茶の間で飲まないんだよ」

「目ざといなあ……。お母さん、気にするかと思って。でも平気。今までだって増えたり減ったりしてたんだし、よくあること」

「まあ、だったらいいけど……無理、すんな」

ちょっと深刻な雰囲気になったところで、久仁子が「正夫、お風呂は一？」と声をかけた。杏子のことを気にしつつも、正夫は杏子の部屋を後にした。


「あ、痛。痛い痛い痛い……」

映画館で予告を見ていると、正夫はサチの手をぎゅっと握った。画面ではちょうど『給料の三カ月分……』とか言いながら海辺で婚約指輪を渡すＣＭが流れている。

「加減、しようよ」サチは正夫をたしなめる。

「ごめん……」正夫はしょぼんとして、手を引っ込めた。

画面では指輪をもらった女性がしあわせそうな表情を浮かべている。

サチはちらっと隣を見て、ひじかけに置かれた正夫の手に自分の手を重ねた。


「あ、サッちゃん！」

サチのマンションの前まで送って来た正夫は、別れ際にサチを呼び止めた。

「あのさ、給料っていくらなのかな？」

「私？」相変わらずの正夫の唐突さにサチはちょっとぎょっとした。

「違う違う。俺、会社勤めしてないからさ。給料の三カ月分ってよくわかんなくて……」

「……指輪？」

「……うん」正夫は神妙に答えた。

「誰に買うの？」

「誰にって、おまえ、母ちゃんに買わねーべ」

「なんでこんなときに冗談にするの？」

「ごめんごめん……その、なんだ。俺、どれがいいかわかんないし、よかったらいっしょに指輪買いに行かないか？」

「それ、いいけど、賛成だけど……私もひとつ、提案していい？　提案っていうかお願い、っていうのはちょっとプライドが……ああ、何言ってんだろ。話、ややっこしくなっちゃうな」

「何？」

「普通……普通は、今日は帰りたくないのって、その、ドラマなんかだと、普通のＯＬさんなんかだと言うのかもしれないけど……帰りたくないって言ってもここ、私のうちだし……帰したくないいってのも変だし……」

「……なんなの？」

サチがいつになくもじもじと言い淀むのに、鈍い正夫はまったく気付かない。

「それこっちのセリフッ！」じれったくなってサチがきれた。

「だってわかんねえ！」

「バッカじゃないの？　だって、順番逆でしょ？　今どき、結婚するまで何もないなんて変だよ。明治時代じゃないいんだから！」

「……いいの？　寄っても」

サチはコクンとうなずいた。


「ふふふーん」

図書館の食堂で、杏子は柊二にもらった鍵をサチに見せびらかした。

「何？　ゴリラの檻の鍵？」

「なんであんたらはそんなことしか言えないかね」

「わかってるよ。柊二さんちでしょ？　だったらふふーん、私も」

サチは婚約会見の女優のように左手を広げた。薬指に正夫からの婚約指輪が燦然《さんぜん》と輝いていた。

「あ、こっちお願いしまーす。バシャバシャッ、バシャバシャッ、きれーですねー。何カラットですか？　このぉ！」杏子はおどけながら、サチをひやかした。

合鍵をもらって初めて、杏子は柊二のマンションにやって来た。鍵を使ってドアを開けると、車椅子が入りやすいように、靴がちゃんと端に寄せてある。杏子はしあわせをかみしめながら、中に入った。

定休日にファッションショーに駆り出された柊二とサトルが『ホットリップ』に荷物を置きに寄ると、タクミがレジに立っていた。

「おまえ、何やってんだよ?」

柊二はタクミの様子がおかしいのを察して、サッと後ろに隠した左手をつかんだ。

「イテ……やめてくださいよ」その手からフロッピィがこぼれ落ちる。

「これ、顧客名簿の……」サトルが拾い上げた。

「なんでこんなもん、引っ張り出してんだ?」柊二が問いつめる。

「いえ、ちょっと……」

「ちょっとじゃないだろ? 正直に言えよ!」

「やめようよ、痛いのは……」

今にもタクミにつかみかかりそうな柊二を、サトルが慌てて制した。

「『アンテウス』か……。あそこの女もすごいこともちかけるな……」

タクミから事情を聞いたサトルは、すっかり呆《あき》れていた。

「出てけよ」ずっと黙って聞いていた柊二が突然口を開く。

「え？」

「今すぐ『ホットリップ』出てけ。顧客名簿が店にとってどれだけ大事なものかわかってるだろ？　わかってやってんだろ？　店長には言わないでおいてやるから、すぐ辞表書け」

「そんな、俺、行くとこないっすよ」タクミが懇願した。

「『アンテウス』行きゃいいだろ？」

「だって、顧客名簿なかったら、俺なんか入れてくれないですもん……」

「そんなところに、こんなコソドロみたいな真似して、それでも行きたかったのかよっ⁉」

「やめろよ！」

　サトルが熱くなる柊二をたしなめた。

「俺は、こいつデキルと思ったんだよ。だから目ェかけてやったんだ。いろいろ教えてやったよ。朝までかけてカットの仕方、教えてやったことだってあんだよ！」

「俺、一度だって自分から頼みましたか？」

「なんだとォ？」

「わかったから……わかったから、ちょっと落ち着こうよ……タクミ、今日は帰っていいよ」

　サトルがふたりを制して、冷静な調子で言った。柊二は気がおさまらない。

「おいっ！」

「悪いけど、ここじゃ俺の方が上なんだ。同期だけど、俺の方がトップスタイリストになったの早いし、ここの店の看板、まだ俺なんだよ」

サトルは鼻にかけるでもなく、からかうのでもなく、真剣に柊二に言った。

「ここは言うこと聞いてもらう。タクミは顧客名簿のフロッピィ、取り出してただけだ。どこにも渡してない。まだ渡してないんだ。実際、渡そうとしてたかどうかわからないだろ？　一晩悩んで、また戻したかもしれない……今日は帰れ。明日また話しよ」

「……はい」

タクミは柊二を気にしつつ控室を出て行った。

しばらくしてからサトルが口火を切った。

「俺、あいつの気持ちわかるんだ。それほど力あるわけじゃなくてさ。努力しても努力しても、たかが知れてて……神様不平等なんだなあって、思うんだよ。とくにあんたみたいなさ。目の覚めるような才能あるやつ、隣にいるとさ」

言っている意味がよくわからなくて、柊二はサトルの顔を見た。

「なんでもないふりして、平気なふりしてすました顔して、でもアヒルみたいにさ、水の下で必死に足かいてるんだよな。沈まないようにってさ。そのためには、多少、汚いことやるわけだよ」

「……あんたがそうだったって言うわけ？」

「柊二、すこしは弱いやつの気持ちもわかってやってよ。見逃してやろうよ。あいつ、信じてやろうよ。『アンテウス』にフロッピィ……」

「いい話かもしれないけど、納得できないね。まるでわかんねえ」

「自分だって車椅子の女の子連れて来て、切ったことあったろ？　あんた、自分の強さがなくなったときのこと、考えたことあるかい？」

「……バカバカしい。行くわ」

サトルの言うことがどうしても納得できずに、柊二は控室を出て行った。


「柊二さん！　俺……」

店の外に出てくると、泣きそうな様子でタクミが待っていた。

「うるさいっ！」

柊二はすがりついてくるタクミを振り切って、バイクのエンジンをかけた。


やりきれない気持ちで帰ってくると、マンションの外に赤い車が停まっていた。柊二は急いで階段を駆け上がり、ドアを開ける。

「あ、おかえり！」灯《あか》りのついた部屋と、杏子の明るい笑顔が柊二を出迎えた。

「来てたんだ」ちょっと柊二の気持ちが高揚した。

「うん」

「あれ、いい匂い。なんか作った？」

「勝手にシチュー。ごめんね」

「ううん、食べる食べる」

「ちょっと待ってて。今、あっためる」

「いやーっ、うれしいな。腹減ってたんだ。あ、もしかして杏子、腹減ってんじゃないの？　俺、待ってて」

「うん、大丈夫」

「悪かったな、来てるなんて、ぜんぜん知らなかったから。へえ、シチューか。何入ってんの？」

柊二は鍋《なべ》の中をのぞき込む。

「ね、何かあった？」杏子は柊二の顔を見て、やさしく尋ねる。

「……どうして？」

「小学校から帰って来た男の子がお母さんにまとわりつくようにおしゃべりだから」

柊二は思わず黙り込む……まさに図星だった。

話を聞いて、杏子は考え込むように言った。

「そうか、フロッピィをね……。よっぽど追い詰められてたんだね。私、サトルさんの言うことわかんないでもないな。あ、違うよ。柊二を責めてるわけじゃなくて……。柊二さ、私とつきあってること、ぜんぜん隠さないじゃない？　ほら、街なんか歩いてて、人に見られてもぜんぜん気にしないいし」

「そんな、見てるかな？」

「ほら、そういうとこ。柊二ってさ。人の目気にしない、自分だけのピュアな強い心、みたいの持ってんだよね」

「そんなたいそうなモンかね？」

「ときどき感じてたよ。この人、潔くて強い人だなあって。だから、なんの偏見もなく人を見られるんだよね。だから、なんか、心のバリアフリーって感じだったんだよね」

「そう……」

「でも、周りの人には、ときどきそれ、眩《まぶ》しすぎたりするんじゃないかな？」

「……杏子、いろんな気持ちがわかるんだな」

「これでもいろんな思い、してるからね」杏子は母親のように、柊二に笑いかけた。

数日前、杏子の主治医、椎名《しいな》から電話がかかってきて「話がある」と言われた正夫は、第三内科の外来前で、順番が来るのを待っていた。

「町田さん、町田正夫さん……」

マイクで呼び出された正夫は、緊張の面持ちで立ち上がると、診察室に入って行った。

その頃、柊二と杏子は食器を片付けて、居間でくつろいでいた。

「でもさ、柊二はどういうのがいいの？　夢っていうか？　どんな美容師さんがいいの？」

「うーん……今日とか明日のことで頭いっぱいで、考えたことなかったな、あんま。でも、こう、小さくてもいいかもな、店」

「小さいの？」

「自分の目が届くでしょ。カウンセリングから、シャンプーからカット、ブローまで、全部自分でやってあげるんだ」

「ふうん……なんか、海辺にね」

「海辺？」

「うん、海辺。海辺の小さな町にね、小さな小さな美容院があるの。木で作ったあったかい感じ。ドア開けるとカランッて鳴りそうな……わかる？　感じ」

「わかるわかる」

「よくさ、こう椅子があって、鏡の上にヘアスタイルのパネルなんかが何枚も飾ってあるじゃない？　そのパネルがね、動物の写真だったり、どっかのきれいな風景だったりするの。そういうの、よくない？」

柊二はイメージをつかもうと考えながら聞いている。

「それでね、その町の女の子が初めて美容院に来るの。私、憶《おぼ》えてるよ。小学校五年ぐらいのときかな。それまで床屋さん行ってたんだけど、初めて美容院行ったの。ドキドキして、なんか、アイドルの切り抜き握りしめてさ。誰だったかなあ、キョンキョンとかかなあ……？」

　杏子の話を聞いていると、固くなっていた柊二の心も、いつのまにかほぐれてくる。

「そんなところにね、柊二がいて切ってくれたら、女の子うれしいだろうなあって思ってさ」

「お母さんに内緒だったりするのかな」

「そうそう、まだ床屋さんでいいわよっ、顔も剃《そ》ってもらえるし、なんて言われてね」

　柊二はおかしそうに笑うと、いきなり、その辺にあった紙とえんぴつを取って、「今、浮かんだから。どういうのか」と、デッサンを始めた。

「すごいな、絵、描けるもんね」

「そいでさ、そこに本棚置くんだ。杏子の好きな本でいいよ。自由に持ってってたりもできてさ。本そろえるのは杏子の役目」

「……私、そこにいるの？」えんぴつを動かす柊二に、杏子は尋ねた。

「ん？　この辺にいるの。カランッと開いて、この辺に座ってて、そいでにっこり笑って、いらっしゃいませって言うんだよ」

　柊二の言葉に、杏子は涙が出そうになる。

「あそこの美容院、おじさんは愛想悪くてこわいけど、あのおばちゃんが、けっこうきれいなおばちゃんがやさしいもんねーとか言われるんだよ。地元の中学生とかにさ」

「おばちゃんか、私」涙をこらえて、ちょっと笑う。

「おばちゃんだよ」柊二も笑い返す。

「私、柊二の未来にいるんだ」

「いるでしょ……あたりまえでしょ、常識でしょ」

杏子は胸がいっぱいで、言葉も出ない。話そうとしたら、きっと涙が出てしまうだろう。

「あ、そうだ。トイレ行った？　トイレ行ってよ、トイレ」

「行ってないけど、なんで？」

いぶかしがる杏子を、柊二は無理やりトイレに連れて行った。

「いいですか？　では開けます。ジャーン！」

柊二が中を見ろ、という仕種《しぐさ》をしている。

「あ……手すり」中には、車椅子用の手すりが取り付けてあった。

「これで使いやすくなったでしょ。おしゃれにペインティングしてみました」

さすが柊二らしく、手すりはなんだかアートしている。

「……ありがと」

「そのうちさ、広い家借りよ。バリアフリーのさ」

「……柊二」

「ふたりでさ、やってこう。ずーっと」

「……ありがと」

「なんだよ、しんみりすんなよ」

杏子の目からは、今にも涙が溢《あふ》れ出しそうだった。

「それ、43分の13ってことですか？」

椎名に診察室に呼ばれた正夫は、レントゲン写真を見せられていた。肺のあたりには、正夫が見てもはっきりわかるような、影ができている。

「え？」

「いや、そういう確率でって聞いてたから……。もうあいつ、ダメってことですか？」

「いえ……だから、内視鏡で見てみないことには、これが悪性か良性かわかりません」

医師はレントゲン写真に写った影を指さす。

「僕の口からいきなりでは、ショックが大きいと思ったんで……ただ、妹さんはレントゲンを撮った段階で、もしかしたら何か気づいているかもしれません……」

「……わざわざ、ありがとうございます」

正夫は深々と頭を下げ、足をひきずるように診察室を出て行った。

「……そうかい」

正夫の報告を聞き終えた久仁子が、コトンと湯呑《ゆの》みを置いた。

「……来るときが来たってことかい」重い沈黙を義雄が破った。

「父ちゃん、そんな言い方ないだろ？　娘だぞ！」

「……じゃあ、どう言えばいいんだ？　どう言えば楽になるんだ？　教えてくれ……!!」

正夫は黙り込む。辛いのはみな同じなのだ。十年間、この悲しみを共有してきたのだ。

「……まだ、検査しなきゃわかんないって言ってたから。先生も、そう言ってんだから」

そう言いつつも、正夫は自分自身の言葉が何の説得力もないのを感じる。

「杏子には言わなきゃいけないんだろ？」久仁子が正夫に尋ねた。

「ああ、再検査、受けさせなきゃいけないからな……俺から言うよ。俺からの方がいいだろ？」

「あの子……あの子に頼んだらどうだろ。あの美容師の子」

「なんであいつが出てくんだよ？」正夫は久仁子の顔を見る。

「だって、杏子のこと支えてくれるんじゃないか？　お兄ちゃんもいいけど、杏子、あの子の言うことだったら……」

「俺から言うから」正夫はぴしゃりと遮った。

「正夫にまかせろ」義雄も言う。

「なんでこんなことになっちゃったんだろうねえ……」久仁子がため息をついた。

「……母ちゃん。まだわかんねえじゃねえか。父ちゃん、今わざと最悪のこと言っただけだよ」

正夫は明るく言ったけれど、それが空回りしていることは、自分でもよくわかっていた。

昼休み、サチは食堂で杏子の合鍵《あいかぎ》にペインティングをしていた。

ふたりが夢中になっているところに、「お嬢様方」と、ヌッと人影が現れた。

「あ、美山くん」サチが顔を上げる。

「あ、この間、休んでるとき、家まで来てもらっちゃって……」杏子はサチに説明する。

「忘れてたでしょ、僕のこと」

「あ、いや」あまりにも図星なので、杏子はアタフタしてしまう。

「大丈夫。忘れられてこそ、美山です」

「千足屋のイチゴ、美味《おい》しかったです」

「いえいえ」

「どうぞどうぞ」サチは椅子をひいて、美山にすすめた。

「どうも」美山はにっこりとほほえんでサチを見る。サチもほほえみ返したが、次の瞬間、美山のほほえみは、杏子とふたりきりで話したいことを意味しているのだと気がついた。

「あ、私、邪魔……ふたり……ね」サチは席を立って、フロアに戻って行った。

「顔色、よさそうですね」サチを笑顔で見送った美山は、杏子に向き直る。

「ええ、おかげで元気になりました。美山さんが言うように、障害を乗り越えたかどうかわからないけど、私、がんばってみようと思えてます」

「そうですか……よかった。杏子さん、元気そうになって」

美山は心から安堵《あんど》の笑顔を見せた。

サチがペイントしてくれた鍵をキーホルダーにつけて見つめていると、ノックの音がした。

「はい、誰?」

「兄」

正夫が神妙な顔で、杏子の部屋に入って来る。

「あのな。兄ちゃん、この間、病院行って来たんだ」

「痔《じ》?」

「誰が痔だよ。おまえの病院だよ。椎名先生が電話くれたんだ」

「再検査? 私、いよいよやばいんだ」

杏子はさらっと言う。その明るい口調に、正夫は杏子が覚悟していたことに気付いた。

「おまえ……」

「そっか、そうなんでしょ?」

「……ただの、ポリープかもしれない」

「オッケ。わかった」

「わかったって……」

「大丈夫だよ。ずーっと言われてたことだもん。十年、なんにもなく来たことの方がラッキーで奇跡なんだもん。覚悟できてる」

正夫は返す言葉が見つからなかった。

「ほんとだよ、お兄ちゃん」杏子は真剣な目で正夫を見ている。

「だって、すごく病気、いつも近かったし、死っていうのも近い気がしてた。普通の人が向こう岸にあるもんだとしたら、私は隣にいつもいる気がしてた」

「だからまだわかんないって」

「うん、それもわかったよ……お父さんやお母さんには？」

「言った」

「そう……私、明日でいいかな、お母さんと話すの」

「ああ……普通にできるか？」

「できるよ。大丈夫だよ。じゃあお兄ちゃん、私もう寝るから」

「そうか。薬飲むだろ？　水持って来ようか？」

「うん、いい。もう飲んだ」

「そうか」正夫は部屋を出た。せつなくて、しばらくそこから動くことができないでいた。

杏子はぼんやりと虚空を見つめていた。その顔からは色も表情も失われている。そして、意を決したようにキーホルダーを取り上げ、車庫へと向かった。

家族に見つからないように、そっと車に乗り込み、エンジンをかけて、ＣＤのスイッチを入れる。その瞬間、入れたままになっていた『リフレインが叫んでる』が流れ出した。

「あ、俺だ。町田」

柊二が仕事から帰って来て部屋に入った途端、携帯が鳴った。ディスプレイには杏子の自宅の番号が表示されている。杏子だ、と出てみると、声の主は正夫だった。

「杏子、知らねえか?」

「え?」

「連絡ないかって、聞いてんだ」正夫は尋常でないほど取り乱している。

「ないですけど……なんかあったんですか?」

「あいつがいなくなったんだ」

「え?」

「あいつがいなくなったって言ってんだよ!」その絶叫はほとんど涙まじりだ。

「正夫……」背後で久仁子がなだめているのが柊二にも聞こえる。

「病気がよ、病気が悪くなったんだ。悪くするとダメかもしれねえ。それ言ったらあいつ、いなくなった。いろいろ電話したけど、どこにもいないんだ」

「……わかりました! 俺も捜してみます!」

柊二は急いでマンションの下に駆け降りたけれど、赤い車は停まっていなかった。辺りを見渡しても、杏子の車が走って来る気配はない。

「柊二さん！」

マンションの前でバイクを出して準備をしていると、タクミが走って来た。まだ店に残っていたタクミを、急いで呼び寄せたのだ。

「ああ、ワリイ！」

「俺、ここにいればいいんですね？」

「ああ、そいであいつ来たら、杏子来たら、絶対どこにも行かせないでつかまえて欲しいんだ」

「わかりました。柊二さんは？」

「心当たりあるんだ。探してみる」

「はい」

柊二とタクミは、あのフロッピィ騒ぎ以来、久しぶりに口をきき、目を合わせた。

「……悪いな。明日、仕事なのに。結局、俺……おまえしか頼むやついなくて……」

「うれしいっす。柊二さん、そんなことより早く」

「ああ」タクミに見送られ、柊二はバイクを発進させた。

杏子は、木々が鬱蒼と繁り、ライトの光がまばらにしかない山道を走っていた。何かに取りつかれたようにぎゅっとハンドルを握りしめ、前方を見つめて思い切りスピードを上げている。カーブにさしかかってもスピードをゆるめず、車線を大きくはみ出して曲がると、対向車が急ブレーキをかけて停まった。

「バカヤロー！　何やってんだー!!」

運転手が罵声《ばせい》を浴びせても、杏子はまったく気にかけることなく、車を飛ばした。

もうすこしで柊二といつか来た高台が見えてくる――杏子は一心不乱に車を走らせた。

『海辺。海辺の小さな町にね、小さな小さな美容院が……』

柊二は、杏子の言葉を頭の中で反芻《はんすう》しながら、バイクを飛ばした。もうすぐであの富士山の見える湖畔に着く。杏子はきっと、そこにいるはずだ……。

突然、辺りの木々が途切れた。暗くて見渡せないけれど、遠く湖の匂いがする。

車を停めると、ふいに涙があふれてきた。こらえてもこらえても、悲しみが胸の中からこみ上げてくる。杏子はハンドルに突っ伏して、声を上げて思い切り泣いた。

柊二はようやく、あの湖まで辿り着いた。

「キョーコーッ！　キョーコーッ！」力の限り大きな声で叫ぶと、自分の声が暗闇の中にこだまする。「キョーコーッ！」柊二は祈るような気持ちで、杏子の名前を呼び続けた。

杏子は車椅子でどうにか湖に面した崖《がけ》のそばまできた。崖の下に広がる暗い湖は、今にも杏子を飲み込んでしまいそうだ。気持ちはだいぶおさまっている。湖面によせる波よりも、杏子の心は穏やかだった。杏子が決心をして車椅子を漕《こ》ぎ出したとき、バイクの音が聞こえた。

耳をすますと、夜の音にまじって、柊二の声がかすかに聞こえてくる。

「キョーコーッ！」

何度目かに杏子の名前を呼んだとき、ぬかるみにタイヤをとられ、バイクが横転した。柊二は軽く放り出される。それでもすぐに起き上がって、森の中へと入って行った。

「キョーコ……！」

ほとんど悲鳴のような柊二の声を聞き、杏子は突然我に返った。そして……。

「シュージ……シュージッ‼」杏子も声を上げて、柊二の名前を呼んだ。

「杏子！」柊二は木々の間を駆け抜け、杏子の声のする方へと駆け出した。

「杏子……杏子……！」

しばらく走ったところで、ようやく捜し求めていた杏子の姿を見つけ、駆け寄った。

「おまえ……おまえ。何やってんだよ、こんなとこで……」

「……もういいと思って。もう十分と思って」

「死ぬ気だったのかよ？」

「わかんない」

「なんでだよ？　なんでだよ？　俺がいるだろ？……俺がいるだろ？」

たまらなくなって柊二は杏子を抱きしめる。

「バカヤロ……」柊二は杏子が生きていることをたしかめるかのように、腕に力をこめた。

「ごめんね……。焦った？」

「ああ」

「死んじゃうかと思った？」

「ああ」

「お兄ちゃんから連絡あったの？」

「……何、冷静なこと言ってんだ、おまえ」

「柊二に抱きしめられてたら、感覚戻って来た。私、生きてるんだって感覚戻って来た」

「俺は……俺はまだ安心できないから、もうちょっとこうしてるぞ」

「……ごめんね」杏子は涙をこぼす。

「ひとりで死のうとなんてするな」

「うん」

「俺がいっしょに死んでやる」

「……マジ？」

「マジ」

泣いていた杏子は、その言葉を聞いてすこしだけほほえんだ。それでも涙はとめどなくあふれてくる。ふたりはそのまま、お互いのぬくもりをたしかめるように抱き合っていた。しばらくして柊二はようやく腕をほどき、涙で濡《ぬ》れた杏子の頬をぬぐってやる。そして、冷え切った杏子の手を、自分の両手で包んでハアーッと息を吹きかけた。

体じゅうが冷たくて、何にも感覚なくなってたのに、頬をつたう涙があたたかくてあたたかくてあたたかくて、ああ、私は生きてるんだと思った。

そして、早くに死んでしまうことを嘆くよりも、この世に生まれて来たことを神様に感謝した。

こんな風にしてあなたに会えて。

こんな風にしてあなたに愛されて……。

ねぇ、柊二。私はあなたをちゃんと愛せてるかな。

体勢を立て直し、洋服の泥を払い、ふたりは帰る支度を始めた。家族が待つあの家に向かって、出会った日のふたりのように、車とバイクで並んで走って帰るのだ。

10

「痛っ……！」

女性客の声に、柊二ははっとして我に返る。鋏《はさみ》で耳に傷をつけてしまったのだ。

「やだ……血？」

鏡越しに自分の赤くなった耳を見て、女性客は顔をしかめる。

「あ、すいません！　タクミ、ごめん、タオル！」柊二は慌ててタクミに声をかけた。

「あちら、行ってもらったら？」悲鳴に様子を見に来たサトルがソファの方をさす。

「あ、そうか。こちらへ……」

柊二は朝からずっと、心ここにあらずといった感じだった。


「大丈夫っすか？」

控室で自己嫌悪に陥ってると、タクミが心配して様子を見に来てくれた。

「ああ……でもこんなことはじめてだよ」

「柊二、お客さん血止まったよ。たいしたことない」サトルが顔を出した。

「あと俺やるから、あのお客さん」

「え？　大丈夫だよ、俺」柊二は立ち上がってフロアに出て行こうとした。

「やっぱほら、向こうもナーバスなるっしょ。ま、軽く行こう。ほら、タクミ何やってんだ？」

「あ、はい……」タクミは柊二の様子を気にかけながらも、フロアに戻って行った。

「じゃ、検査は来週の月曜日ってことでいいですね？」

「はい」

「今日はひとり？　お兄さんは？」

「先生、私もう、これでも二十七です。病院ぐらいひとりで来られます」

「そうか」

十年前に発病してから、いつも病院には正夫がついて来ていた。そのせいか、椎名先生にはいつまでも子ども扱いされる。杏子はそんな椎名に笑顔を見せ、病室を後にした。

「えっ？　ほんと？　マジ？」

いつもの居酒屋のいつもの席で、正夫はサチの顔をのぞきこんだ。サチは照れくさそうにうつむいている。

「……でも、いつ？」

「いつ？　ああ、いつできたってこと？　ええっとね……」

サチはバッグの中からシステム手帳を取り出した。居酒屋のオヤジが何気なくふたりの様子を気にしている。

「あ、いいいい。こんなとこで」正夫は慌てて、手帳をしまわせた。

「……あの映画観た日の夜だと思う。給料の三カ月分ってやつ見たとき」

ふたりの初めての夜だ。

「えっ、でもサッちゃん、大丈夫だって……」

「……ごめんなさい！」サチは突然頭を下げた。

「ごめんなさいって……」

「でもね、聞いてくれる？　私、年表見せられたの。年表」

「年表？」

「正夫さんの人生スケジュール。『サッちゃん、二十七歳第一子出産。二十九歳第二子出産。三十歳で貯めたお金で家族全員ハワイ旅行』……ほら」

サチはさっきのシステム手帳にはさんであったメモを出す。

「杏子のやつ……」それは、正夫がこたつの上で書いていたメモだった。

「でね、この通りにいくには、ちょっと焦んなきゃ、と思って。私も今年二十七だし」

正夫は複雑な表情で黙り込む。

「あれ？　いけなかった？　子どもできたの、いけなかった？」

「いや、まさかいけなかないけど……」

「だよね、どうせ結婚するんだし」

「……サッちゃん、悪い！」今度は正夫が頭を下げた。

「えっ？」

「結婚、もうすこし待ってくれないか？」

「え……」サチの声のトーンが下がる。

「ごめん」正夫はひたすら頭を下げて、グッとビールを飲み干した。

「私、これ真に受けたのに……やっぱ私じゃダメなのかな？」

「えっ、兄貴？」

「うん」

次の日、図書館の食堂で、サチは杏子にあのメモを見せていた。

「んなことないでしょう。サチがダメなんて誰だったらいいのよ？」

「ピンク振り袖《そで》」サチはしょんぼりとつぶやいた。

「古いの持ち出して……」

「だったら、なんで結婚待ってくれ、とか言うのかな……。私、ひとりでこの子産むのかな、沢田亜矢子《さわだあやこ》かな……」

「えっ、ええええ？　この子？　どこの子？」

「ここ」サチは自分のお腹を指さした。

「マジ？」

「正夫さんから聞いてない？」

「聞いてない！　オメデトー！　やったね、サチ！」杏子は自分のことのようにはしゃいだ。

「ああ、おめでとうって言ってくれたの、ふたりめだよ。産婦人科の先生と」

「兄貴は？」

「いやだからさ、子どもできました、結婚延ばしてくれ。これって何？　ヤバイ感じ？」

ため息をつくサチをきょとんと見つめていた杏子だったが、やがて思いあたった。

「ああ……そうか……、それ違うよ、サチのせいじゃない。私のせいだよ」

「ん？」

「私、病気あんまりよくないんだ。今度検査するの」杏子はあっさりと言った。

「……悪いの？」

「そんな顔しない。大丈夫だって」心配顔のサチを、杏子は力強く励ました。

「あっ、どうした？　天使のいたずらか？　観覧車が止まったぞ！　うーん、これは困ったぞ」

パレットタウンで観覧車に乗りこんだ杏子は、アナウンスの声を聞いて、柊二に笑いかけた。

「これ、聞きたかったんだよねー」

「いつも流れるんだ？」

「この車椅子専用のハコが下に来たときには、ああしてアナウンスが流れて、すこし止まるわけです」係員が柊二に説明してくれる。

「へえ……知ってたんだ？」

「うん、雑誌で読んだことあったの」

係員が扉を閉めてくれ、ふたりを乗せた観覧車のハコは動き出した。


「ねえ、この観覧車さあ、てっぺん近くの二、三分くらい、完全に死角になるんだって」

「死角？」

「うん、ほかのハコから見えなくなるんだって」

「へえ……それでみんなそこで悪いことするわけだ」

「やっぱ夜かな？」

「ってゆうか、するってキスでしょ？」

「キスでしょ。何考えてんの、杏子」

「いや別に」杏子は照れて外を見た。

「……ねえ、しよっか。キス」

「やだ、いくつよ？　茶髪の高校生じゃないんだから」

「だよな」ふたりはしばらくぼんやりと外を見る。

「するか？」杏子が沈黙をやぶって言った。

「は？」

「キス」

「嘘？　するの？　ダッセー。引くよ、いくつだよ？」

「冗談よ」

　ふたりはまた外を見る。外はいつのまにかきれいな夕焼けが広がっている。

「……杏子、残り、30秒。二度と訪れないこの30秒の死角」

「何言ってんのよ？」

「何言ってんだろ？」

「キスしようって言えばいいでしょ？」杏子はあっさりと言う。

「あっそ」柊二は憮然《ぶぜん》としながらも、杏子にそっと顔を近づけていった。

「あ、どうした？　天使のいたずらか？　観覧車が止まったぞ！　うーん、これは困ったぞ」

　杏子が目を閉じた途端、観覧車がガタッと止まり、さっきのアナウンスが流れた。ふたりはすっかりキスをするタイミングを逃してしまった。

「……車椅子の人、下で乗ってきたんだ」

　柊二は答えずに、ムッとしている。杏子はその顔がおかしくて、クスッと笑った。

「何だよ」

柊二も笑い出し、ふたりは外に三六〇度広がる美しい夕焼けを眺めた。

「あ、貸して」柊二は杏子が持ってきたカメラを借りて、外の景色を撮る。

「あ、私も一枚。どっちがうまいか？」

「あ、そうだ。いっしょにいっしょに！」

柊二は杏子に顔を寄せ、手を伸ばして自分でシャッターを押した。

「え、嘘。失敗するよ、こういうの」

「はい、もう一枚、チーズ」

「私、顔ゆがまない？」

「それは『リング』。貞子《さだこ》」

セピア色に染まるハコの中で、ふたりははしゃぎながら、写真を撮っていた。


「楽しかったね」園内のオープンカフェで、杏子はベーグルを頬張りながら言った。

「キスできなかったけどね」柊二はコーヒーを飲みながらムッとする。

「どこでもできるでしょ、そんなの」

「あ、大きくでましたね。じゃ、ここでして」

「ここでキスしてって、なんかあったな……ごちそうさま」

杏子はベーグルの包装紙を丸めた。

「ねえ……検査っていつ？」

柊二は、ずっと気になっていたことを、勇気を出して聞いてみる。

「ああ、来週の月曜日」杏子はなんでもないことのようにさらっと答えた。

「俺、いっしょに行こうか？」

「えっ、いいよ。仕事あるでしょ？　それにお兄ちゃん、いっしょに行ってくれるし」

「そう……だったらいいか。でも電話しろよ」

「するよ、もちろん」

「……さて、これからどうしますか？」

柊二は暗くなりそうな気分を振り払うように言った。

「えっと……じゃあ、買い物」

「買い物か……」柊二はちょっとがっかりしながらも、杏子の言うことに従った。


「お兄ちゃん！」杏子は茶の間で帳簿をつけている正夫を呼んだ。

「なんだよ、ニヤニヤして気持ち悪い……」

「今日、買い物行ったんだ。何買ったと思う？」

「……また洋服とかだろ？　おまえな、あれだけ持ってたらもう一枚も買わなくて……」

「違うもん、ジャーン！」

杏子がとり出したのは小さな子供用の毛糸の手袋だった。

「何だ、こりゃ？」

「かわいいでしょ、手袋」

「見りゃわかるよ」うれしそうな杏子に対して、正夫は仏頂面だ。

「おめでと」

そこに、店にいる客と大声で話しながら久仁子がどかどかと上がってきた。正夫は慌てて手袋をコタツの中に隠す。

「持ってってよ。ウチ、たくさん買いすぎちゃってさ……」などと言いながら、久仁子は台所から大根を一本持ってきて、また店に戻っていく。

「……お母ちゃんにまだ言ってないの？」ぴんときて杏子が問い詰めた。

「あたりまえだろ、おまえ。お母ちゃんなんか知ってみろ。嫁入り前の娘さんをそんなことさせて、舌噛《か》んでお詫《わ》びしますなんて言いかねないぞ」

「あ、それ違うわ。お母ちゃん、あれでいてけっこうさばけてるんだよ、現代人。ね、それより手袋」杏子はコタツの中から手袋を出した。

「あのね、赤ちゃんって、自分の爪で顔とかひっかいちゃうんだって。そいでね。生まれてからそういう手袋、してあげるといいんだってよ。あとね」杏子は袋をガサガサとさぐる。

「これ、ミッフィー。ただのぬいぐるみじゃないの。お母さんのお腹の中と同じ音が聞こえるんだって。だから赤ちゃんが安心してぐっすり眠れるって……」

「おまえ、気が早いよ。生まれてくるの、今年の暮れか来年だろ？」

「……急がないとと思って」杏子はすこし深刻な顔になる。正夫は杏子の気持ちを察した。

「……ま、いいや。いいけどさ。まだ、お父ちゃんやお母ちゃんには言うなよ。お兄ちゃんから言うからな」

「はい……、せっかく買ってきたのに」杏子は不満顔だ。

「あ、もらっとくよ。もらっとく。一応ありがたくだよ。アンパンマンか？」

「どこがよ？　ミッフィー!!」

相変わらずトンチンカンな正夫がおかしくて、杏子は笑った。


「こないだ、助かったよ。夜中来てくれて」

デートから戻ると、マンションの前にタクミが来ていた。何か話があるようなので、部屋に上げてコーヒーを出したが、タクミが口を開く前にまず礼を言った。

「いや……俺、ちょっと心配になって。柊二さんらしくないと思って」

「何？　ああ、耳？」そう言って、自分の耳を切るジェスチャーをする。

「……杏子さん、あんまよくないんですか？」タクミもうすうす感づいているようだった。

「……まあな。それよりおまえ、自分はどうなんだよ？　『アンテウス』はどうした？」

柊二は杏子の話題に触れたくなくて、さっと話を逸《そ》らす。

「柊二さん、俺、店長に頼んで、もういちどアシスタントに戻してもらおうと思ってるんです」

「えっ？」

「柊二さんとサトルさんにかばってもらって『ホットリップ』にいられるんだから、ちゃんとそれに応《こた》えたいっていうか……いろいろぐらぐらしたけど、結局自分が実力つけるしかないと思ったんです。ちゃんともっと自分で納得いくカットできるようになってからお客さんやりたいんですよ、俺。なんかうわっつらの人気とかじゃなくて」

「ビジュアル系だからな、おまえ」柊二はタクミの成長をうれしく思いながら、わざとからかった。

「……茶化さないでくださいよ」

「ああ。がんばれよ。おまえだったら大丈夫だよ」

「……あれ、おっかしいな。俺、心配して来たのに、結局自分が励まされてるな……」

首をかしげるタクミに笑いながらも、柊二は心の中では別のことを考えていた。

その夜は眠れなかった。目をつぶれば、林の中で見つけたときの、杏子の今にも消えてしまいそうな姿が目に浮かんできてしまう。柊二は灯《あか》りを点けてベッドから起き上がり、杏子からもらったドリームキャッチャーを手にとってみた。

「頼むよ、いい夢だけ届けてくれよな。悪い夢はひっかかんだろ？　ここに」

まんなかの輪っかの部分を触ってみる。そしてもういちど灯りを消し、ベッドの中にもぐりこんだ。

「あ、きれいな月……」

杏子は窓辺まで車椅子を漕いだ。不安に押しつぶされそうな自分をなんとか立てなおし、毅然《きぜん》とした表情を保ちながら、窓の外を眺める。その横顔は、月の光に照らし出され、冴《さ》え渡るように美しい。そこに、携帯が鳴り響いた。

「はい、もしもし」

「あ、俺、柊二。ごめん、寝てた？」

「ううん、起きてたよ。どうした？」

「いや別に……」

「柊二、外見て見て。月、きれいだよ」

「え……？　ほんとだ」柊二も窓から月を眺めた。

「ね？　でも珍しいね。こんな時間に電話」

「ああ、なんだか眠れなくて、寂しくて……」

「……ねえ、柊二？」

「ん？」

「私、いつも柊二のそばにいるよ。離れてても、ちゃんと柊二のこと思ってるよ」

「そう？」

「うん。安心して」

「……今、心ン中、あったかくなったよ。じわーって。俺、あんたいてほんとよかったよ」

「……なんか、今日は気前いいね」

「何だよ、それ？」

「いっぱい嬉《うれ》しいこと言ってくれちゃって」

「ほんとはもっといろいろ思ってるけど、あなたのこと。言葉、追いつかないよ」

「ありがと……柊二、私に鍵《かぎ》くれたじゃない？　部屋の鍵」

「ん？　ああ……」

「私、柊二は私に心の鍵をくれたんだって思ったの。いつでも入ってきていいよって。そんな風に思ってたの」

「正解。大正解の正解」

「……あっ、ねえ。今日キスしなかったね？　今度するか。ブチューッて」

「おまえさ、女の子でしょ？　もうちょっと言いようないの？　しかしブチューか……。楽しみだな」

深刻な雰囲気になっていたふたりは、すぐにいつもの調子に戻って笑い合った。

僕たちは、時が経つのがこわくて、どうでもいいことを延々と話していた。

話の内容なんてどうでもよかった。

きみの声を聞いていたかった。ずっとずっとずっと……。

やがて携帯の充電が切れるころには外が明るくなり始めていた……。

「ちょっとやめてください！　これは……」

次の日、柊二が店に入ってくると、タクミが必死で見知らぬ男たちに抵抗していた。

「何言ってんだよ、全ては俺たちに権利があるの。迷惑こうむったの、こっちなんだよ」

「これ、椅子一個いくらにもならないからね」

「うわ、これは作りつけだよ」

男たちは店の中のあらゆるものを持ち出そうとしている。

「おまえら、何やってんだよ？」

男たちにつかみかかろうとした柊二の腕をサトルがつかみ、控室に連れて行く。真弓とタクミもふたりに続いた。サトルはみんなにことの成り行きをすべて説明した。

「じゃ、ここも借金の抵当に入ってたってことなのか？」

「……怪しい実業家みたいのが来てたよね。店長ンとこ」真弓も神妙な顔つきをしている。

「それに、『アンテウス』の女も言ってました。『ホットリップ』はヤバイことになるって」

タクミが言った。柊二もあのとき、たしかに平沢に言われていたことだった。

「やっぱり柊二が言うように、三店舗増やすなんて無理な相談だったんだね」

「遅いよ、今さら」サトルが真弓に言う。

「サトルだって店持たしてやるって言われていい気になってたじゃない？」

「何だよ、その言い方！」

「……やめろよ」

柊二は、もめている真弓とサトルを制した。

「今さら仕方ないだろ……」

たしかに、今はもめているときではない……柊二のひとことで真弓たちは黙り込んだ。


サチと正夫は近所の神社に来ていた。サチは巫女《みこ》さんから「病気回復」のお守りを買っている。

「私、トイレ行ってくる。ちょっと待ってて」

妊娠してからすっかりトイレが近くなったサチは、駆け出して行った。

「……それ、杏子にか？　渡しとこうか？」正夫はトイレから帰って来たサチに尋ねた。

「あ、なんか変にプレッシャーになるとあれだし、自分で持ってて勝手に祈ってる」

「悪いな、サッちゃん……ほんとはお腹の赤ん坊のためにも急いだ方がいいんだよな。サッちゃんの家にも挨拶《あいさつ》、行かなきゃ……」

「いいよ、そんな急がなくて」

「でもな、サッちゃん。これだけは信じてくれ。俺、サッちゃんと結婚したいよ。サッちゃん以外の人ってのは考えられないよ」

「松嶋菜々子でも？」

「……こんなときに茶化す神経もどうかと思うけど、ま、いいや。おまえしか考えられないよ。お腹の子だってかわいいさ。でもな、杏子のことが……」

「うん、わかってるよ。わかってるから……いいよ、この子もさ。私の子どもなら、正夫さんの子どもなら、わかってるから。結婚式なんていつだっていいんだよ。でも、この子産んでいいんだよね？」

「あったりまえだよ。何言ってんだよ、サッちゃん……あ、そうだ。これ、安産の……」

正夫はポケットからお守りを取り出す。

「さっきサッちゃんがトイレ行ったとき……」

「……ありがと」何気ない気遣いがうれしくてサチはふんわり笑った。

ふたりは寄り添って参道を歩いた。


「柊二さん」

「お、いいとこ来た。これ、カートリッジの交換ってどうやってやんの？」

タクミが店に入ってくると、柊二がパソコンに向かっていた。『ホットリップ』のフロアにはほとんど何も残っておらず、外のドアには「閉店しました」の札がかかっている。

「一応、お客さんに閉店しますってハガキ、出した方がいいだろうと思ってさ」

「ああ……俺、替わりますよ」

タクミはカートリッジを交換して、プリンターを作動させながら話をする。

「みんな、自分のことばっかだもんな。次のとこ、必死で捜してますよ」

柊二はそれには答えずに、煙草を取り出して火を点《つ》けると、フーッと煙を吐き出した。

「なんか、魔法がとけた馬車ってこんな感じですかね？」

「ああ？」

「いや、十二時になると、魔法がとけて馬車がカボチャになるじゃないですか、一瞬にして。こんな風にシンデレラもショックだったかな、って思って」

柊二はクスッと笑ってから、真剣に言った。

「……おまえにはさ。俺にはできないやさしい髪形作れるよ」

「そうですか？」

「これからだよ」

「……柊二さんは？」

「俺は……今やってもまたお客さんの耳、切りかねないからな」

柊二は力なく首を振った。

「正夫、お客さん！」店から久仁子が呼んだ。振り返ると、柊二が立っていた。

「こんちは」柊二はぺこりと頭を下げる。

「また、あんたかい？　懲りないなあ……」

「そんな言い方ないだろ？　杏子、この人のおかげで助かったんだよ。森ン中、ひとりで車飛ばして……ほら、正夫、お礼言いな」

「お茶、淹《い》れるよ」正夫は気まずくなって中に入る。

「まったくもう……あ、ごめんなさいね、ちょっと」

お客さんが来て、久仁子は店に戻って行った。お茶を淹れてもらったものの、柊二と正夫の間にはものすごく張りつめた空気が流れる。

「あの、お兄さん……」柊二が沈黙をやぶった。

「お兄さんって、あんたのお兄さんじゃないし……」

「杏子さんとの交際、認めてください」

正夫は頑なに黙り込んだ。

「認めてください！」は頭を下げる。

「認めるってあんた、別に……」

「ちゃんとお兄さんにも認めてほしいんです」

「……あんたさ、いいのかい？　あいつ車椅子なんだよ。それに……それに、あんたもう知ってると思うけど、最近よくない。ダメかもしれないんだ。それでもいいのかい？」

「だから、そばにいてやりたいし……」

「あんたさ、そばにいてやるって、いったい何ができるって言うの!?」

正夫が声を荒げたのを店先で聞いていた久仁子はハラハラしていた。そこに、車の音が近づいてくる。買い物に行っていた義雄と杏子が帰って来たのだ。

「あらあらあら……正夫、帰って来たよ。杏子、お父ちゃんと帰って来たから」

久仁子が店先から声をかける。

「ただいまー」杏子が入って来た。

「おかえり」

「柊二！　どうしたの？」杏子は正夫に「ただいま」も言わずに、満面に笑みを浮かべる。

「いや、店休みだからのぞこうかと思って」柊二はとっさに嘘をついた。

「やっだー、電話してくれればいいのに！」そう言いながら、杏子はやけにうれしそうだ。

「ちょうどいいや。すきやきいっしょに食べてってもらえ」

買ってきた牛肉を持ち上げて義雄が久仁子に言う。

「そうよ、ね。遠慮しないで」

「そうだよ、食べてって、食べてって。お父ちゃんのすきやきおいしいんだよ」

正夫以外の三人に言われて、柊二は夕食をごちそうになることになった。


「ごめんね。私、お酒飲んじゃったから……」

町田酒店の車に乗り込んでいる柊二に、杏子は送っていけないことをあやまった。運転席では正夫が憮然《ぶぜん》としている。義雄と久仁子に、柊二を送っていくように言われたのだ。

「ごちそうさまでした」

柊二が久仁子たちに挨拶をすると、正夫は車を発進させた。

「新小岩の駅まででいいの？」

「ええ」

「なんならもうちょっと送ってもいいけど？」

「いいっすよ」

「……あいつさ、杏子。体もうしんどいんだよ。だからあんたのこと駅まで送らなかった」

「ええ……」柊二もそれを感じていた。

夕食の間中、杏子はたくさんビールを飲み、たくさん肉を食べてはしゃいでいた。悲しい予感を吹き飛ばすように、義雄も久仁子も杏子に合わせるようにして、明るくふるまっていた。でも、そんな姿を見れば見るほどせつなくなって、正夫と柊二は静かになってしまうのだった。

「さっきの話の続きだけどさ。もしかしてどうせあとちょっとならあいつでもいいって、そのあと別の女とつきあえばいいんだから、とかあんた思ってんじゃないの？」

その言葉に、柊二は驚いて運転席をにらみつけた。

「あ、ごめん……」正夫は素直に謝る。

「今、そっち運転中じゃなかったら殴ってましたよ」

「……ごめんな、あんたも辛《つら》いよな」

「それはみんな同じだから。お父さんもお母さんも、お兄さんも、彼女の周りにいて、あいつを愛してるみんなだから……」

「……そいで、あいつ自身もな」

「……ええ」柊二がうなずくと、正夫はウィンカーを出し、道路の脇に車を停めた。

「一服しようか？」正夫は柊二に煙草をすすめる。

「どうも……」柊二は箱の中から煙草を一本取り出す。

「さっきさ。俺、あいつのあんなうれしそうな顔、久しぶりに見たよ」

「え？」

「お父ちゃんとスーパー行って帰ってきたろ？　そいであんた見つけてさ。もうなんか盆と正月、いっぺんに来たみたいな顔しやがってよ……むかーし、思い出したよ」

「昔？」

「ああ、あいつがまだ小学生だったころかな。犬欲しい、犬欲しいってごねてな。家、狭いし、庭もないからダメだっつってんのにな。あんな性格だから引きゃしねえ」

「ええ」

「そしたらよ、オヤジが根負けして、あいつの十だか十一の誕生日によ、どっかからもらってきたんだ。ちっちゃい雑種をよ。で、母ちゃんがほら、杏子、見てごらん、プレゼントだよって箱を出したんだよ。あいつが小学校から帰ってくる前に、無理やり段ボールに入れて、リボンかけてな、俺と母ちゃんで」

柊二はその話を聞いているだけで、なぜか胸がつまる。

「そしたらよ、蓋《ふた》開けたあいつ、喜んでな……もうほんと、うれしそうな顔してた。さっき、あいつのあんな笑顔見て、そんときのこと、思い出したよ。いや、あんたと犬をいっしょだって言ってるわけじゃなくってな」

「んなこと思ってませんよ」

「俺たちじゃ、あんな顔、させられねーな」正夫はため息をついた。

「……その犬、どうしたんですか?」

「ん? あいつが、杏子が病気になって、最初のうちはいろいろたいへんだったから、余裕なくって、親戚《しんせき》ン家《ち》にもらってもらったよ。あいつ、でも小学校のころは元気そのものでさ。その辺の川っぺり、その犬コロといっしょに走り回ってたよ。コロッコロ、コロッコロ走り回ってさ。まだ歩けてな。走れてな。それが、それがよ……なんでこんなことに……」

正夫の声はだんだんと涙まじりになっていく。

「悪い、すまん……」

正夫は店のタオルで顔を覆い、肩を震わせて泣いていた。


僕は、泣かなかった。

まだ元気に走り回ってた杏子のことを思うとたまらなくなったけれど、僕は泣かなかった。

強くなろうと、していた。


「まだ検査中ですか？」待合室の椅子に座っている正夫に、柊二は声をかけた。

「ああ、来てくれたのか」

「ええ、気になって……」

柊二は正夫の横に腰をおろした。ふたりとも無言のまま、しばらく時間が経ち、ガチャッと扉が開いた。看護婦さんが扉をささえ、杏子が車椅子で出てくる。

「あ、どうだった？　先生の説明これからか？」

「ううん、私、ひとりで聞いちゃった」

正夫は驚きの表情を見せる。

「だって、どうせ同じことだし……ダメだって。やっぱり悪性だって」

杏子はあっさりと報告した。

「じゃ、手術とかそういうのは……？」

「無理だよ、この体だもん。お兄ちゃん、入院の道具持ってきて。私、このまま入院だって」

「ちょっと俺、先生に……」

「あ、お兄ちゃん……」正夫はもう中に入っていってしまった。

「柊二、お茶でも飲もう」杏子は柊二に笑顔を向けた。


「この辺でいい？」

ふたりは中庭に出てきた。柊二は自分が座るベンチの横まで、車椅子を押してくる。

「杏子？　今、飲みもの買ってくる。何がいい？」

柊二は車椅子の前に回り、杏子の顔をのぞきこんで問いかけた。

「柊二……」

「ん？　寒くないか？」

柊二は自分の上着を脱いで杏子にかけてやろうとした。

「やめてよ！」

杏子は柊二を突き飛ばした。

「なんでやさしくなんかするのよ!!」

柊二は突き飛ばされた姿勢のまま、驚いて杏子の顔を見つめる。

「なんで私の前に現れたのよ？　そいで、なんでやさしくなんかするのよ!?」

杏子は抑えていた感情を全部柊二にぶつけてくる。

「……会わなきゃよかった」

「……杏子」

「あなたになんか会わなきゃよかった。死んでくのが、死んでくのが……よけい辛いじゃん。よけい悲しいじゃん。出会わなきゃ、よかったよ」

　杏子はポロポロと涙を流した。柊二はただ見守るしかできずに、たたずんでいる。

「……ごめん、あなたも辛いよね」杏子はすこしだけ気を取り直す。

「……でも、だけど、会えてよかったよ。杏子に会えてよかった」

　柊二は心からの思いを伝えた。

「柊二……」杏子は車椅子で柊二に近づいていって、思い切り抱きついた。

「なあ、杏子。がんばろう。ふたりでしあわせになる方法、見つけよう」

　柊二もきつく杏子を抱きしめる。

「俺、思うんだ。どんな人生でも、人はしあわせに生きる力持ってるってさ。そう思ってるんだ……」

「うん」

　杏子は柊二の腕の中でうなずいた。

「柊二、泣いてる？」

「泣いてないよ。俺が泣くわけないっしょ」

「でも聞こえるよ。心の泣き声が聞こえるよ」

「……大丈夫だよ」

　柊二の心の中の声を聞くように、体にぴったり顔をつけている杏子を、柊二はもういちどしっかりと抱きしめた。

その様子を中庭に続く廊下から見ていた正夫の心も、激しい泣き声をあげていた。

「化粧水……化粧水ってどれだ？」

正夫は杏子が書いてくれたメモを見ながら、必要なものを鞄《かばん》に詰めていた。

「あ、これこれ」

たまたま訪ねてきていたサチが、それを手伝っている。

「これから病院、戻るの？」

「いや、だいたい必要なものはもう昼間、いっぺん持ってってたんだ。近くにコンビニもあるしな。あと何……？　マンガ？」正夫は杏子の本棚を捜す。

「ねえ……何か方法ないの？　杏子」

「……ああ、まあな。あるとすれば手術ってことかもしれないけど、あの体じゃな」

正夫はため息をついた。

「あれ、サッちゃん、何か用事あって来たんじゃないの？」

「あ、ううんううん。何も」

「正夫ー！　今お母ちゃん、ちょっと手離せないからお客さんお願い！」

台所の方から久仁子が正夫を呼んでいる。

「あ、おばさん、私が！」

正夫の代わりにサチが店に出て行った。

「おいっ、いいのに……」そう言いながらサチの後ろ姿を目で追った正夫は、サチのバッグからのぞいているパステルカラーの手帳のようなものに気づいた。何気なく手に取ってみると、それは母子手帳だった。


「町田さん、消灯よ」

病室に看護婦が回ってきた。杏子はふたり部屋に入院していたが、今はちょうど隣のベッドには患者がいなくてひとりだ。ぼんやりと考えごとをしているうちに、もう消灯時間になってしまった。

「眠れない？　お薬、出しましょうか？」

「ああ……いいです。平気です」

「そう、じゃ、電気消すわね」

看護婦は部屋の灯《あか》りを消すと、出て行った。杏子はベッドサイドの薄灯りの中で、どうしても眠れないでいた。目を閉じるのがこわかった……。杏子は起き上がって、サイドテーブルからノートとボールペンを出し、文章を書き始める。

『眠れない病院の夜に、これを書いています。あなたとのしあわせな、いくつもの出来事が、今の苦しみに負けないようにこれを書いています。私の人生が私のものだと教えてくれたのはあなたです。この、愛《いと》おしい人生が……』

杏子はそこまで書くと、ふとペンを置いた。しばらく考えて、パタンとノートを閉じると、ベッドの脇の車椅子に移動する。そして、ロッカーを開けて手早く洋服に着替えると、そっと病室を出た。


「おまえ……」

「来ちゃった。象にエサ、あげなきゃと思って」

玄関の扉を開けると、杏子がいた。よろこびととまどいで、柊二は絶句する。

「ほら、上野動物園の象の檻《おり》の鍵《かぎ》……。言ったじゃない、これくれるとき」

杏子は柊二に合鍵をちらつかせる。

「そんなことより、おまえどうして……」

「どうしても会いたくなって、ヤバイなあってちょっとびびったんだけど、あなたに会いたくて、どうしても会いたくて会いたくて……」

杏子は柊二に抱きついていく。柊二はふっとやさしいため息をもらし、杏子の背中に自分の手を回した。


「もしもし、あ、すみません。町田杏子の……あの、家のものですけど……。ええ、ハイハイ。大丈夫です。じゃ、必ず連れて戻りますので……。はい」

柊二は病院にかけていた電話を切った。杏子は連れ戻されるのかとドキドキしている。

「何だって……？」

「明日、戻れば大丈夫だって」

「ほんと？」

「ああ。外泊扱いにしてもらった」

「はあ……ほっとした」

「無茶すんじゃないよ」柊二は杏子の体を引き寄せる。

「……家のものですがって言うの、うれしかったな」

「ああ……」

「ねえ」

「ん？」

「ひとつ、もうひとつお願いがあるんだけど……」

「何？」

「抱いてほしい……」柊二の胸の中にしっかりくるまりながら、杏子は思い切って言った。

「……それって、いいの？」

「いいの、大丈夫」

「ほんとに？」柊二はすこし体を離して杏子の目を見る。

「うん。信じて……」

「……わかった」

柊二は杏子の体を抱き上げて、ベッドへ連れていった。

「杏子……杏子……ずっとこうしたかった……」

「私も……」

これから先、どんなに辛いことがあっても、この夜のことを思い出せば、きっと乗り切れる……ふたりはお互いの体のぬくもりをたしかめあうように、ひとときも体を離すことなく、抱き合っていた。

11

トントン……トン。キッチンから聞こえてくる不規則な音で、柊二は目を覚ました。ふと横を見ると、杏子がいない。跳ね起きて探してみると、キッチンで包丁を握っている杏子がいた。

「何やってんの？」

「あ、おはよう。レタスの千切り」

ふと隣のフライパンを見ると目玉焼きが焼けている。

「……替わる」

柊二は杏子から包丁を取り上げ、リズミカルにレタスを切り始めた。

「すごーい。ねえ、でもこういうことやってて、よく彼女怒らなかったね……ま、いいや」

ちょっと皮肉を言いながらも、杏子はコーヒーカップを並べ始めた。

「いただきまーす！」

「……いただきます」

「なんか、こういうのいいね」

ちょっと照れつつも、うれしそうに目玉焼きをぱくつく杏子を見て、柊二は思わずクスッと笑った。

「ねえ、今度はいつ会えるかな?」杏子は朝食を食べながら尋ねた。

「はあ?」

「入院中の身でこんなこと聞くのっておかしいか」

「……明日」

「明日? 今日じゃないんだ……」

「おまえさ、そういうこと言ってて、彼氏に怒られなかった?……ま、いいや。今日と明日まで仕事たてこんでて、それ終わったらガーッと休めるから……リフレッシュ休暇ってのがあるんだ。入社五年の年に長い休暇がとれるの。それとったから」

「やった!」

杏子の満面の笑顔に、柊二は苦しい笑顔を返した。

正夫と義雄は再検査の結果をききに来ていた。発病したときから杏子を診ている椎名が「力が至らなくて」と肩を落とす。覚悟をしていた義雄は「いいえ、先生のせいじゃないですから」ときっぱりと言った。

「さて、と。だいたい残務処理は終わったかな」

「あ、閉店しますのハガキ、みんな出しましたっ……て、ほとんど柊二さんがやったんすけど」

すっかりガランとしてしまったフロアには、柊二のほかにリトルとタクミが来ていた。

「柊二、どうすんの？　これから」

「え、これからって？」

「いや、別にこれからおまえとコーヒー飲みに行こうとは思わないっしょ。仕事だよ」

「ああ……考えてないな」

柊二の答えを聞いて、サトルは心配そうな顔を向けた。杏子の病状を知っているタクミは、サトルとは違った意味で、柊二のことを心配していた。


「どう？」杏子は売店で買ってきてもらった色つきリップをつけて、久仁子の顔を見た。

「はいはい、べっぴんさんです。お母ちゃんの若いころにそっくり」

「……ま、いいや。柊二来るからさ。あんまり顔色悪いとあれだと思って」

「えっ、何時に来るの？　この辺きれいにしなきゃ」

「いや、明日だよ」

「明日会うのに今から口紅つけてんの？」

「そうじゃなくて練習。シミュレーション。リハーサル」

杏子はティッシュで唇をふき取った。

「ごていねいなことで……」久仁子は呆《あき》れながらも、ほほえましく娘を見ている。

「あ、お母ちゃん。お兄ちゃんから聞いた？　サチのこと」

「ん……ああ」

「赤ちゃんのこと！」

「……ん、ああ」

「何よ、それ。おめでとうって言ってあげた？」

「……正夫がちゃんとやってるから心配いらないよ」

歯切れの悪い久仁子の答え方が、杏子は不満だった。


その日、私はかすかなからだの痛みと、強烈な胸のドキドキでなかなか寝つかれなかった。

病気でも、胸はドキドキするもんだな。

二十七でもドキドキするんだ……こんなに……。


「いらっしゃい！」

「……何だよ、それ」

翌日の午後、柊二が病室に入っていくと、杏子の頭には大きなリボンが飾られていた。

「やっぱ変か……。やっぱ変だって」と久仁子に同意を求める。

「残念でした。柊二さん、ちょっといいかな」久仁子は洗濯籠《かご》を持ち上げて、ちょうど屋上に干しに行くことを示した。

「あ、どうぞどうぞ」

「助かるわ」

ふたりは病室のドアが閉まるのを確認して、じっと見つめあった。柊二は杏子に体を近づけていく。そこにガラッとドアが開いた。柊二は驚いてパッと体を離す。

「ごゆっくり」

洗濯石鹸《せっけん》を取りにきたらしい久仁子は意味深な笑みを浮かべ、また出て行った。

「……びびった」

「へへ。つかまえた！」慌てている柊二に、杏子はガバッと抱きついた。

「おねーさん……」うれしいくせにわざと無造作に柊二が言った。

「だって、待ってたんだよ。長かったんだよ。二十四時間と三時間半……」

「お互いさま」

「もういちど言って」

「好きだよ」

「あれ、違うこと言ってる」杏子はうれしそうにからかった。

「会いたかったよ」柊二は杏子の目を見て、真剣な表情で言った。

「……スキンシップに弱いのかな。ああいうことあると、よけい好きになるね」

「……あなた、思ったこと全部言ってるね」柊二は杏子のストレートさに呆れ顔だ。

「ごめん」

「あ、そうだ。私、ちょっと柊二に相談あったんだ」

「相談……？」


「俺とサッちゃんのお祝い？」

柊二はさっそく正夫とサチを喫茶店に呼び出して、杏子の気持ちを伝えた。

「ええ……。俺と話しててそういうことに……。杏子……杏子さん、外泊許可だったらおりるわけだし……」

「いいよ、杏子で」

気を遣って何度も言い直す柊二に正夫は呼び捨てにすることを許可した。

「……でもなんか、私……私だけ申し訳ないっていうか……。だって杏子はそれどころじゃないっていうか……」サチがためらいがちに口をはさんだ。

「ねえ、サッちゃん。杏子、それ寂しいと思うんだよ」

「え……？」

「サッちゃんのうれしいことは杏子も同じようにうれしいんだよ。あいつ、そういうやつじゃないかな？」

柊二の言う通りだった。杏子はそういう子だ……サチの目に思わず涙がわいてくる。

「……そうかな。そうかもな。……お祝い、してもらおうか」

正夫が納得してくれたので、柊二は晴れ晴れとした笑顔を浮かべた。

「ただいまー」玄関の方で杏子の声がした。お祝いのために病院から一日外泊許可をとってきたのだ。

「あ、来た来た！」正夫は柊二と飾りつけていた色紙の輪を踏んづけて茶の間を飛び出し、ガレージに迎えに行く。

「ああ……ザツ……似てるよなあ……兄妹して」

柊二は、やれやれと思いながら片づける。

「おめでとー！」

「や……照れるな、ありがとう」サチは杏子から差し出された花束を受け取った。

「あ、そうだ。乾杯しよ。はい、みんなグラス持って。はい、持った？」

「おまえ、なんかしんないけどシキってんな」正夫が呆れた声を出す。

「いいじゃんか。じゃ、サチとお兄ちゃんの元気な赤ちゃんと、結婚にカンパーイ！」

「乾杯！」

杏子は予想通りはしゃぎ、みんながぐったりするほど何度も何度も乾杯をした。

サチにお風呂をすすめ、布団の用意をしている久仁子が「あ、柊二さん、どうするの？」と声をかけた。

「あ、もうそろそろ……」

「もしよかったら泊まってかない？」

「そうだよそうだよ……って、私、泊まるから、柊二さんも」とサチも同意する。

「え、でも……」

「お父ちゃん、布団あったっけねー？」久仁子は二階にいる義雄を大声で呼ぶ。

「私、私、聞いてきます！」サチがうれしそうに階段を昇る背中に久仁子が「サッちゃん階段気をつけて」と声をかけるが、サチはダッシュで戻ってきた。

「布団、布団あるって……」

「そう、じゃ、ねえ？」久仁子が柊二に声をかける。

「じゃ、お言葉に甘えて……」

「ほんと？　こんな家でいいの？　こんなボロで？　布団だっていつ干したか……」

「失礼ね。お母ちゃん、いつも干してるよ」

「ゴメン」

そんな母娘のやりとりを、柊二はほほえましく見ていた。

「あ、これぴったりだったんで……」

洗い物を終えて、茶の間でくつろいでいる久仁子に、風呂《ふろ》あがりの柊二は声をかけた。久仁子が出してくれた正夫のパジャマは、ちょうどいいサイズだった。

「ああ……冷蔵庫に缶ビール」

「あ、いいですいいです。自分で」

「柊二さん……あの、ごめんなさいね」

「え？」

「うちね、みんな止まっちゃったのよね、あの子の病気で。正夫もね、普通、二十七と三十三だったらもうちょっと大人なんだろうけど。こんな家族でべったりしてないだろうけど」

「……でも、今日のこういうの、よかったと思うな」

「サッちゃんと正夫のためっていうより、杏子のためにやったようなもんね。あなた、そのつもりだったんでしょ？」

「いや……あいつがお祝いしたいって言うから」

「ありがとね。……柊二さん、私、いつかあなたに言いましたよね、あの子の病気の話」

「あ……ええ」

「あのとき、あの子から逃げないでくれて、本当にどうもありがとう」

「……逃げるなんて」

「でもこんなことになっちゃってごめんなさい。堪忍してね」涙ぐみながら久仁子は柊二に頭を下げた。

「背中、痛くない？　ここフローリングだから」

杏子はベッドの上から、床に敷いた布団に寝ている柊二に声をかけた。

「大丈夫、マットレス敷いてもらったし」

「ごめんね、客間とかなくって」柊二は杏子の部屋に泊まることになったのだ。

「……それは、いっそうれしいっしょ」

「やっぱ？」杏子は目を輝かせて下にいる柊二の方を見る。

「……言っとくけど、ここではしないからね」

「なーんだ……ねえ、柊二、今日ありがとう。すごく楽しかった。私さ、柊二。病気になって車椅子になっていろんなことあきらめたけど、いろんなものもらったよ」

「いろんなもの？」柊二は起き上がって、杏子の顔をのぞきこんだ。

「起こして」杏子はベッドに腰かける。そして、横に座った柊二にもたれかかった。

「病気になってから、どんなときも死を感じてたの。でも、だからかけがえがなかった……普通のことなんだけどさ、綺麗《きれい》な景色とか、気持ちいい風とか。両親がクリスマスに買ってきてくれたケーキのキャンドルの炎がきれいに揺れるのとか……」

「うん」

「でもさすが神様。最後にすごく素敵なことあった……」

「何……？」

「あなた。私の人生のスペシャル」

「……バカ」杏子に指さされて、柊二は肩をぎゅっと抱いた。

「人生しめくくるようなことばっかり言って、涙が出る？」

「……いいよ、思ったこと言えば」

「……柊二には、何でも言えるんだ」

ふたりは寄り添ったまま、ほほえみあった。


翌日、マンションに帰ってくると、目の前にえらくド派手な赤いスポーツカーが停まっていた。フォンフォンとクラクションを鳴らし、柊二の前に現れたのは、サトルだった。

「ひっでー部屋。すこしは掃除しろよ！」サトルは柊二の部屋を見て驚嘆の声をあげる。

「ほっとけよ……あ、切れてたんだわ」柊二はコーヒーを淹《い》れようとした手を止める。

「おまえ、ちゃんと食べてんの？　ちゃんと生活してんのか？」

「……なんの用だよ？　忙しいんだよ、俺」

「……うちの店でスタイリスト募集してる。かなり出すっつってる。来ないか？」

「やだよ。またおまえと働くの」

「オキシマシュージって言ったらどこでも欲しいと思うよ。行けよ」

「言ったろ、当分働く気、ないって」お節介をやきたがるサトルにうんざりして答えた。

「いつまでだよ。おまえ最近、雑誌のスタイリングだってぜんぜんやってないじゃん」

「関係ねーだろ！　人のことほっとけよ!!」柊二は思わず声を荒げた。

「おまえさ、耳切ったろ、お客さんの……『ホットリップ』つぶれるちょい前だよ。プライベートでごたごたしてるってタクミにちょっと聞いたけど……俺さ、何人か見てるんだよ。ダメになってくやつ。美容師ってこう見えてもけっこうきつい仕事でさ。あるときちょっと気ィ抜くと、ダメになるやついるんだよ。ドロップアウトしてくんだよ」

「……それだったらそれでいいんじゃないの？」

「おまえ何ヤケクソになってんだよ。ちゃんとこれからのこと考えてんのかよ？」

「……いいから出てけよ！　今、おまえなんか会いたくないんだよ!!　見たくないんだよ!!」

「……わかったよ、わかったわかった」

　サトルは玄関に出て行き、靴をはいた。

「これ、気ィ向いたときでいいから見てくれよ。俺が作った新しいスタイル。おまえの意見聞きたい……じゃあな」

　サトルは柊二に雑誌を渡して出て行った。柊二はやりきれずに、サトルが出て行った玄関のドアをめがけ、思いっきりそれを投げつけた。

「あら、何編んでるの？」看護婦が病室に入ってきたので、杏子は編物をしていた手を止めた。

「あ、もう検温？」

「ううん、町田さん、先生にお話があったんでしょ」

「ああ……」杏子は編んでいたものを片づけて、診察室に向かった。

「あとは、手術という手がないこともないんだけど……町田さんのような場合、手術をしてもその後のことが問題で……可能性ゼロとは言わないんだけれども……」

椎名は苦しそうな顔で、言葉を選びながら話している。

「先生、わかりました」杏子はすべてを悟りきった表情で、毅然《きぜん》として椎名に言った。

「え？」

「ごめんなさい、先生。私、もう一度ちゃんと、自分で聞きたかったんです」

「そう」

「……でも、わかりましたから」


「こっちがスペインだろ、こっちがギリシャ。オーストラリアもあるぞ。あ、おまえプロパンガス行きたいって言ってたろ？」正夫が旅行パンフレットの束を見せる。

「お兄ちゃん……」

「金か？　金だったら心配するな。それにな、お兄ちゃんがついてってやる。なんだったらあの、あの茶髪、髪くるくるの坊主もいっしょでもいいぞ」

「……その茶髪の髪くるくるの坊主って誰よ？」

「おまえのその……ダーリンだよ」正夫は言いづらそうに言った。

「何言ってんの？　バッカじゃない？」

「……ずーっとここにいてもつまんないだろ？　それとも、ここじゃないと体、心配か？」

「うん……。でもやっぱ、ここはいやかな……」

「じゃ、退院しようよ。なんだったらまた入ればいいんだから。でな、行きたいとこ、行こうって。お兄ちゃん、いろいろ……」

「お兄ちゃん、私、車に乗って、図書館行きたいよ」

「え？」

「いつものように表参道通ってさ。そいであのまずい食堂でまずいコーヒー飲むの。夕御飯はね、コタツでお母さんのお鍋《なべ》、食べたいよ」

「おまえ、そんなみみっちいこと言ってねえで……」

「みみっちいかもしれないけど、それが私の人生だし、それが私のしあわせなんだ。お兄ちゃんがいて、お父さんがいて、お母さんがいて……そいで、図書館であいつと会ってね。赤い車に乗って。246であいつと会ってさ。そういう場所に、もういちど戻りたい」

「…………」杏子があまりにいじらしくて正夫は涙をこらえた。

「ゴメンね、これ。お兄ちゃん……？」杏子は正夫にパンフレットを渡し、顔を覗きこんだ。

「……わかったよ」

正夫は静かにやさしく言った。

「わかったよ、お兄ちゃんにまかせとけ」

正夫には、何か考えがあるらしかった。

「おいっ、こらっ。カリスマ美容師！」

喫茶店に呼び出された柊二が正夫の呼ぶ声にピンとこないでいると、「柊二さんでしょ」と正夫の隣でサチがたしなめてにっこりと柊二に笑いかけた。

柊二が席につくと、正夫はいきなり間取り図を見せて、説明を始めた。町田酒店の近くで、一軒家で、速攻でバリアフリーにして……。美山も加わり、正夫の考えは形になっていった。


正夫さんは、退院してくる杏子と僕のために家を借りた。

美山が段差を確かめ、正夫が電灯を取りつけ、サチがカーテンを吊るし、柊二が壁にペンキを塗り、新しい家はできあがっていった。

杏子はしあわせだと思った。こんなにみんなに思われて……。

そして、僕らは何かをしていないといられなかった。

残された『時間』を感じることがこわくて、やることを探して見つけて集まって……。

杏子のために何かをしていないといられなかった。


「久々の外、気持ちいい！」病院から出ると杏子は空に向かって両手を広げる。

「ムショ帰りのヤクザだね」柊二がいつものようにからかう。

「シャバだシャバ」

「おい。お姫様」と柊二がサイドカーつきバイクを指さすと、杏子は「えっ、これ何？」と声をはずませた。

「ここにあなた乗るの」

「へえー。これ、なんか外国映画みたいのでしか見たことないよ。あとね、両さんのマンガで犬乗せて走ってたよね」

「……いいから、乗っけるよ」

「うっわー、やったね」杏子は走り出したサイドカーの中で声を上げた。

「感激した？」

「感激した。このまま月まで飛んできそう！」

「カーブ、急降下」

「わあ、きゃあ！　やめてよ！」


杏子は柊二にはじめて髪を切ってもらって撮影をした公園に連れて来てもらった。しばらく見られなかった懐しい風景を、パシャパシャとカメラにおさめていく。

「写真？」

「うん……」

「さて、どこ行こっか」

「うん？　図書館行ってサチからかって、喫茶店でお茶飲んで、一番でラーメン食べる。あっ、遊園地も行きたいな」

「それ、いつもといっしょじゃん」

「いつもといっしょがいいの」

「……わかったよ」

「あ、その顔かわいい」と杏子が写真を撮ると、「……大丈夫か？」と柊二が心配そうにのぞき込んだ。

「俺の前で無理するなよ」

「うん……」

「体も、そのなんつーか気持ちも無理すんなよ」

「……じゃ、お願い。ここでキスして」

柊二は、やさしいやさしいキスをした。


柊二達が用意した一軒家は大急ぎで内装をしたとは思えないほどおしゃれな家だった。

「これからここで暮らすの？」

「ああ」

「なんか、玉手箱みたいな一日ね。朝から驚かされっぱなし」

そこに、チャイムの音が聞こえた。

「誰かな？　ちょっと待ってて」

柊二が玄関に出て行くと、正夫が立っていた。

「あ、どうぞ」

「いや、これ」正夫は抱いていた仔犬《こいぬ》を柊二にさしだした。

「あ、犬ダメ？」

「あ、俺？　いえ、好きです」

「じゃよかった。ジョンさ。ジョン連れ戻そうと思ったんだけども……」

「ジョン？」

「前、話したろ？　うちで飼ってた犬。もう親戚《しんせき》ンちになついちゃって、ワンワンワン鳴いていやがるもんだからさ。だからこれは新しいの」正夫は柊二の腕に犬を渡した。

「何？　あ、犬！」車椅子で玄関先に出てきた杏子がパッと目を輝かせる。

「おまえ、あ、犬じゃないだろ？　あ、お兄ちゃん！　だろ？　そいでそのあと、この犬どうしたの？　だろ？」

「わー、おいでおいで。どうしたの？　この犬」杏子がかまわず犬を抱き上げる。

「お父ちゃんとお母ちゃんと兄ちゃんとサッちゃんからのプレゼント、退院の」

「プレゼントか、おまえ……。プレゼントされちゃったか」

杏子がうれしそうに笑うのを、正夫は満足げに見ていた。


「ああ、もう動くな動くな！　もう一回！」

杏子は庭でジョン——結局、名前はジョンになった——の写真を撮っていた。でも、どんなにポーズをとらせようとしても、まだまだ仔犬なので杏子の足元にじゃれついてきてしまう。

チャイムの音がして、そーっと玄関を開けてみると、サトルがニコニコしながら立っていた。

「柊二、今ちょっと買い物……」杏子はサトルにお茶を出しながら言った。

「……突然ごめんね。柊二のマンション行ったら、ぜんぜんいなくって、ここの住所が扉に書いて貼ってあったから。そしたらこんなとこでよろしくやってて……あ、いやちょっと心配になってね」

「……心配？」

「いや、あいつこのまま鋏《はさみ》置いちゃうんじゃないかって気がして」

「え、鋏置いちゃうって、もうすぐ休暇終わったら戻るんですよね？」

「休暇？」

「『ホットリップ』のリフレッシュ休暇」

「はあ？　『ホットリップ』はつぶれたよ、とっくに」


柊二は東急ハンズで、犬小屋の道具を買い、ついでに『ホットリップ』に行ってみた。今は雑貨屋になっている。ちょうど近くで働くタクミが通りかかる。ちょっと立ち話をして、ふたりは別れた。タクミは元気のない柊二が心配になった。


「ただいまー」

「あ、おかえんなさい」

「……いいね、こういうの。おかえんなさい、か」

柊二は玄関先でにやにやしながら大荷物を持って上がってくると、さっそく庭に出て犬小屋を作り出した。

「ねえ、柊二」杏子は縁側から柊二に呼びかけた。

「ん？」

「『ホットリップ』、つぶれたの？」

「え？」

「サトルさん、来たんだ。みんな聞いた」

「そう……隠しててごめん。心配するかと思って」

「これ、置いてった。なんかキョウイチフジタの春のコレクションの企画書なんだって」

杏子は柊二に大きな封筒を渡す。

「それのね、ヘアデザインをやらないかって。柊二、藤田恭一の服好きだよね？　持ってたし」

「でもいいよ」柊二は封筒をポンと放り投げた。「俺、杏子のそばにいれればそれでいいんだよ」

「……私は、やだよ」

「……杏子……」

「私はそんなのいやだ。私は柊二のヘアデザイン見たいよ。コレクションやってよ。私のために仕事をやって。私のために仕事をやめるんじゃなくて！」

柊二はそんな杏子を見て、ふっとため息をついた。

「がんばってる柊二が私の生きがいなんだよ。柊二の作るヘアスタイル見たいよ」

「なあ、杏子……、俺の、俺の、俺の……俺のこともわかってくれよ。今、あんたこういう状態で、とても仕事なんかできないんだよ。キョウイチフジタだって、どうだっていいんだよ！」

柊二の気持ちはうれしかった。うれしいけれど辛くて……杏子は黙り込んだ。


「何、まだ寝てなかったの？」

柊二が風呂から出て寝室に入ってくると、杏子はふとんの上に座っていた。

「どしたの？」

「こわいの……夜は、こわいんだ。私、ほんとに死んじゃうのかなって思って……ずっとお昼だったらいいのに……」

「杏子……」

「でも、生きようと思って。ほんとは……ほんとはすっごくこわいけど、ハンパじゃなくこわいけど、生きようと思う。安定剤、ガンガン飲んじゃうかもしれないけど、生きようと思う。柊二、言ったよね。人はどんな人生だって、生きる力持ってるって」

「……ああ」

「ねえ、柊二も生きて。私たち、そうじゃなきゃふたりともダメになっちゃうよ。今さ、ふたりで後ろ向いてるよ。そう思わない？　私たち、夢あったよね。ふたりで美容院やろうってさ。柊二、鋏置いちゃダメだよ」

「……わかった」

心細いくせに、こんなにも力強い光を発する杏子の目を見て、柊二はコレクションの仕事を引き受ける決意を固めた。

「……ほんと？」

「ああ。だけどいっしょにがんばるんだぞ」

「いっしょに？」

「いっしょに生きよう。いつまで行けるか、どこまで行けるかわかんないけど、いっしょに生きよう」

柊二は杏子の体をきつく抱きしめた。

「……あ、不思議。こわいのがちょっと引いた。波が引くみたいに……」

「ああ……眠れそう？」

「うん、そういえば、昔考えたんだ。女の人はね、生まれる前は神様に抱かれてるの。そいで、生まれてきたらお母さんに抱かれてね、大人になったら男の人に抱かれるの。そいでね、死んじゃったらまた、神様の腕の中に戻るのよ」

「妬《や》けるね、神様」

「フフ。神様きっと柊二に似てるよ。……ねえ、寝ちゃっていい？」

「うん、眠るまでこうしてるよ」

「ずっとずっとこうしてて」

「……私はいつ寝るんでしょう？」

「……おやすみ」

杏子はもうトロンとしてきているようで、柊二の腕の中で目を閉じた。柊二は約束通り、ずっと杏子を抱いたまま、しばらくその寝顔を見つめていた。


「ごめん。俺、なにも知らなくて」

サトルは待ち合わせをした喫茶店で、まず柊二に頭を下げた。

「……いいよ」

「で、どう？　仕事どころじゃないのかな？」

「……俺、思ったんだけど、これあんたにきた仕事じゃないの？」

「違うよ、まさか。そこまでお人よしじゃないよ」

「そうか……」

「いや、ほんとのことを言うよ。藤田さんがあんた探してたんだ。でも店つぶれて連絡とりようなくってさ。で、俺ンとこ来た。俺にやらないかって。で、だったら柊二探すから待ってくれって言ったんだ。俺、この仕事、藤田恭一の服にはあんたのデザインの方が向いてると思うし。それに、前のこともつぐないたかったし」

「前のこと？」

「あんたのデザイン、盗んだことあったでしょ」

「ああいいよ、そんな昔の……」

「ただ、俺もひとつ頼みあるんだ。キョウイチフジタってすっごい興味あるんだ。このショーにもさ。トータルのディレクターはもちろん柊二やってさ。その下で、俺やらせてもらえないかな」

柊二は驚いてサトルの顔を見た。

「今、俺、新しいとこ行ってつくづくわかったんだよ。あんたみたいのそうそういないって。いまだに俺、あんたしかライバルと思えないっていうか目標にできないっていうかさ」

「……やめろよ、気持ち悪い」

「それに、おまえがやりやすいようにって、タクミや真弓にも声かけてあるんだ」

「マジかよ？」

「マジ。先方のオッケーもとってあるよ」

「なんか、久しぶりに燃えたっつーか。心ン中でザワザワッてきたな」

「いいじゃんいいじゃん」

サトルは封筒の中から企画書を出した。ふたりは喫茶店のテーブルの上で頭をくっつけあうようにして、夢中になって企画書を読み、イメージをふくらませた。

それから杏子は、役割分担、とかいって俺が仕事に出かけてる間、家のことなんかするようになり、
しばらくは、穏やかなしあわせな日が続いたけれど……、
やがて彼女は倒れて……、また結局、病院に戻ることになった。

杏子はいつまでもどこまでも強がって……。
点滴打つだけで、今までとなんにも変わりないの、と僕に言い、
彼女の笑顔に免じて、僕はいっそ、それを信じようと思った。
僕は病室から仕事に通った。
一分でも、一秒でも彼女のそばにいたかったから……。

「へへ、顔洗った」洗面所に行っていた杏子が車椅子で病室に戻ってきた。
「ああ、体拭《ふ》くんだろ？　今、熱いタオル作るよ」
柊二は杏子を抱き上げた。ベッドの上には杏子が編んでいる赤い毛糸が載っていたので、
柊二はそれをひょいと横にどかし、彼女をのせる。

「あ、そうだ。モデルのポラ、見る？」

「あ、見る見る」

柊二は自分用の簡易ベッドの脇に置いたバッグからモデルのヘアスタイル写真を取り出した。

「ええ、いいね、これなんかすっごくかわいい。洋服と合ってるよ」

「だよな、やっぱりこれだよな」


僕は彼女にほめられると、誰にほめられるよりもうれしくなり、またあしたもがんばろう、なんて小学生のガキみたいに舞い上がるのだった。

彼女を亡くしたら、僕はどうなるんだろう……。


「うわっ、レモンの匂いだ……」

「つわり、すっぱいもん食べたくなるってほんとだね」

サチは病室にあった果物籠《かご》からレモンを出して、ナイフで切ると、いきなりかぶりついた。

「よかったら持ってきなよ」

「ほんと？」

「メロンはダメだからね〜」

サチは果物籠を物色しようとして、棚の引き出しから出ている毛糸に気がついた。

「何、これ？　巾着袋《きんちゃくぶくろ》？」サチは中から毛糸を引っ張り出す。

「どこがよ、ちゃんと見てよ」

「あ、靴下だ。ちっちゃーい……赤ちゃんの？」サチは赤い毛糸の靴下をてのひらに載せる。

「うん、なんかさ、女の子の気がして。ほら、サチ、顔変わんないでしょ？」

「あ、そうかな……」

「ねえ、サチ、あの家に子ども生んでね」

サチは何と言い返したらいいのかわからずに黙り込む。

「あの家に子ども生んでね。ひまわりが咲いたみたいに明るくなるように……ねえ、お腹触っていい？」

「え？　うん、でもまだ三カ月だもん、動かないよ。ぜんぜん」サチは必死で涙をこらえる。

「でもいるんだよね。触っていい？」

「うん……」

「今、どんくらいなんだろうね？　こんにちはー、キョーコおねえちゃんです……」

「おばさんでしょ？」いつものペースを守ろうと、精一杯の憎まれ口を言う。

「いいじゃん。元気ですかー？　聞こえますかー？」

「杏子、これ左右大きさちがうよ。どうすんのよ、慣れないことしてさ」

サチはとうとうこらえきれずに涙をこぼした。

「サチ……」

「編み目だってガタガタじゃん……。でもかわいいけどさ。ありがとね。いつ編んでたんだよ、こんなの。ぜんぜん知らなかったよぉ……」

もう言ってることがめちゃくちゃで、サチはわんわんと声を上げて泣き出してしまった。

「ちょ、ちょっとサチ……。ねえっ、おいっ」

杏子は手を伸ばしてサチの肩を叩《たた》く。そのぬくもりが嬉《うれ》しくて、でもよけいに悲しくて、サチは泣き止むことができなくなってしまった。杏子はしょうがないなあ、という顔で、ティッシュを渡してやった。

それから、サチは部屋中に満ちたレモンの香りの中で、
堰《せき》を切ったように泣き出し、収拾つかなくなった。
私は、お腹の子がびっくりするんじゃないかと、そればかりが気になった……。
ねえ、あなたのお母さんは、泣き虫だけど、とてもやさしくてとてもいい人だよ。

「ごめんなさい」

サチは病院の廊下で正夫と久仁子に頭を下げた。

「みんな、みんな泣かないようにしてるのに、こんなの見せられたもんだから……ホント、ごめんなさい……！」サチはまた泣けてくる。

「サッちゃん……」正夫はそんなサチの肩を抱いた。

久仁子は悲しみをこらえて、ふたりの寄り添う姿を見守っていた。


杏子は病室で、最近撮った写真をアルバムに整理していた。

観覧車の中から撮った写真には、きれいな夕焼けが写っている。あのとき、柊二が手をのばして撮ったふたりの写真はやっぱり顔がゆがんでいた。杏子は手を止めてクスッと笑う。サイドカーに乗った日に公園で撮った散歩する犬。柊二のアップ。ほんの短い間だけ住んだ家の庭で撮ったジョンの写真……。とうとう写真を入れ終わってしまった。何気なく次のページをめくってみても、もう何もない。ここから先の写真は、もう何も……。

杏子がふうっとため息をついたとき、パタパタパタと廊下を走る足音が聞こえてきた。

「ちょっと、走らないでください」

「……あ、すいません」看護婦に注意された柊二は素直に謝り、病室に飛び込んでいった。

「ただいま」

「柊二だと思った。もう足音でわかるようになっちゃった。また怒られてやんの」

「ほっとけ……あ、写真？」柊二はコートを脱ぎながら、杏子が手にしたアルバムに目をやる。

「うん、この間のもできた。見てくれる？」

「ああ、でもなんか飲ませて」

「冷蔵庫にいろいろあるよ。いろいろ人来るから」

「ドラえもんのポケットのような杏子の冷蔵庫」柊二はそう言いながら冷蔵庫を開けた。

「これ、いいね」柊二は犬の写真を見ながら言った。

　消灯時間が近づいていたが、ふたりはベッドサイドの灯《あか》りを点けて、写真を見ていた。杏子はベッドで、柊二はすこし低い簡易ベッドで。

「消灯ですけど……」そこに看護婦さんが回ってきた。

「はーい」柊二は灯りを落とす。すると、杏子が柊二の腕を強く握ってきた。暗くなると、不意に心に闇が押しよせてくる。その気持ちが痛いほどわかる柊二は、杏子の髪をなでた。

「ねえ、柊二。自分の気持ちが痛い……あちこち突き刺さって痛い……」

「……上、寝よか？」

「うん」

柊二は杏子の隣に体をすべり込ませる。

「今日ね、サチ来た」

「うん……。子ども順調なんだって？」

「うん。靴下あげたよ。……見たいなあ、サチの子ども」

杏子の目に涙があふれてくる。

「ねえ、柊二」

「ん？」

「あと何回、こうやって呼べるかな？　柊二って……」

柊二は返事をするかわりに杏子を抱く腕に力をこめた。

「ねえ……生きていたいと思う気持ちはどうしたらいい？」

「……俺が、引き受けた」

「柊二が生きてくれるの？　私の分まで」

「ああ……それともいっしょに死ぬ？」

「え……まだイキてんの、それ？」あのとき、森の中で言ってくれた言葉だ。

「いいよ、別に」

「……柊二には生きてほしい」

杏子は首を振りながら言った。

「私の分まで生きてほしい。わかった？」

「……わかった」

柊二が答えると、杏子は安心して眠ってしまった。柊二は杏子の頬に残る涙の跡を自分の袖《そで》で拭《ふ》いてやった。

柊二は屋上に出て、金網越しに夜の街を見下ろした。煙草に火を点《つ》け、フーッと息を吐き出すと、こらえていた涙が不意にこぼれてきた。止めようとしても、涙は後から後から湧いてくる。柊二は肩をふるわせ、慟哭《どうこく》した。

柊二は夜の闇に包まれながら、涙が涸《か》れるまで泣きつづけていた。

いよいよショーの当日。窓の外は快晴だった。

「わあ、いい天気だねー。柊二さん心がけいいわね。本番の日にこんなお天気」

さすがに本番前日は泊まれなかった柊二のかわりに、昨晩つきそっていた久仁子がシャッとカーテンを開けて、気持ちよさそうにのびをする。

「でも遅いな、大丈夫かな……？」杏子が時計を見たところに、パタパタパタッと足音が聞こえてきた。久仁子と杏子は「あ、来た」と顔を見合わせる。

「おはよう！……あ、おはようございます」

「悪いね、わざわざのぞいてもらって」久仁子が柊二に礼を言う。

「いえ。大丈夫？」柊二は杏子の顔をのぞきこんだ。

「うん、調子いいみたい」

「よしオッケ。六時に会場な」

「うん」

杏子の笑顔を確認して、柊二はまたパタパタと駆け出して行った。


「おはようございます」リハーサル中の会場にバイクで乗りつけた柊二は、スタッフたちに挨拶《あいさつ》をしながら入っていった。客席のセッティングをしている真弓が柊二に声をかける。

「柊二。招待席は？　この辺？　花でもつけとく？」

「……おまえね」お茶目に笑う真弓に、柊二は呆れながらも笑顔を返した。


「おい、まだかよ？」

正夫はベッドの上で念入りに化粧をしている杏子に声をかけた。ショーに行くために特別に外出許可を得た杏子は、一張羅に着替え、出かける準備を整えていた。

「どうせサチまだでしょ？」

今日は正夫とサチが連れて行ってくれることになっているのだ。

「あいつも、何やってんだかなあ……」

「ごめんごめん、遅くなりました」そこにサチが飛び込んできた。

「ほら、来たよ」正夫は何気なく杏子に言った。でも答えが返ってこない。正夫がベッドの方を振り向くと、杏子はメイクの道具を持ったまま、がっくりとうなだれるように倒れていた。

「杏子……杏子？」

椎名によって緊急の治療が施されていた杏子が、うっすらと目を開けた。

「お兄ちゃん、お願い……」

杏子は途切れ途切れに言う。正夫は次に言うことがわかるので、辛《つら》くなって目を逸《そ》らした。

「行かせて。夢なんだ。私と柊二の最後の夢なんだ……」

正夫とサチは、車椅子を押して会場入りした。場違いな雰囲気に面食らいながらも、正夫は招待席に腰を下ろす。ちらっと横を見ると、杏子はまっすぐに背筋を伸ばし、満足げな笑みをたたえていた。その笑みの下で、体が辛いことが手にとるようにわかる。それでも杏子は一秒たりとも目を逸らさずに、舞台を見つめていた。

「あ、ヤバ！」タクミが舞台の袖で声をあげた。

「何？」すこし離れたところから見ていた柊二が駆け寄ってくる。

「サトルさんのピンが……」

モデルのひとりが、髪を仮止めしておいたピンをつけたまま舞台に出て行ってしまった。

柊二はチッと舌打ちして、次の瞬間、まるで当然のことのように、颯爽《さっそう》と舞台に飛び出していった。柊二は悠然とモデルたちの間を歩きながら、例のモデルに近づくと、サッと頭から大きなピンをはずす。観客たちは、機転の利いた柊二の行動の意味を理解し、ワーッと拍手をした。

柊二は照れつつもちょっと客席に手を振りながら退場していく。そして、招待席の方をちらっと見て、杏子の姿を確認した。杏子も柊二の視線に気づき、拍手をしていた手でさっとOKサインを出す。柊二もそれに応えて、サインを送りながら、さりげなく舞台袖へと消えた。

柊二の姿が消えた途端、杏子の体はふらりと傾いた——。

「では、このコレクションのモデルを作ってくれた、ヘアメイクアーチスト、オキシマシユージ!!」

コレクションはエンディングを迎え、盛大な拍手に包まれていた。柊二は舞台へと出て行った。モデルのひとりから渡された大きな花束を振り、拍手に応《こた》えながら、柊二は招待席の杏子を捜す。

空席だった。正夫とサチもいなくなっていて、三つ分が空いている。

スポットライトに照らされながらも、柊二の目の前はスッと暗くなった。心の灯《あか》りが突然真っ暗になり、全ての音が消えてしまった。そこにタクミが袖から出てきて、柊二に耳打ちをする。

　柊二はダッと駆け出した。サトルも、真弓も、何ごとかと柊二を目で追う。柊二はかまわずに、ステージを飛び降り、杏子の名前を呼びながら裏の廊下を駆けていった。

　ロビーを横切っている途中で、かすかに救急車の音が聞こえてきた。

　会場の外には救急車が停まっている。「キョーコ!!」柊二は全速力で駆け寄った。杏子は担架に載せられ、ぐったりとしている。

「柊二……」

　柊二の声と足音が聞こえたのだろうか、杏子はうっすらと目を開け、花が咲いたような満面の笑顔で柊二の顔を見た。柊二は杏子の頭をそっと自分の腕に抱きかかえる。

「杏子、杏子……」

「……よかったよ、コレクション」

　杏子は目に涙をいっぱいためながら、泣き笑いの表情を浮かべている。

「いろいろ、ごめんね。ありがとう……」

　頬を涙が伝う。それでも杏子はにっこりと笑い、そして、ゆっくりと目を閉じた。


　彼女の涙はあたたかく、そして、それが彼女の最後の笑顔だった……。

　僕は……僕は、それを忘れないように、全力で心のシャッターを押した。

目に焼きつけるように、頭に焼きつけるように、胸に焼きつけるように……。

僕の一生に焼きつけるように……。


「あの……杏子に、杏子にお化粧してやってもいいですか？」

杏子の遺体に付き添っていた柊二は、茶の間で慌ただしく葬儀の準備をしている久仁子に声をかけた。

「あ……ああそうね。お願いします」

柊二はふとんに寝かされている杏子の穏やかな死に顔をもういちど見つめた。そんな顔を見ていると、つい自然にやさしい顔になってしまう。そこに、タクミがメイクボックスを持ってきた。

「あ、サンキュ。ランコムの⑩番、出してくれる？」

「はい」タクミは淡いピンクの口紅を渡した。

「ちょっとかわいすぎるかな？」

「いえ……なんか杏子さん、少女みたいだったから……」

柊二はうなずくと、杏子の唇に口紅を塗った。リップブラシで真剣に一筆一筆塗っている柊二を見ていると、タクミの方がボロボロと泣けてきてしまう。

「タクミ、チーク」柊二が手を差し出した。

「すみません、俺、トイレ……」

声を上げて泣いてしまいそうなタクミは、慌てて部屋から飛び出していく。柊二はしょうがないな、と軽く笑ってチークを取り出し、丁寧に杏子の頬にブラシで色をのせていった。

「あらー、きれいにしてもらって」

そこに久仁子が入って来た。「これも入れてあげようと思って」と、赤い靴を手にしている。

「天国で歩けるようにね……」

久仁子は杏子の脇に靴を置いた。

「お母ちゃーん！」

「はいはいはいはいはい！」正夫に呼ばれて、わざと明るく返事をし、部屋を出て行く。

「あ、忘れてたよ」

メイクをした杏子の顔を見ていた柊二は、メイクボックスからさっと櫛《くし》を取り出した。

「どうですか？　ラメもうちょっと入れよっか？　口紅もグロスで……杏子好きだろ、こういう感じ……な？」

柊二は髪をとかしながら、すぐにでも目を覚ましそうな杏子に話しかけて、頬に触れる。

「なんとか言えよ……なんでこんな冷たいんだよ？　なんとか言えよ、笑えよ……」

抑えていた感情が噴出してきた。涙がとめどなく溢《あふ》れてくる。柊二はもう二度と目を開けることのない杏子の横で、人目をはばかることなく泣きつづけた。

杏子が焼かれたその日は、雲ひとつない晴天で、風もまるでなくて、行楽日和とでもいいたい日だった。煙突の煙は、彼女の気性をあらわすようにまっすぐ昇っていき、そして彼女の骨は、砂のように白くすこし苦かった……。

着替えを済ませてバイクで帰ろうと火葬場の中庭を歩いていると、「あの……!」と正夫が追いかけてきた。

「ありがとう!」

柊二が振り返ると正夫はパッと頭を下げる。

「あんたのな……あんたのおかげで、あいつしあわせだった」正夫はまた頭を下げる。

「あの、ひとつお願いあるんですけど……」

「なんだ?」

「あの犬、もらっていいですか?」

もし、死後の世界なんてのがあるとすれば、それは誰かの心の中かもしれない。

きみは僕の心の中で、永遠に失われないから。

ねえ、杏子、僕はちゃんときみを愛せていた……？


数年後――。

「あれ、お客さん？」

カランカランと扉の音をさせ、サーフボードをたてかけ、外のホースで髪を洗った柊二が店に戻ってくると、十歳ぐらいのおさげ髪の女の子が椅子に座って待っていた。

「ごめんなさい。勝手に入って……」

「いや……、さて、どうしよっか」

海辺の美容院。一見、喫茶店に見えるこの小さな建物が、柊二の店だ。天井にはプロペラが回っている。

「あ、えっと……」

「まず、これ取るか」柊二は女の子の三つ編みをほどいてやる。

「私、美容院初めてで……」

「……床屋さん？　ね、それ見せて」緊張をほぐすように柊二はうちとけた口調で言った。

「あ、こんなのいいかなって」女の子はアイドルの切り抜きを柊二に渡す。

「オッケ」

「えっ、こうなる?」

「そりゃ、まるっきりいっしょってわけにはいかないけど、がんばりますよ、おじさんも」

柊二は緊張している女の子の髪を、チョキチョキと切り始めた。

「ねえ、これどこ?」しばらくすると、女の子は鏡の上に飾られた写真のことを尋ねた。

「ん? いろんなとこ。おじさんの心の中の景色」

夕焼け、青空、街、散歩する犬、仔犬のころのジョン……杏子の撮った写真だ。

「心の中の景色?」

「ああ、動かない」振り返りそうになった女の子を慌てて制する。

「あ、はい」女の子はもう一度緊張して姿勢を正した。


「ありがとう!」

「気に入った?」

「これで男の子にもてる!」

「健闘を祈るよ」

柊二は自転車に乗って帰っていく女の子の後ろ姿を見送った。女の子の乗った自転車は海沿いのカーブを曲がり、見えなくなった。すっかり成犬になったジョンが店の前でワンワンと吠《ほ》えている。柊二はよしよし、とジョンを撫《な》でて、ひとり静かに店の中に入っていった。

ねえ、柊二。
この世は綺麗《きれい》だったよ。
高さ一〇〇センチから見る世界は綺麗だったよ。
あなたに会って、私の人生は、星屑《ほしくず》をまいたように輝いたんだ……。

end

あとがき

もう人が死ぬ話はイヤだと思った。最終話のプロット（流れ）を書いた時点で（それはたった今！）、ホントにもうイヤだ、と思った。これで、最終話を書いて脱稿したら、ますます思うかもしれない。

オンエアが始まると同時に、多くの方から「杏子を死なせないでくれ」というメッセージをいただいたが、この世で、日本じゅうで杏子を死なせるのが一番、つらいのは私だ。多分。いや、もしかしたら、常盤さんとか木村さんがどういう精神状態なのかは、あまり突き詰めて聞いたことがないので、わからないけれど。

このように、つらい仕事だった。いや、まだ終わってないけど。

なのに、どうしてそのような話を書こうと思ったかというと……。

インタビューなどでさんざん言ったから、もう耳タコの人もいるかもしれないけど、人はどんな人生でも生ききる強さを持っている、と思ったからである。どんな人生でも美しいと思う力を、持っていると、思いたかったからである。どんな人生でも、というのは、率直にいえば、「あなたはもう死ぬ」と言われた人生であってもってことである。

結末は明かすな、という箝口令《かんこうれい》が敷かれて、取材の度に、私はポイントの所を言えないで、はがゆい思いをした。

人の人生は、長さではなく、その内容だ、短くても満足の行く人生だったら、それはそれでしあわせなのだ、というようなことが言いたいのか、と言われると、それもそうだが、そうには違いないが、ちょっと違う。

それは結果論だからだ。死んじゃってから言うことだからだ。死んじゃってから言うことは楽だ。つらいのは現在進行形だと思う。

寄せられた多くのお手紙にハッピーエンドにしてくれ、とあり、ハッピーエンドとは、病気が治って死なない、ということだった。

柊二が医者をあきらめた、というエピソードが2話で出て来るので、柊二が美容師をやめて医者になって、病気の杏子を助けるというのはどうでしょう、というのもあった。

やっぱり治ってよかったよかった、ということがハッピーエンドなのだ。生きててナンボでしょうってことなのだ。

そうじゃない話を書きたかった。だって、どうしたって人間は死んでいくでしょう。

そして、人は生まれて来る時に、きっと神様が本能として、生きようというのをインプットしたに違いないから、死ぬのはこわい。こわいけれど、それを自分の力で克服する話を書きたかった。

病気で、あと三カ月です、と言われても、それを受け入れて強く生きる人を書きたかった。愛する人を亡くしていくこととも、共存できる強さを、書きたかった。

そういう状況の人を救いたかった。宗教じゃなくても、救われる方法がある、と思いたかった。成功したかどうかはわからない。どっかでびびったかもしれない。「死」という物を見つめ続けることから。

この話を書くにあたって、ひとりの車椅子の女の人と仲良くなった。すぎたちよこさん。ちーちゃんと呼んでいる。あるインターネットの掲示板で知り合って、メールのやりとりを続けた。

ドラマを書いているので、協力して欲しい、と言い、彼女には、早くに「実はヒロインは最後死んでしまうんだけど、いいか？」と聞いた。気を悪くして、そんなだったら協力できない、と言われるかも、と思った。そうすると、彼女から、死ということをそんなに特別なものとしてとらえていない、というような返事が来た。彼女のメールを読んでるうちに、私は、彼女は死というものを、とても身近に感じているのではないか、というような気がした。でも、決して絶望的な感じではなく。穏やかに静かに。それは、時に怯《おび》えているようでもあったけど。それは、私が感じることと、程度の差はあれ、似ているような気がした。私は彼女ほど、人間ができてはいないけど。

私は、まだ見たことのない車椅子に乗ったちーちゃんに、何度か救われた。シナリオを書くのがつらい、とグチも言った。誰それと喧嘩《けんか》、したとかも話した。ちーちゃんは、おかかさん(私のハンドルネーム)が「ビューティフルライフ」を書きおわるまで生きていなきゃ、と思う、なんてことを体調が悪く、気持ちが落ち込んでる日には書いてよこしたりして、私をびびらせた。車椅子のちーちゃんとのやりとりを続けながら、とまどったり、行ったり来たりする気持ちは、柊二のセリフになってドラマに現れたりした。

もう一人、このドラマを書くにあたって、よく思ったのが、母のことだった。母は四年前に亡くなった。私はなんとか、母の死に意味を見つけたかった。なかなか立ち直れなくて、でも、母と過ごした時間が三十三年、立ち直るまでには、同じくらいかかるだろう、と思ってからは、わりあい楽になった。まだ四年だ。

ドラマを書き進むうちに、何度か、母の最期を思い出したりして、悲しくなった。

そして、でも、確実に彼女が私の心の中にいることを確認したのだった。

まだ会ったことのないちーちゃんと、もう会うことのない母が、私を支え続けた。

同じ木村拓哉さん主演の「ロング　バケーション」では、そばにいる人のことを大切に……という気持ちが強くて、そんなセリフを森本レオさん演じる教授のセリフで書いたけれど、私は、「ビューティフルライフ」を書くうちに、離れていても、離れてしまっても人は人を支えつづける、ということを知ったのだった。

2000年2月17日

北川悦吏子

解説

植田博樹

男は強引な女に弱いと思う。

それが可愛くて、わがままで、よくばりで、そして、命令上手だったらなおさらだ。

男社会では強面《こわもて》のオヤジたちが、競うようにして、めろめろになっていく。

キャバクラの話ではない。

北川悦吏子さんの話である。

北川さんと出会ったのは、実はずいぶん前の事である。
五、六年位前かな。たぶん、ＴＢＳで「愛していると言ってくれ」を書いていたときの、作家打ち合わせの時に、先輩プロデューサーで師匠にあたる貴島（誠一郎）さんが、会議室の前で遊んでいた私をつかまえて紹介してくれたのが最初だと思う。
「植田さんて、大学で自主制作映画作っていた時に、後輩に火のついた松明《たいまつ》投げつけた人でしょ」

北川さんは初対面の僕に、突然、そんな事を言い、けらけらと笑った。

なんでそんな事を知っているんだろう。

僕はびっくりした。

実は、その投げつけられた後輩というのはフジテレビの編成にいて、そいつが北川さんにちくったのだが、そのことが強烈に私の印象として、残っていたらしい。

しかし、失礼な人である。

初対面ですよ。

なのに、
けらけらですよ。

だけど、不思議な事に全くムカつかない。その松明の話は、なぜか異常に盛り上がり、気が付けば、げらげら笑いながら、

「あーあの時、松明を後輩に投げつけておいて本当によかった!!」

などと、単に笑いのネタにされたにも拘《かかわ》らず、僕は話題の中心になったつもりでたいへんに、おいしーいと思ってしまったのだ。

なんてまぬけ……。

しかし、こんなまぬけな目に遭うのは、僕のような若造だけではない。

貴島さんだって、「ビューティフルライフ」のチーフプロデューサー兼チーフディレクターでTBSではすごくすごく偉い生野（慈朗）さんだって、多かれ少なかれ、同じ目に遭っている。

でも、みんな、北川さんにいいように、つっこまれているだけなのに、なぜかすごく嬉《うれ》

しそーなのだ。

嬉しそーというのじゃないな。嬉しいんである。まじで。

変でしょ。

そう、理屈だとすごーい変な話なのだ。

でも、北川脚本作品をみれば、全然変でない事が分かると思う。

「ビューティフルライフ」の常盤貴子扮《ふん》する「杏子」といい、「ロングバケーション」の山口智子扮する「南」といい、むちゃくちゃ口が悪くて、人が悪くて、わがままで、よくばりで、すごく勝手なこともいっぱいする。でも、そのキャラクターはとっても素敵で、可愛くて、切なくて、本当にいとおしくて、やっぱり、あの木村拓哉が、(ドラマ上ではあるけれど) 恋に落ちていくというのにも説得力があるでしょ。

あんなかんじの魅力といえば、少しはお分かりいただけるだろうか。

誤解を恐れずに言えば、杏子や南の、あのキャラクターはある意味、北川さん自身だと思う。

世の中、癒《いや》し系がブームだろうが、コギャルが渋谷を席捲《せっけん》しようが、お嬢さま系が街の合コン界を制覇していようが、北川ドラマの女主人公たちは、そんな時代の流れなど、ものともせずに、あっけらかんと自分の恋とライフスタイルを貫き、結局、一番多くの視聴者のハートを鷲《わし》づかみにして、恋愛ドラマの王道を歩んでいく。

それには、やっぱり人が人に魅せられるのは、おしゃれな外見とか、流行《はや》りものにたいする知識とかではなくて、その人が、自分の人生に如何《いか》にちゃんと向かい合って生きているかという、そのことに魅せられるからではないだろうか。

先程、北川さんは、口が悪いと言ったが、実はすごく、気を遣う人で、仲間や家族をすごく大切にするし、仕事に対してもすごく一生懸命だ。いい作品を作る為に妥協を全くしない。その一方で、希望する条件がどうしても整わない場合には、さっさと気持ちを切り替えて、次のベストを求めて、前向きに取り組んでいく。長時間にわたる台本の打ち合わせものともせず、明け方までディスカッションする事も厭《いと》わない。撮影スケジュールの都合で無理目に設定された締め切りさえも一度も延ばされた事はない。

本当は北川さんは体が弱くて、体力的にも精神的にも、追い詰められる、テレビの連続ドラマを書くということは、彼女にとっては命を削ることに等しい作業なのである。けれど、そんなことを一切口にせず、明るく、ひたむきに、ドラマ作りに打ち込む彼女の生き様に、やはりみんなめろめろになっているのだと、僕は思う。

いつかまた彼女と一緒に素敵な連続ドラマを作れたらなあと思っている。北川さんの、わがままで欲張りなリクエストと、きまぐれな発言にきりきり舞いさせられながらの、恍惚《こうこつ》の日々が、今から恐ろしくも楽しみである。（ま、しかし、もう少しお手やわらかに……）

（うえだ・ひろき　TBSエンタテインメントプロデューサー）

ドラマ「ビューティフルライフ」

…………………………………………

Staff

脚本＊北川悦吏子

制作＊貴島誠一郎

プロデュース＊生野慈朗／植田博樹

演出＊生野慈朗／土井裕泰

音楽＊溝口　肇

主題歌＊「今夜月の見える丘に」B'z

Cast

沖島柊二――――――木村拓哉

町田杏子――――――常盤貴子

田村佐千絵―――――水野美紀

岡部　巧――――――池内博之

小沢真弓――――――原　千晶

川村　悟――――――西川貴教

美山耕三――――――的場浩司

土屋店長――――――モロ師岡

町田久仁子―――――大森暁美

町田義雄――――――河原崎建三

町田正夫――――――渡部篤郎

出版コーディネイト＊ＴＢＳ事業局メディア事業センター

ノベライズ＊百瀬しのぶ

本書は2000年１月16日から３月26日まで全11回放送されたＴＢＳ系東芝日曜劇場「ビューティフルライフ」のシナリオを元に小説化したものです。小説化にあたり、若干の変更があることをご了承ください。

本書の単行本は平成十二年三月、小社より刊行されました。

ビューティフルライフ

北川《きたがわ》悦《え》吏《り》子《こ》

平成14年 2月25日　初版発行
令和7年 3月10日　14版発行

発行者●山下直久

発行●株式会社KADOKAWA
〒102-8177　東京都千代田区富士見2-13-3
電話　0570-002-301（ナビダイヤル）

角川文庫 12348

印刷所●株式会社KADOKAWA
製本所●株式会社KADOKAWA

表紙画●和田三造

ISBN978-4-04-196614-3　C0193

◆◆◇

角川文庫発刊に際して

角川源義

　第二次世界大戦の敗北は、軍事力の敗北であった以上に、私たちの若い文化力の敗退であった。私たちの文化が戦争に対して如何に無力であり、単なるあだ花に過ぎなかったかを、私たちは身を以て体験し痛感した。西洋近代文化の摂取にとって、明治以後八十年の歳月は決して短かすぎたとは言えない。にもかかわらず、近代文化の伝統を確立し、自由な批判と柔軟な良識に富む文化層として自らを形成することに私たちは失敗して来た。そしてこれは、各層への文化の普及滲透を任務とする出版人の責任でもあった。

　一九四五年以来、私たちは再び振出しに戻り、第一歩から踏み出すことを余儀なくされた。これは大きな不幸ではあるが、反面、これまでの混沌・未熟・歪曲の中にあった我が国の文化に秩序と確たる基礎を齎らすためには絶好の機会でもある。角川書店は、このような祖国の文化的危機にあたり、微力をも顧みず再建の礎石たるべき抱負と決意とをもって出発したが、ここに創立以来の念願を果すべく角川文庫を発刊する。これまで刊行されたあらゆる全集叢書文庫類の長所と短所とを検討し、古今東西の不朽の典籍を、良心的編集のもとに、廉価に、そして書架にふさわしい美本として、多くのひとびとに提供しようとする。しかし私たちは徒らに百科全書的な知識のジレッタントを作ることを目的とせず、あくまで祖国の文化に秩序と再建への道を示し、この文庫を角川書店の栄ある事業として、今後永久に継続発展せしめ、学芸と教養との殿堂として大成せんことを期したい。多くの読書子の愛情ある忠言と支持とによって、この希望と抱負とを完遂せしめられんことを願う。

一九四九年五月三日

角川文庫ベストセラー

打ち上げ花火、下から見るか？横から見るか？　原作／岩井俊二　著／大根　仁

夏のある日、密かに想いを寄せる及川なずなから「かけおち」に誘われた典道。しかし駆け落ちは失敗し、なずなとは離れ離れになってしまう。典道は彼女を救うため、もう一度同じ日をやり直すことを願い⁉

少年たちは花火を横から見たかった　岩井俊二

幻のエピソードを復刻し、劇場アニメ版にあわせ、書き下ろされたファン待望の小説。やがてこの町から消える少女なずなを巡る少年たちの友情と初恋の物語。花火大会のあの日、彼らに何があったのか。

愛がなんだ　角田光代

OLのテルコはマモちゃんにベタ惚れだ。彼から電話があれば仕事中に長電話、デートとなれば即退社。全てがマモちゃん最優先で会社もクビ寸前。濃密な筆致で綴られる、全力疾走片思い小説。

恋をしよう。夢をみよう。旅にでよう。　角田光代

「褒め男」にくらっときたことありますか？　褒め方に下心がなく、しかし自分は特別だと錯覚させる。ついに遭遇した褒め男の言葉に私は……ゆるゆると語り合っているうちに元気になれる、傑作エッセイ集。

薄闇シルエット　角田光代

「結婚してやる」と恋人に得意げに言われ、ハナは反発する。結婚を「幸せ」と信じにくいが、自分なりの何かも見つからず、もう37歳。そんな自分に苛立ち、戸惑うが……ひたむきに生きる女性の心情を描く。

角川文庫ベストセラー

ナラタージュ　島本理生

お願いだから、私を壊して。ごまかすこともそらすこともできない、鮮烈な痛みに満ちた20歳の恋。もうこの恋から逃れることはできない。早熟の天才作家、若き日の絶唱というべき恋愛文学の最高作。

一千一秒の日々　島本理生

仲良しのまま破局してしまった真琴と哲、メタボな針谷にちょっかいを出す美少女の一紗、誰にも言えない思いを抱きしめる瑛子――。不器用な彼らの、愛おしいラブストーリー集。

クローバー　島本理生

強引で女子力全開の華子と人生流され気味の理系男子・冬治。双子の前にめげない求愛者と微妙にズレてる才女が現れた！　でこぼこ4人の賑やかな恋と日常。キュートで切ない青春恋愛小説。

波打ち際の蛍　島本理生

DVで心の傷を負い、カウンセリングに通っていた麻由は、蛍に出逢い心惹かれていく。彼を想う気持ちと不安。相反する気持ちを抱えながら、麻由は痛みを越えて足を踏み出す。切実な祈りと光に満ちた恋愛小説。

B級恋愛グルメのすすめ　島本理生

自身や周囲の驚きの恋愛エピソード、思わず頷く男女間のギャップ考察、ラーメンや日本酒への愛、同じ相手との再婚式レポート……出産時のエピソードを文庫書き下ろし。解説は、夫の小説家・佐藤友哉。

角川文庫ベストセラー